# दस प्रतिनिधि कहानियाँ

## मन्नू भंडारी

किताबघर प्रकाशन
नयी दिल्ली

दस प्रतिनिधि कहानियाँ सीरीज़

# 10 प्रतिनिधि कहानियाँ

मन्नू भंडारी

**प्रकाशक**
किताबघर प्रकाशन
4855-56/24, अंसारी रोड, दरियागंज, नई दिल्ली-110002
फ़ोन : 011-23266207, 41584421
E-mail : kitabgharprakashan@gmail.com
website : www.bookshindi.com



**पेपरबैक संस्करण** : 2024

**आवरण** : रवि शर्मा

**मूल्य** : दो सौ साठ रुपये

**मुद्रक** : आर. के. ऑफसेट
शाहदरा, दिल्ली-110095

---

DAS PRATINIDHI KAHANIYAN *(Stories in Hindi)*
by Mannu Bhandari
Price : ₹ 260 (Paperback Edition)

ISBN—978-81-7016-214-8

# मेरी प्रतिनिधि कहानियों के प्रेरणास्रोत

किसी भी लेखक की प्रतिनिधि कहानियों की कसौटी उन कहानियों से मिलने वाला यश और प्रसिद्धि नहीं होती, न ही समीक्षकों से मिलने वाली प्रशंसा। उस दृष्टि से तो मुझे सबसे पहले अपनी 'यही सच है' कहानी को इस संकलन में रखना चाहिए था, क्योंकि इस कहानी ने मुझे केवल यश ही नहीं दिलवाया था, बल्कि एक तरह से कहानी-जगत में स्थापित भी किया था। इसी पर बनी फिल्म 'रजनीगन्धा' ने सिल्वर-जुबली भी मनाई थी लेकिन इस सबके बावजूद न तो मुझे उसमें अपनी बहुत ही निजी भावनाओं और संवेदनाओं की अनुगूँज सुनाई देती है, न ही अपने हृदय की धड़कन (जबकि वह डायरी फॉर्म में लिखी गई है)। यों तो अपनी हर कहानी में लेखक कहीं-न-कहीं मौजूद रहता ही है, और कुछ नहीं तो उसका लेखकीय कौशल तो रहता ही है, लेकिन सही अर्थों में तो प्रतिनिधि कहानियाँ शायद वे ही होती हैं, जिनके साथ जाने-अनजाने लेखक-मन का कोई तार भी जुड़ा होता है। कितने व्यक्ति हमारे सम्पर्क में आते हैं—कितनी घटनाओं के हम साक्षी होते हैं लेकिन उनमें से लिखने के लिए तो हमें केवल वे ही प्रेरित करती हैं, जो पात्रों और कथानक के सारे ताने-बाने के बीच हमारी भावनाओं, मूल्यों और मान्यताओं को भी स्वर देती हैं···केवल इतना ही नहीं, अपनी निजता से परे व्यापक सन्दर्भों से जुड़कर जो हमारे लेखन को अर्थवान भी बनाती हैं। ऐसी कहानियाँ ही शायद हमें अधिक अपनी लगती हैं—अपनी प्रतिनिधि।

इस दृष्टि से जब चुनाव करने बैठी तो आश्चर्य तो इस बात का हुआ कि दस में से आठ कहानियों के पात्र और घटनाएँ तो कोई तीस-पैंतीस वर्ष पहले की हैं। एकाध को छोड़कर सब लिखी भी कोई पच्चीस-तीस वर्ष पहले ही गई थीं। तो क्या उस समय छोटी-छोटी घटनाएँ—व्यक्ति के सुख-दुःख इतना उद्वेलित करते थे कि अपने ही बन जाते थे? उन पर लिखते हुए लगता था कि जैसे हम अपने को ही उँडेल रहे हैं। और आज चारों ओर बड़ी-बड़ी घटनाएँ घटती रहती हैं, पर फिर भी कुछ व्यापता ही नहीं? तो क्या उस समय मन बहुत कोमल था और संवेदनाएँ बेहद नर्म-नाजुक—हर किसी का दुःख अपने में समो लेने को तत्पर, और आज घटनाओं के घटाटोप ने संवेदनाओं को बिल्कुल कुन्द कर दिया है? हो सकता है, यह मेरी अपनी त्रासदी हो, शायद है भी लेकिन आज जब इन कहानियों पर एक सरसरी नज़र डाली तो कैसे वे वर्षों पुराने पात्र अपनी पूरी व्यथा-कथा के साथ फिर से जीवित हो उठे और मेरी कुन्द संवेदना भी सजीव!

अपने बिल्कुल आरम्भिक दौर की दो कहानियाँ—'अकेली' और 'मजबूरी'

अपनी सारी शिल्पगत अनगढ़ता और कच्चेपन के बावजूद मुझे आज भी बहुत अपनी लगती हैं। कोई चालीस-पैंतालीस साल पहले की वह अकेली बुढ़िया, जो दूसरों से जुड़ने की ललक में मोहल्ले के हर घर में बिन बुलाए जाकर उनके काम करती—हारी-बीमारी में रात-रात-भर जाग कर सेवा करती, शादी-ब्याह, तीज-त्यौहार पर हाड़-तोड़ मेहनत करती, पर फिर भी वह कभी उनकी नहीं हो पाई। इस पर बने टी० वी० प्ले को देखते समय मेरी एक मित्र ने पूछा था कि इसका नाम अकेली क्यों रखा? यह तो एक ऐसी औरत की कहानी है, जो सबके साथ जुड़ी हुई है। पर क्या केवल अपनी ओर से दूसरों के साथ जुड़कर ही कोई अपने अकेलेपन से मुक्त हो सकता है? क्या इसके लिए यह ज़रूरी नहीं कि दूसरे भी भावना के स्तर पर उससे जुड़े—उसे अपनों की सूची में शामिल करें, उसके सुख-दुःख के भागीदार बनें? एक बिल्कुल दूसरे सन्दर्भ में 'मजबूरी' की अम्मा की भी यही त्रासदी नहीं है? मन-प्राण से दूसरों के साथ जुड़ना—वे फिर घर के हों या बाहर के—इनकी मजबूरी है और जिससे जुड़े, उससे उपेक्षा पाना इनकी नियति! कहानी लिखते समय तो इन पात्रों की इस त्रास-भरी नियति ने ही मुझे झकझोरा था, पर आज तो जैसे हर जगह, हर परिवार में किसी-न-किसी स्तर पर अकेलेपन की यह अनुगूँज सुनाई देती है। कहीं पीढ़ियों का अन्तराल के कारण फालतू हो आए अकेलेपन का बोझ ढोते माँ-बाप तो कहीं अपनी ही पीढ़ी के बीच अपनी अनसमझी आकांक्षाओं के कारण उपेक्षा का दंश झेलते युवा लोग।

सन् '64 में कलकत्ता छोड़कर दिल्ली आए कुल चार महीने ही हुए थे कि सूचना मिली अपने एक निकटस्थ बड़े भाईनुमा मित्र की मृत्यु की। तुरन्त जाना तो सम्भव नहीं हुआ पर जब करीब सवा साल बाद गई तो मकान पूरा करवाने की दिक्कतें, छोटे के एडमिशन की परेशानी और महँगाई का रोना रोने वाले ही नहीं, हमेशा की तरह मेरे हाथ में बिदाई के रुपए थमा कर मुझे बिलकुल स्तब्ध कर देने वाले भाई तो वहाँ जैसे मौजूद थे...बस, अनुपस्थित था तो उस घर का बीस साल का नामी क्रिकेट-प्लेयर...क्रिकेट में जिसके प्राण बसते थे और आँखों में सुनील गावस्कर बनने के सपने...जिसकी खिलखिल हँसी और चौकों, छक्कों से घर गुलज़ार रहता था। भाई की मृत्यु पर मैं वहाँ गई थी लेकिन बड़े बेटे की लाश ढोये-ढोये घर लौटी थी (असामयिक मृत्यु)। आदर्शों में पगी और मन में इतना उल्लास और उत्साह लेकर स्कूल में नौकरी शुरू करने वाली दूसरी कुन्ती मैंने आज तक नहीं देखी। अपनी छात्राओं में उसके प्राण बसते थे और शिक्षा के क्षेत्र को पवित्र मानने की उसकी कैसी तो एक मासूम सी ज़िद थी। (आज चाहें तो उसे मूर्खतापूर्ण कह सकते हैं) उसके क्षय-ग्रस्त पिता को देखने जाना तो कोई साल-भर बाद ही सम्भव हो पाया था। कुन्ती मिली—बुझी आँखें, कान्तिहीन मुर्झाया चेहरा, बेजान आवाज़! थोड़ी देर मैं वहाँ बैठी और सब-कुछ जाना। जाना कि पिता की देखभाल करते-करते कैसे पिता का क्षय धीरे-धीरे उसके अपने भीतर भी प्रवेश कर गया है। नए सिरे से अहसास हुआ कि क्षय है तो आखिर छूत की ही बीमारी! शादी से

पहले लैन्स डाउन रोड वाले हमारे घर के ठीक सामने गराज के ऊपर बनी एक दुछत्ती—आर्थिक दबावों के कारण लम्बे-लम्बे समय तक घर से दूर रहने को मजबूर राखाल का दड़बेनुमा घर। जिसके आगमन की सूचना और स्वामित्व की सनद, कुछ समय बाद पास-पड़ोस के भरोसे पल रहे परिवार में एक सदस्य की बढ़ोतरी से मिलती थी। छुट्टी बिताकर लौट जाने के बाद परिवार की दिलचस्पी उससे ज्यादा, उसके द्वारा भेजे हुए रुपयों में सिमटकर रह जाती थी और पारिवारिक सम्बन्धों को ढोने की मजबूरी रह जाती थी राखाल की। तेल देना ही उसकी नियति थी, वह फिर चाहे जहाज़ के कल-पुर्ज़े हों या घर के और स्वामित्व का खोखला बोध ही जिसका सन्तोष।

कभी सम्पर्क में आए हाड़-मांस के ये जीते-जागते पात्र ही मेरी कहानियों के प्रेरणा-स्रोत रहे थे लेकिन आज तो कहीं अपने ध्वस्त स्वप्नों और महत्त्वाकांक्षाओं के ढेर पर बैठे दीपकों का हजूम दिखाई देता है तो कहीं आनन्द, उल्लास आदर्शों से भरे हुए अपना कैरियर शुरू करने वाले कुन्ती के प्रतिरूपों की भीड़। लेकिन परिस्थितियों के निर्मम दबाव के आगे देखते ही देखते उनका सारा उल्लास, सारे आदर्श सब-कुछ बह जाते हैं, रह जाती है तो केवल उसी भ्रष्ट व्यवस्था का एक निर्जीव पुर्ज़ा भर बन जाने की मजबूरी। कभी अपनी कहानियों में चित्रित इन पात्रों के बहाने यदि मेरी भावनाओं को अभिव्यक्ति मिली थी तो आज उनके अनेक रूपों के बहाने मेरे लेखन को सार्थकता।

शिक्षित, आर्थिक रूप से स्वतन्त्र लेकिन फिर भी परिस्थिति के आगे समर्पण करने को मजबूर आज की आधुनिक स्त्री की स्थिति को उजागर करती दो कहानियाँ—'नई नौकरी' और 'बन्द दराज़ों का साथ'। 'नई नौकरी' के रमा-कुन्दन, हमारे जिगरी दोस्त। मेरे कहने पर ही रमा ने कॉलेज में नौकरी शुरू की थी। आत्मविश्वास के अभाव में उसकी आरम्भिक झिझक को दूर किया था पति के प्रोत्साहन-भरे आग्रह ने। कोई साल भर बाद ही रमा के भीतर से एक नई रमा निकल आई थी—आत्मविश्वास से पूर्ण, अपनी योग्यता और क्षमता के प्रति पूरी तरह आश्वस्त, अपने काम को समर्पित। आश्चर्य होता था कि अपने भीतर कितना कुछ समोए बैठी थी रमा। कोई सात-आठ साल बाद अचानक कुन्दन को एक बहुत बड़ी नौकरी मिल जाती है। बड़ी ज़िम्मेदारी, बड़ा ओहदा, बड़ा घर! और तब बाँहों में भरकर, सारा प्यार उँडेलते हुए, वह रमा से इसका इसरार करता है कि कॉलेज से कहीं अधिक उसे रमा की ज़रूरत है। घर की सजावट, पार्टियाँ, कॉकटेल, विदेशी मेहमान····· ! कुन्दन की ज़रूरत बड़ी थी क्योंकि वह कुन्दन की थी और जिसका रोज सवेरे-शाम, उठते-बैठते ऐलान होता रहता था। अन्ततः रमा नौकरी छोड़ने का निर्णय ले लेती है। रमा के इस निर्णय ने रमा से अधिक मुझे विचलित किया था तो कुन्दन के इस रिमार्क ने—"आप हमें लड़वाने पर आमादा हैं" मुझे कुपित।

अपने घर में मगन, पति में विभोर और होने वाले बच्चे के ख्यालों में डूबी हुई युवा मंजरी उस दिन कमरे के नंगे फर्श को भिगोती हुई लोट रही थी—इतना बड़ा

धोखा…इतना बड़ा छल…क्यों…क्यों…आखिर क्यों? और उसका वह कुन्दन मेरे भीतर क्रोध बन कर उफनने लगा था, लेकिन एक नपुंसक क्रोध, जो उसके पति की जगह मुझे ही ध्वस्त किए जा रहा था। कुछ समय बाद बड़ी बेबसी में लिपटी ठण्डी, सर्द आवाज़ में उसने अपना निर्णय सुनाया था कि वह पति से अलग हो रही है। वह हुई भी और यह महज़ संयोग ही था कि कुछ वर्ष बाद ही कोई एक नये जीवन का प्रस्ताव लेकर उसके सामने जा खड़ा हुआ था। बच्चे के साथ उसे अपने जीवन का सहभागी बनाने को उत्सुक, इच्छुक, तत्पर। एक ओर नया जीवन सामने खड़ा था और दूसरी ओर संस्कार-जनित यह संशय कि मुझे एक बार स्वीकार कर भी ले पर मेरे बच्चे को लेकर कैसे सहज रह पाएगा…और रहा भी तो उसके इस अहसान के बोझ के नीचे मैं कैसे सहज रह पाऊँगी? पुरुष एक तलाकशुदा स्त्री को स्वीकार करे तो अहसान और बच्चे के साथ स्वीकार करे तो इतना बड़ा अहसान कि जिसके नीचे साँस ही घुटकर रह जाए। पति से मुक्त होने का साहस जुटा सकने वाली मंजरी इस मानसिकता से मुक्त नहीं हो सकी और फिर वही अकेली अधूरी ज़िन्दगी जीने की विवशता! यानी कि स्त्री साथ रहे तो अपने को स्थगित करके और अलग हो तो टूटी-बिखरी ज़िन्दगी जीने को अभिशप्त!

बातों में चाहे संस्कारों की धज्जियाँ बिखेरें…परिवेश को ठेंगे पर रखने का दम भरें पर एक स्तर पर कैसे दोनों ने आधुनिकता का दम भरने वाली पीढ़ी को जकड़ रखा है—इसका अहसास ही तब होता है, जब अपने को व्यवहार की कसौटी पर कसने की चुनौती आ खड़ी होती है। कहानी चाहे मेरे निजी अनुभवों की हो पर आधुनिकता और संस्कारों की ऊहापोह में फँसी, त्रिशंकु की तरह लटकी हमारी पूरी पीढ़ी की विडम्बना ही उजागर हुई है 'त्रिशंकु' में। कहानी में अपनी पक्षधरता कतई नहीं, बल्कि अपनी ही धज्जियाँ बिखेरने का एक तटस्थ विवेक ही है, जो अपनी सीमाओं से उबरने का संकेत भी करता है, सारी ऊहापोह के बाद विकास की दिशा में बढ़ता कदम—आज की वास्तविकता।

हीनभाव से ग्रस्त और आत्मविश्वास से शून्य 'तीसरा आदमी' के नायक की व्यथा बिल्कुल उसकी अपनी है। आज भी ख्याल आता है उस भरे-पूरे आदमी का जो डॉक्टरी जाँच कराने के भय से न जाने कितनी कुंठाओं का शिकार होता चला जाता है। पत्नी के लिए बेहद शंकालु, अपने लिए दयनीय और दूसरों के लिए हास्यास्पद।

कहीं व्यक्ति की व्यथा, कहीं जाति की त्रासदी तो कहीं पूरी पीढ़ी की विडम्बना को उजागर करने वाली मेरी इन प्रतिनिधि कहानियों के पीछे की जो असली कहानियाँ हैं, उनके पात्रों के साथ मेरा गहरा लगाव रहा है और इनकी घटनाओं में से कुछ की मैं साक्षी रही हूँ तो कुछ की साझेदार। उनकी एक हल्की-सी रूप-रेखा देने का बाद अपनी कथा-यात्रा की बात करना मुझे न ज़रूरी लग रहा है, न प्रासंगिक। इन कहानियों में व्यक्त मान्यताओं और पक्षधरता के बहाने ही बड़ी आसानी से मेरा मूल्यांकन किया जा सकता है क्योंकि लेखक सबसे अधिक ईमानदार अपनी रचनाओं में ही होता है। इस

बात को एकाएक जितनी शिद्दत के साथ पिछले दो सालों में मैंने महसूस किया, पहले इतने सचेत रूप से कभी नहीं किया था। इन दो सालों में एक कहानी के न जाने कितने ड्राफ्ट मैंने बनाए और खुद ही उन्हें अस्वीकार भी करती रही। एक विशेष स्थिति के सन्दर्भ में मैं 'क' की पक्षधर। केवल उसका समर्थन ही नहीं करती बल्कि जोरदार शब्दों में उसकी पैरवी भी करती रही और सोचा कि इस पर कहानी लिखकर अपने समर्थन की पुष्टि भी कर दूँ लेकिन जितनी बार प्रयत्न किया, जिस-जिस एंगिल से कहानी उठाई, बात कुछ बनी ही नहीं और तब एकाएक महसूस किया कि विचारों और बुद्धि के स्तर पर मैं चाहे कुछ भी कहती-सोचती रही होऊँ पर मेरे मन की भीतरी परत जैसे उस स्थिति को स्वीकार नहीं कर पा रही थी और मन की यह परत जो मेरी ज़िन्दगी की हकीकत है उसे मैं झुठला नहीं पा रही थी। कहानी भला बनती तो कैसे? तब 'क' पृष्ठभूमि में चली गई और रचना के सन्दर्भ में मन की आवाज़ और बौद्धिकता के द्वन्द्व में फँसा एक लेखक आकार लेने लगा—एक नई कहानी का जीवन्त पात्र !

थोपा हुआ तो कुछ भी हो—बौद्धिकता, नैतिकता, करुणा या फिर कोई विचारधारा—ज़िन्दगी के असली रंग को धुँधला और कहानी के सारे सन्तुलन को डगमगा तो देता ही है।

**—मन्नू भंडारी**

# क्रम

# अकेली

सोमा बुआ बुढ़िया हैं।

सोमा बुआ परित्यक्ता हैं।

सोमा बुआ अकेली हैं।

सोमा बुआ का जवान बेटा क्या जाता रहा, उनकी अपनी जवानी चली गई। पति को पुत्र-वियोग का ऐसा सदमा लगा कि वे पत्नी, घर-बार तजकर तीरथवासी हुए और परिवार में कोई ऐसा सदस्य नहीं था जो उनके एकाकीपन को दूर करता। पिछले बीस वर्षों से उनके जीवन की इस एकरसता में किसी प्रकार का कोई व्यवधान उपस्थित नहीं हुआ, कोई परिवर्तन नहीं आया। यों हर साल एक महीने के लिए उनके पति उनके पास आकर रहते थे, पर कभी उन्होंने पति की प्रतीक्षा नहीं की, उनकी राह में आँखें नहीं बिछाईं। जब तक पति रहते, उनका मन और भी मुरझाया हुआ रहता, क्योंकि पति के स्नेहहीन व्यवहार का अंकुश उनके रोज़मर्रा के जीवन की अबाध गति से बहती स्वच्छन्द धारा को कुंठित कर देता। उस समय उनका घूमना-फिरना, मिलना-जुलना बन्द हो जाता, और संन्यासी जी महाराज से यह भी नहीं होता कि दो मीठे बोल बोलकर सोमा बुआ को एक ऐसा सम्बल ही पकड़ा दें, जिसका आसरा लेकर वे उनके वियोग के ग्यारह महीने काट दें। इस स्थिति में बुआ को अपनी ज़िन्दगी पास-पड़ोस वालों के भरोसे ही काटनी पड़ती थी। किसी के घर मुण्डन हो, छठी हो, जनेऊ हो, शादी हो या गमी, बुआ पहुँच जातीं और फिर छाती फाड़कर काम करतीं, मानो वे दूसरे के घर में नहीं अपने ही घर में काम कर रही हों।

आजकल सोमा बुआ के पति आए हैं, और अभी-अभी कुछ कहा-सुनी होकर चुकी है। बुआ आँगन में बैठी धूप खा रही हैं, पास रखी कटोरी से तेल लेकर हाथों में मल रही हैं, और बड़बड़ा रही हैं। इस एक महीने में अन्य अवयवों के शिथिल हो जाने के कारण उनकी जीभ ही सबसे अधिक सजीव और सक्रिय हो उठी है। तभी हाथ में एक फटी साड़ी और पापड़ लेकर ऊपर से राधा भाभी उतरीं।

"क्या हो गया बुआ, क्यों बड़बड़ा रही हो? फिर संन्यासीजी महाराज ने कुछ कह दिया क्या?"

"अरे, मैं कहीं चली जाऊँ सो ही इन्हें नहीं सुहाता। कल चौकवाले किशोरीलाल के बेटे का मुण्डन था, सारी बिरादरी का न्यौता था। मैं तो जानती थी कि ये पैसे का गरूर है कि मुण्डन पर सारी बिरादरी को न्यौता है, पर काम उन नई-नवेली बहुओं से सँभलेगा नहीं, सो जल्दी ही चली गई। हुआ भी वही।" और सरककर बुआ ने राधा के

हाथ से पापड़ लेकर सुखाने शुरू कर दिए। "एक काम गत से नहीं हो रहा था। अब घर में कोई बड़ा-बूढ़ा हो तो बतावे, या कभी किया हो तो जानें। गीतोंवाली औरतें मुण्डन पर बन्ना-बन्नी गा रही थीं। मेरा तो हँसते-हँसते पेट फूल गया।" और उसकी याद से ही कुछ देर पहले का दुःख और आक्रोश धुल गया। अपने सहज स्वाभाविक रूप में वे कहने लगीं, "भट्ठी पर देखो तो अजब तमाशा—समोसे कच्चे ही उतार दिए और इतने बना दिए कि दो बार खिला दो, और गुलाबजामुन इतने कम कि एक पंगत में भी पूरी न पड़ें। उसी समय मैदा सानकर नए गुलाबजामुन बनाए। दोनों बहुएँ और किशोरीलाल तो बेचारे इतना जस मान रहे थे कि क्या बताऊँ? कहने लगे, अम्माँ! तुम न होतीं तो आज भद्द उड़ जाती। तुमने लाज रख ली!" मैंने तो कह दिया कि अरे अपने ही काम नहीं आवेंगे तो कोई बाहर से तो आवेगा नहीं। यह तो आजकल इनका रोटी-पानी का काम रहता है, नहीं तो मैं सवेरे से ही चली आती!"

"तो संन्यासी महाराज क्यों बिगड़ पड़े? उन्हें तुम्हारा आना-जाना अच्छा नहीं लगता बुआ?"

"यों तो मैं कहीं आऊँ-जाऊँ सो ही इन्हें नहीं सुहाता, और फिर कल किशोरी के यहाँ से बुलावा नहीं आया। अरे, मैं तो कहूँ कि घरवालों का कैसा बुलावा? वे लोग तो मुझे अपनी माँ से कम नहीं समझते, नहीं तो कौन भला यों भट्ठी और भण्डारघर सौंप दे? पर उन्हें अब कौन समझावे? कहने लगे, तू जबरदस्ती दूसरों के घर में टाँग अड़ाती फिरती है।" और एकाएक उन्हें उस क्रोध-भरी वाणी और कटु वचनों का स्मरण हो आया, जिनकी बौछार कुछ देर पहले ही उन पर होकर चुकी थी। याद आते ही फिर उनके आँसू बह चले।

"अरे, रोती क्यों हो बुआ? कहना-सुनना तो चलता ही रहता है। संन्यासीजी महाराज एक महीने को तो आकर रहते हैं, सुन लिया करो और क्या?"

"सुनने को तो सुनती ही हूँ, पर मन तो दुखता ही है कि एक महीने को आते हैं तो भी कभी मीठे बोल नहीं बोलते। मेरा आना-जाना इन्हें सुहाता नहीं, सो तू ही बता राधा, ये तो साल में ग्यारह महीने हरिद्वार रहते हैं। इन्हें तो नाते-रिश्ते वालों से कुछ लेना-देना नहीं, पर मुझे तो सबसे निभाना पड़ता है। मैं भी सबसे तोड़-ताड़कर बैठ जाऊँ तो कैसे चले? मैं तो इनसे कहती हूँ कि जब पल्ला पकड़ा है तो अन्त समय में भी साथ रखो, सो तो इनसे होता नहीं। सारा धरम-करम ये ही लूटेंगे, सारा जस ये ही बटोरेंगे और मैं अकेली पड़ी-पड़ी यहाँ इनके नाम को रोया करूँ। उस पर से कहीं आऊँ-जाऊँ वह भी तो इनसे बर्दाश्त नहीं होता····"और बुआ फूट-फूटकर रो पड़ी। राधा ने आश्वासन देते हुए कहा, "रोओ नहीं बुआ! अरे, वे तो इसलिए नाराज़ हुए कि बिना बुलाए तुम चली गईं।"

"बेचारे इतने हंगामे में बुलाना भूल गए तो मैं भी मान करके बैठ जाती? फिर घरवालों का कैसा बुलाना? मैं तो अपनेपन की बात जानती हूँ। कोई प्रेम नहीं रखे तो

दस बुलावे पर नहीं जाऊँ और प्रेम रखे तो बिना बुलाए भी सिर के बल जाऊँ। मेरा अपना हरखू होता और उसके घर काम होता तो क्या मैं बुलावे के भरोसे बैठी रहती? मेरे लिए जैसा हरखू वैसा किशोरीलाल। आज हरखू नहीं है, इसी से दूसरों को देख-देखकर मन भरमाती रहती हूँ।" और वे हिचकियाँ लेने लगीं।

सूखे पापड़ों को बटोरते-बटोरते स्वर को भरसक कोमल बनाकर राधा ने कहा, "तुम भी बुआ बात को कहाँ से कहाँ ले गईं! लो अब चुप होओ, पापड़ भूनकर लाती हूँ, खाकर बताना कैसा है?" और वह साड़ी समेटकर ऊपर चढ़ गई।

कोई सप्ताह-भर बाद बुआ बड़े प्रसन्न मन से आईं और संन्यासीजी से बोलीं, "सुनते हो, देवरजी के ससुरालवालों की किसी लड़की का सम्बन्ध भागीरथीजी के यहाँ हुआ है। वे सब लोग यहीं आकर ब्याह कर रहे हैं। देवरजी के बाद तो उन लोगों से कोई सम्बन्ध ही नहीं रहा, फिर भी हैं तो समधी ही। वे तो तुमको भी बुलाए बिना नहीं मानेंगे। समधी को आखिर कैसे छोड़ सकते हैं?" और बुआ पुलकित होकर हँस पड़ीं। संन्यासीजी की मौन उपेक्षा से उनके मन को ठेस तो पहुँची। फिर भी वे प्रसन्न थीं। इधर-उधर जाकर वे इस विवाह की प्रगति की खबरें लातीं। आखिर एक दिन वे यह भी सुन आईं कि उनके समधी यहाँ आ गए। ज़ोर-शोर से तैयारियाँ हो रही हैं। सारी बिरादरी को दावत दी जाएगी—खूब रौनक होने वाली है। दोनों ही पैसे वाले ठहरे।

"क्या जाने हमारे घर तो बुलावा भी आएगा या नहीं? देवरजी को मरे पच्चीस बरस हो गए, उसके बाद से तो कोई सम्बन्ध ही नहीं रखा। रखे भी कौन? यह काम तो मरदों का होता है, मैं तो मर्दवाली होकर भी बेमर्द की हूँ।" और एक ठण्डी साँस उनके दिल से निकल गई।

"अरे वाह बुआ! तुम्हारा नाम कैसे नहीं हो सकता! तुम तो समधिन ठहरीं। सम्बन्धी न रहे तो कोई रिश्ता थोड़े ही टूट जाता है!" दाल पीसती हुई घर की बड़ी बहू बोली।

"है बुआ, नाम है। मैं तो सारी लिस्ट देखकर आई हूँ।" विधवा ननद बोली। बैठे ही बैठे एकदम आगे सरककर बुआ ने बड़े उत्साह से पूछा, "तू अपनी आँखों से देखकर आई है नाम? नाम तो होना ही चाहिए। पर मैंने सोचा कि क्या जाने, आजकल की फैशन में पुराने सम्बन्धियों को बुलावा हो, न हो।" और बुआ बिना दो पल भी रुके वहाँ से चल पड़ीं। अपने घर जाकर सीधे राधा भाभी के कमरे में चढ़ीं, "क्यों री राधा, तू तो जानती है कि नए फैशन में लड़की की शादी में क्या दिया जावे है? समधियों का मामला ठहरा, सो भी पैसेवाले। खाली हाथ जाऊँगी तो अच्छा नहीं लगेगा। मैं तो पुराने जमाने की ठहरी, तू ही बता दे क्या दूँ? अब कुछ बनने का समय तो रहा नहीं, दो दिन बाकी हैं, सो कुछ बना-बनाया ही खरीद लाना।"

"क्या देना चाहती हो अम्माँ—जेवर, कपड़ा, शृंगारदान या कोई और चाँदी की चीज़ें?"

"मैं तो कुछ भी नहीं समझूँ री। जो कुछ पास है, तुझे लाकर दे देती हूँ, जो तू ठीक समझे ले आना, बस भद्द नहीं उड़नी चाहिए! अच्छा, देख पहले कि रुपए कितने हैं।" और वे डगमगाते कदमों से नीचे आईं। दो-तीन कपड़ों की गठरियाँ हटाकर एक छोटा-सा बक्स निकाला। उसका ताला खोला। इधर-उधर करके एक छोटी-सी डिबिया निकाली। बड़े जतन से उसे खोला—उसमें सात रुपए, कुछ रेजगारी पड़ी थी, और एक अँगूठी। बुआ का अनुमान था कि रुपए ज्यादा होंगे, पर जब सात ही रुपए निकले तो सोच में पड़ गईं। रईस समधियों के घर में इतने-से रुपयों से तो बिन्दी भी नहीं लगेगी। उनकी नज़र अँगूठी पर गई। यह उनके मृत पुत्र की एकमात्र निशानी उनके पास रह गई थी। बड़े-बड़े आर्थिक संकटों के समय भी वे उस अँगूठी का मोह नहीं छोड़ सकी थीं। आज भी एक बार उसे उठाते समय उनका दिल धड़क गया। फिर भी उन्होंने पाँच रुपए और वह अँगूठी आँचल में बाँध ली। बक्स को बन्द किया और फिर ऊपर को चलीं। पर इस बार उनके मन का उत्साह कुछ ठण्डा पड़ गया था, और पैरों की गति शिथिल। राधा के पास जाकर बोलीं, "रुपए तो नहीं निकले बहू। आएँ भी कहाँ से, मेरे कौन कमाने वाला बैठा है? उस कोठरी का किराया आता है, उसमें तो दो समय की रोटी निकल जाती है जैसे-तैसे!" और वे रो पड़ीं। राधा ने कहा, "क्या करूँ बुआ, आजकल मेरा भी हाथ तंग है, नहीं तो मैं ही दे देती। अरे, पर तुम देने के चक्कर में पड़ती ही क्यों हो? आजकल तो देने-लेने का रिवाज ही उठ गया।"

"नहीं रे राधा! समधियों का मामला ठहरा! पच्चीस बरस हो गए तो भी वे नहीं भूले, और मैं खाली हाथ जाऊँ? नहीं-नहीं, इससे तो न जाऊँ सो ही अच्छा!"

"तो जाओ ही मत। चलो छुट्टी हुई, इतने लोगों में किसे पता लगेगा कि आई या नहीं।" राधा ने सारी समस्या का सीधा-सा हल बताते हुए कहा।

"बड़ा बुरा मानेंगे। सारे शहर के लोग जावेंगे, और मैं समधिन होकर नहीं जाऊँगी तो यही समझेंगे कि देवरजी मरे तो सम्बन्ध भी तोड़ लिया। नहीं-नहीं, तू यह अँगूठी बेच ही दे।" और उन्होंने आँचल की गाँठ खोलकर एक पुराने ज़माने की अँगूठी राधा के हाथ पर रख दी। फिर बड़ी मिन्नत-भरे स्वर में बोलीं, "तू तो बाज़ार जाती है राधा, इसे बेच देना और जो कुछ ठीक समझे खरीद लेना। बस, शोभा रह जावे इतना ख्याल रखना।"

गली में बुआ ने चूड़ीवाले की आवाज़ सुनी तो एकाएक ही उनकी नज़र अपने हाथ की भद्दी-मटमैली चूड़ियों पर जाकर टिक गई। कल समधियों के यहाँ जाना है, ज़ेवर नहीं तो कम-से-कम काँच की चूड़ी तो अच्छी पहन लें। पर एक अव्यक्त-सी लाज ने उनके कदमों को रोक दिया। कोई देखेगा तो? लेकिन दूसरे क्षण ही अपनी इस कमज़ोरी पर विजय पाती-सी वे पीछे के दरवाज़े पर पहुँच गईं और एक रुपया कलदार खर्च करके लाल-हरी चूड़ियों के बन्द पहन लिए। पर सारे दिन हाथों को साड़ी के आँचल से ढके-ढके फिरीं।

शाम को राधा भाभी ने बुआ को चाँदी की एक सिंदूरदानी, एक साड़ी और एक ब्लाउज़ का कपड़ा लाकर दे दिया। सब-कुछ देखकर बुआ बड़ी प्रसन्न हुईं, और यह सोच-सोचकर कि जब वे ये सब दे देंगी तो उनकी समधिन पुरानी बातों की दुहाई दे-देकर उनकी मिलनसारिता की कितनी प्रशंसा करेगी, उनका मन पुलकित होने लगा। अँगूठी बेचने का गम भी सताता रहा। पासवाले बनिये के यहाँ से एक आने का पीला रंग लाकर रात में उन्होंने साड़ी रँगी। शादी में सफेद साड़ी पहनकर जाना क्या अच्छा लगेगा? रात में सोईं तो मन कल की ओर दौड़ रहा था।

दूसरे दिन नौ बजते-बजते खाने का काम समाप्त कर डाला। अपनी रँगी हुई साड़ी देखी तो कुछ जँची नहीं। फिर ऊपर राधा के पास पहुँचीं, "क्यों राधा, तू तो रँगी साड़ी पहनती है तो बड़ी आब रहती है, चमक रहती है, इसमें तो चमक आई नहीं!"

"तुमने कलफ जो नहीं लगाया अम्माँ, थोड़ा-सा माँड़ दे देतीं तो अच्छा रहता। अभी दे लो, ठीक हो जाएगी। बुलावा कब का है?"

"अरे नये फैशन वाली की मत पूछो, ऐन मौकों पर बुलावा आता है। पाँच बजे का मुहूरत है, दिन में कभी भी आ जावेगा।"

राधा भाभी मन-ही-मन मुस्करा उठी।

बुआ ने साड़ी में माँड़ लगाकर सुखा दिया। फिर एक नई थाली निकाली, अपनी जवानी के दिनों में बुना हुआ क्रोशिए का एक छोटा-सा मेज़पोश निकाला। थाली में साड़ी, सिंदूरदानी, एक नारियल और थोड़े-से बताशे सजाए, फिर जाकर राधा को दिखाया। संन्यासी महाराज सवेरे से इस आयोजन को देख रहे थे, और उन्होंने कल से लेकर आज तक कोई पच्चीस बार चेतावनी दे दी थी कि यदि कोई बुलाने न आए तो चली मत जाना, नहीं तो ठीक नहीं होगा। हर बार बुआ ने बड़े ही विश्वास के साथ कहा, "मुझे क्या बावली ही समझ रखा है जो बिना बुलाए चली जाऊँगी? अरे वह पड़ोस वालों की नन्दा अपनी आँखों से बुलावे की लिस्ट में नाम देखकर आई है। और बुलाएँगे क्यों नहीं? शहर वालों को बुलाएँ और समधियों को नही बुलाएँगे क्या?"

तीन बजे के करीब बुआ को अनमने भाव से छत पर इधर-उधर घूमते देख राधा भाभी ने आवाज़ लगाई, "गईं नहीं बुआ?"

एकाएक चौंकते हुए बुआ ने पूछा, "कितने बज गए राधा?····क्या कहा तीन? सरदी में तो दिन का पता नहीं लगता। बजे तीन ही हैं और धूप सारी छत पर से ऐसे सिमट गई मानो शाम हो गई हो।" फिर एकाएक जैसे ख्याल आया कि यह तो भाभी के प्रश्न का उत्तर नहीं हुआ, वे जरा ठण्डे स्वर में बोलीं, "मुहूरत तो पाँच बजे का है, जाऊँगी तो चार तक जाऊँगी, अभी तो तीन ही बजे हैं।" बड़ी सावधानी से उन्होंने स्वर को लापरवाही का पुट दिया। बुआ छत पर से गली में नज़र फैलाए खड़ी थीं। उनके पीछे ही रस्सी पर धोती फैली हुई थी, जिसमें कलफ लगा था, और अबरक छिड़का हुआ था। अबरक के बिखरे हुए कण रह-रहकर धूप में चमक जाते थे, ठीक वैसे ही जैसे किसी को

भी गली में घुसता देख बुआ का चेहरा चमक उठता था।

सात बजे के धुँधलके में राधा ने ऊपर से देखा तो छत की दीवार से सटी, गली की ओर मुँह किए एक छाया-मूर्ति दिखाई दी। उसका मन भर आया। बिना कुछ पूछे इतना ही कहा, "बुआ! सर्दी में खड़ी-खड़ी यहाँ क्या कर रही हो? आज खाना नहीं बनेगा क्या, सात तो बज गए।"

जैसे एकाएक नींद में से जागते हुए बुआ ने पूछा, "क्या कहा, सात बज गए?" फिर जैसे अपने से ही बोलते हुए पूछा, "पर सात कैसे बज सकते हैं, मुहूरत तो पाँच बजे का था!" और फिर जैसे सारी स्थिति को समझते हुए, स्वर को भरसक संयत बनाकर बोलीं, "अरे, खाने का क्या है, अभी बना लूँगी। दो जनों का तो खाना है, क्या खाना और क्या पकाना!"

फिर उन्होंने सूखी साड़ी को उतारा। नीचे जाकर अच्छी तरह उसकी तह की, धीरे-धीरे हाथों की चूड़ियाँ खोलीं, थाली में सजाया हुआ सारा सामान उठाया और सारी चीज़ें बड़े जतन से एकमात्र सन्दूक में रख दीं।

और फिर बड़े ही बुझे हुए मन से अँगीठी जलाने लगीं।

# मजबूरी

"बेटू को खिलावे जो एक घड़ी,
उसे पिन्हाऊँ मैं सोने की घड़ी।
बेटू को खिलावे जो एक पहर,
उसे दिलाऊँ मैं सोने की मोहर।"

बूढ़ी अम्मा ज़ोर-ज़ोर से यह लोरी गा रही थीं, और लाल मिट्टी से कमरा लीप रही थीं। उनके घोंसले जैसे बालों में से एक मोटी-सी लट निकलकर उनके चेहरे पर लटक आई थी, और उनके हिलते हुए सिर के साथ हिलहिल कर मानो लोरी पर ताल ठोंक रही थी। बरतन मलने के लिए आई हुई नर्बदा ने जो यह देखा तो हैरत में आ गई, बोली, "अम्मा, यह क्या हो रहा है? कल तो गठिया में जुड़ी पड़ी थीं, दरद के मारे तन-बदन की सुध नहीं थी, और आज ऐसी सरदी में आँगन लीपने बैठ गईं।"

एक क्षण को अम्मा का हाथ रुका, फिर पुलकित स्वर में वे बोलीं, "अरी नर्बदा, मेरा बेटू आ रहा है कल!" और फिर गाने के लहजे में बोलीं, "बेटू मेरा आवेगा···"
"ओहो तो रामेसुर लल्ला आ रहे हैं कल" नर्बदा बोली।

"मैं कह नहीं रही थी कि छुट्टी मिली नहीं कि वह दौड़ा आएगा। अम्मा के मारे तो उसके प्राण सूखते हैं! इतना बड़ा हो गया फिर भी यहाँ आएगा तो रात में एक बार मेरी गोदी में ज़रूर सोएगा। पर इस बार मैं कह दूँगी कि चल मैं तुझे गोदी में नहीं लूँगी, अब तू गोदी में सोएगा कि बेटू?" और वे हँस पड़ीं जैसे कोई भारी मज़ाक कर दिया हो। फिर एकाएक काम का ख्याल आ जाने से बोलीं, "ले री, मैंने खड़िया भिगो रखी है, ज़रा बाहर के आँगन को माँड दे। बस ऐसा माँडना कि सब देखते ही रह जाएँ। क्या करूँ आजकल हाथ काँपने लगा है, नहीं तो मैं ही माँड लेती!"

नर्बदा को खड़िया के काम में लगाकर वे फिर गाने लगीं :

"आओ री चिड़िया चून करो
बेटू ऊपर राइ-नून करो
नून करो—नून करे···"

ले मैं तो भूल ही गई—क्या है इसके आगे! रामेसुर छोटा था तो ढेरों याद थीं, उसके बात तो छोटा बच्चा ही घर में नहीं रहा सो सब भूल गई। मेरा रामेसुर तो बिना लोरी सुने कभी सोता ही नहीं था, बेटू भी जरूर उसी पर पड़ा होगा। "अब तो दौड़ता-फिरता होगा आँगन में।" और उनकी धुँधली आँखों के आगे जैसे दौड़ते-फिरते बेटू के चित्र बनने-बिगड़ने लगे! उसी कल्पना में खोई-खोई वे बोलती गईं, "पहले बहू

लेकर आई थी तब तो दो महीने का था, बस पालने में पड़ा-पड़ा हाथ-पैर मारता था और मैं जाकर खड़ी हो जाती थी तो टुकुर-टुकुर मुझे ही निहारा करता था। सूरत भी एकदम रामेसुर पर ही पड़ी है उसकी। अब तो खुद देख लेना, सारा घर नापता फिरेगा।" और वे हँस पड़ीं। इन सब कल्पनाओं से ही उनका शरीर रोमांचित हो उठा।

अम्मा का काम समाप्त हुआ तो मिट्टी में सनी दोनों हथेलियों को ज़मीन पर पूरे ज़ोर से टिकाते हुए उन्होंने उठने का प्रयत्न किया पर एक सर्द आह-सी उनके मुँह से निकलकर रह गई। वे उठ नहीं पाईं तो बड़े ही कातर स्वर में बोलीं, "अरे नर्बदा, मुझे ज़रा उठा दे री, घुटने तो जैसे फिर जुड़ गए।"

"जुड़ेंगे तो सही। ऐसी सर्दी में जब से मिट्टी में सनी बैठी हो ! बेटे-बहू आ रहे हैं तो ऐसी क्या नवाई हो रही है, सभी के घर आते हैं।" और नर्बदा ने अम्मा को सहारा देकर उठाया, उनके हाथ धुलाए और खटिया पर लिटा दिया।

"तू भी कैसी बात करती है नर्बदा। तीन बरस बाद मेरा बेटा आ रहा है, और मैं आँगन भी न लीपूँ ?"

"तीन बरस बाद आ रहा है तो मैं तो यही कहूँगी कि उनमें मोहमाया नहीं है। तुम यों ही मरी जाती हो उनके पीछे।"

"देख नर्बदा, मेरे रामेसुर के लिए कुछ मत कहना। यह तो मैं जानती हूँ कि तीन-तीन बरस मुझसे दूर रहकर उसके दिन कैसे बीतते हैं, पर क्या करे, नौकरी तो आखिर नौकरी ही है। मेरे पास आज लाखों का धन होता तो बेटे को यों नौकरी करने परदेस नहीं दुरा देती, पर····" और उनके कुछ क्षण पहले पुलकते चेहरे पर मायूसी छा गई। आँखें अनायास ही डबडबा आईं।

नर्बदा यहाँ बरसों से काम करती है, अम्मा के लिए उसके मन में अपार श्रद्धा है, पर बेटे के प्रसंग को लेकर वह जब-तब उनका दिल दुखा दिया करती है। कुछ और खरी-खोटी सुनाने का उसका मन हो रहा था, पर आज वह मानो अम्मा पर तरस खाकर चुप रह गई। जब तक वह काम करती रही, अम्मा शून्य में ताकती जाने क्या सोचती रहीं, बोलीं एक शब्द भी नहीं। जब वह जाने लगी तो न चाहकर भी उन्हें कहना पड़ा, "तू जाते समय ग्वाले को कहती जाना कि कल दूध जल्दी दे जाए, और अब से दूध ज्यादा लगेगा। बच्चे वाले घर में तो दूध पूरा ही रहना चाहिए। और जब तक वे लोग यहाँ रहें तब तक तू चौका-बरतन करके यहीं रहा करना। घर में पाँच प्राणी रहते हैं तो काम तो निकल ही आता है, फिर बच्चे का साथ रहेगा। देने-लेने की चिन्ता मत करना, मैं रामेसुर को एक कहूँगी, तो वह पाँच देगा।"

कुछ तो गठिया के दर्द ने और कुछ नर्बदा की बातों ने अम्मा का उत्साह तोड़ दिया। बहुत-से काम उन्होंने सोच रखे थे, पर वे कुछ न कर सकीं। बस अपनी खाट पर पड़े-पड़े भूली-बिसरी लोरियाँ याद करके गुनगुनाती रहीं। धीरे-धीरे रात के अन्धकार में उनके मन की मायूसी भी डूब गई और वे भोर होने के पहले ही उठ बैठीं। घुटने का दर्द

मन के उत्साह में खो गया, और बेटे-पोते से मिलने की उमंग में मौसम की ठंडक भी जैसे जाती रही। सात बजते-बजते तो वे सब घर ही पहुँच जाएँगे। साथ छोटा बच्चा है, दूध तो गरम करके रख ही दूँ। फ़िर उन दोनों को भी चाय की आदत होगी, ऐसी सर्दी में चाय तैयार नहीं मिलेगी तो अम्मा को क्या कहेंगे भला? दूसरा चूल्हा भी जला दूँ, नहाने को गरम पानी भी तो चाहिएगा।

उस कड़कती सर्दी में ठिठुरते-ठिठुरते अम्मा ने बेटे-बहू को गरम करने के सारे आयोजन कर डाले। फिर सोचा—लगे हाथ तरकारी भी काट ही दूँ, नहीं तो वे इधर आयेंगे और उधर मैं चूल्हे में सिर देकर बैठ जाऊँगी। तीन बरसों में मेरा बेटा आ रहा है, घड़ी-दो घड़ी उससे बात भी नहीं करूँगी? इनका क्या, ये तो राजी-खुशी पूछकर औषधालय चल देंगे। तरकारी भी कट गई—अब क्या करे? अम्मा अपने को इतना व्यस्त कर देना चाहती थीं जिससे प्रतीक्षा के बोझिल क्षण महसूस न हों, पर समय जैसे बीत ही नहीं रहा था! तभी दूर कहीं घोड़ों के घुँघरुओं की आवाज़ आई और ताँगा अम्मा के घर के सामने रुका। अम्मा पागलों की तरह दरवाज़े की ओर दौड़ पड़ीं। रामेश्वर की गोद से उन्होंने झपटकर बच्चे को ऐसे छीना मानो किसी चोर-उचक्के के हाथ से वे अपने बच्चे को छीन रही हों, और कसकर उसे सीने से चिपका लिया। चरण छूते हुए रामेश्वर की पीठ पर हाथ फेरते हुए दूसरे हाथ के घेरे में उसे भी लपेट लिया। बच्चा एकाएक इतना प्यार और शारीरिक कष्ट पाकर रो उठा और माँ के पास जाने के लिए मचलने लगा। वे उसके आँसू पोंछने लगीं, और उनकी अपनी आँखों से भी आँसू की धारा बहने लगी। पुचकारने पर भी जब बच्चा चुप नहीं हुआ तो बहू की ओर बढ़ाते हुए उन्होंने कहा, "अभी मुझे पहिचानता नहीं। एक बार मुझे पहिचानने लगेगा तो छोड़ेगा नहीं।" उपेक्षित-सी एक ओर खड़ी बहू ने बच्चे को ले लिया।

चाय-पानी हो गया, और रामेश्वर नहाने चला गया तो अम्मा ने बहू को अकेले पाकर कहा, "खबर तो दी होती बहू कि तुम्हारे महीने चढ़े हैं, कितने महीने हैं?"

झेंपते हुए बहू ने उत्तर दिया, "यह भी कोई लिखने की बात थी अम्मा!" फिर ज़रा रुकते-रुकते कहा मानो कहने का साहस बटोर रही हो, "अम्मा, इस बार बेटू को आप ही रखेंगी। जैसे भी हो मैं यहाँ हूँ तब तक उसे अपने से हिला लीजिए। मैं तो इसके मारे ही परेशान थी, दो-दो को तो···"

अम्मा आँखें फाड़-फाड़कर ऐसे देख रही थीं मानो जो कुछ सुन रही हैं उस पर विश्वास करें या नहीं। फिर एकाएक बोल पड़ीं, "तुम कह क्या रही हो बहू, बेटू को मेरे पास छोड़ जाओगी, मेरे पास! सच? हे भगवान, तुम्हारी सब साध पूरी हो, तुम बड़भागी होओ। मेरे इस सूने घर में एक बच्चा रहेगा तो मेरा तो जनन सफल हो जाएगा।" फिर वे एकाएक रो पड़ीं, "तुम क्या जानो बहू! अपने कलेजे के टुकड़े को निकालकर बम्बई भेज दिया। रामेसुर के बिना यह घर तो मसान जैसा लगता है। ये ठहरे संत आदमी, दीन-दुनिया से कोई मतलब नहीं। मैं अकेली ये पहाड़ जैसे दिन कैसे

काटती हूँ सो मैं ही जानती हूँ। भगवान तुम्हें दूसरा भी बेटा दें, तुम उसे पाल लेना! मैं समझूँगी तुमने मेरा रामेसुर लेकर मुझे अपना रामेसुर दे दिया! पर देखो, अपनी बात से मुड़ना नहीं····मैं····मैं····" तभी रामेश्वर ने ठिठुरते हुए रसोई में प्रवेश किया, "अम्मा, एक अँगीठी ज़रा इधर रख दो। बम्बई में रहकर तो सरदी सहने की आदत नहीं रही। यहाँ तो नहाते ही जैसे जम गया।"

अम्मा ने अँगीठी रामेश्वर के पास सरका दी। तभी रामेश्वर का ध्यान अम्मा के कपड़ों की ओर गया, "यह क्या अम्मा, तुम कुछ भी गरम कपड़ा नहीं पहने हो! सरदी खा गई तो बीमार पड़ जाओगी। फिर तुम्हें गठिया की भी तो तकलीफ है, ऐसे कैसे चलेगा। न हो तो बनवा लो कपड़े, मैं रुपए दे दूँगा।"

पर यह सब अनसुना करके अम्मा बोलीं, "देख आज बहू ने कह दिया है कि बेटू अब मेरे पास रहेगा, और अब जो बच्चा होगा वह तुम्हारे पास। तू कहीं टाल मत जाना, बात पक्की हो गई। आज से बेटू मेरा हुआ!"

"अरे हम सभी तो तुम्हारे हैं अम्मा, बोलो नहीं हैं?" परिहास के स्वर में रामेश्वर बोला।

"हो क्यों नहीं। मेरे नहीं तो और किसके हो। पर बेटू आज से मेरे पास रहेगा।" अम्मा ने कहा।

तभी वैद्यराज जी कुछ खाली शीशियाँ लेकर आए तो अम्मा बोलीं, "सुनते हो जी, इस बार बेटू यहीं रहेगा। बेचारी बहू खुद अभी बच्ची है, दो-दो को कैसे सँभालेगी? और फिर पहले बच्चे पर तो यों भी दादी का हक होता है।" उनके हाथों की गति बढ़ गई थी और वे अब उठने-बैठने में ज़रा भी तकलीफ महसूस नहीं कर रही थीं।

दोपहर को नर्बदा से भी कहा, "बहू के तो फिर बच्चा होने वाला है, बेचारी दो-दो को कैसे सँभालेगी, सो मुझसे कहने लगी—अम्मा, बेटू को तो तुम्हें ही रखना पड़ेगा। उसे कहने में बड़ा संकोच हो रहा था कि मुझे बुढ़ापे में तकलीफ होगी, पर तू ही बता, घर के बच्चे को रखने में कैसी तकलीफ भला! ऐसे समय में घर के ही लोग काम न आएँगे तो कौन आएँगे भला?"

इसके बाद घर में जो कोई भी आया उसे यही खबर सुनाई गई! अम्मा इस बात का इतना प्रचार कर देना चाहती थीं कि यदि फिर किसी कारण से बहू का मन फिर भी जाए तो शरम के मारे ही वह अपना इरादा न बदल पाए। अम्मा का सारा दिन बेटू को खिलाने में और उसकी नोन-राई करने में ही बीतता! जाने कैसी-कैसी औरतें घर में आती हैं, तन्दुरुस्त-सुन्दर बच्चे को कड़ी नज़र से देख जाएँ तो लेने के देने पड़ जाएँ। बेटू को लेकर उनके शिथिल और नीरस जीवन में नया उत्साह आ गया था। घुटनों के दर्द के मारे कहाँ तो वे अपने शरीर का बोझ ही नहीं ढो पाती थीं, और कहाँ अब वे बेटू को लादे फिरती हैं। शाम को उसके साथ आँख-मिचौली खेलतीं। बेटू का घोड़ा बनकर आँगन में दौड़ती फिरतीं। बेटू के साथ-साथ उनका भी जैसे बचपन लौट आया था।

देखनेवाले अम्मा के पागलपन पर हँसते, पर इसकी उन्हें जरा भी चिन्ता नहीं थी। रामेश्वर ने टोका, "अम्मा, क्यों उसे लादे फिरती हो, यों ही तुम्हारे घुटनों में दर्द रहता है।" तो बिगड़ पड़ीं, "कैसी बातें करता है रामेसुर, इसमें भी कोई वज़न है जो उठाना भारी पड़े। फूल जैसा तो हलका है, खाली-खाली दोनों बेला मिलते टोक दिया। माँ-बाप की नज़र ही सबसे ज्यादा लगती है बच्चों को, तभी तो बेटू एक दिन ठीक नहीं रहता।"

निश्चित समय पर दूध पिलाना, शीशी में दूध भरना, बाद में उसकी सफाई करना आदि सब काम अम्मा के लिए बिलकुल नए थे। उन्होंने तो रामेश्वर को अपने ढंग से पाला था। जब बच्चा रोया, झट दूध पिला दिया। दूध के लिए भी समय देखना पड़ता है, यह बात उनके लिए एकदम नई थी। दो साल तक तो उन्होंने रामेश्वर को अपना दूध पिलाया था, उसके बाद गिलास से पिलाती थीं, यह शीशी का नखरा उस ज़माने में था ही नहीं, और होगा भी तो शहरों में। पर रमा से बड़ी लगन और तत्परता से एक जिज्ञासु विद्यार्थी की तरह उन्होंने यह सब भी सीखा। पति से ज़िद करके औषधालय की दीवार-घड़ी, जो पिछले बीस वर्षों से वहीं लगी थी, उतरवाकर घर में लगवाई और घड़ी देखना सीखा। उनके एकाकी जीवन में समय को कोई महत्त्व ही नहीं था। न पति को दफ्तर जाना रहता था, न बच्चों को स्कूल, जो समय पर कोई काम करना पड़े। पर अब एकाएक ही उन्हें घड़ी की आवश्यकता महसूस होने लगी थी यों उनकी याददाश्त बड़ी कमज़ोर थी, पर दूध के समय उन्होंने जो याद किए तो कभी नहीं भूलीं। शुरू-शुरू में यह सब उन्हें बड़ा अटपटा-सा लगा, पर फिर भी वे सारा काम बड़ी सतर्कता से करतीं। शीशी में दूध भरते समय उनका बूढ़ा हाथ अक्सर काँप जाया करता था, और दूध बाहर को गिर जाता था। उस समय वे एक असफल विद्यार्थी की तरह सफाई पेश करती थीं, "बहुत जल्दी सीख लूँगी बहू। ज़रा-सा हाथ काँप गया था, फिर शीशी का मुँह भी तो कितना छोटा है।" उनका कहने का भाव ऐसा होता मानो वे कह रही हों कि इस छोटी-सी गलती के कारण ही कहीं तुम बेटू को ले मत जाना!

बीस दिन बाद जब बहू ने अपनी माँ के घर प्रयाण किया तो बेटू ने न ज़िद की न वह रोया ही। बहू के कड़े नियन्त्रण के बाद दादी के असीम दुलार में रहना, जहाँ कोई बन्धन नहीं, अंकुश नहीं, बेटू को बड़ा अच्छा लगा। बहू चली गई, अम्मा ने निश्चिन्तता की एक साँस ली। महीना बीतते न बीतते खबर आई कि बहू के दूसरा भी लड़का हुआ है। अम्मा की छाती पर से जैसे एक बारी बोझ हट गया। संशय का एक काँटा जो रमा के जाने के बाद भी उनके मन में चुभा करता था, वह भी निकल गया। बेटू अब मेरा है, पूरी तरह मेरा है, यह भावना उसी दिन पूरी तरह उनके मन में जम पाई।

जाने से पहले रामेश्वर ने अम्मा और पिताजी के लिए ढेर सारे कपड़े बनवाए थे। अम्मा सारे मोहल्ले की औरतों को दिखाती फिरतीं। जो कोई आता उसी से कहतीं, "अम्मा के पीछे तो बस रामेसुर पागल है, न आगे की सोचता है न पीछे की। उसका बस चले तो मुझ पर ही सारा घर लुटा दे। लाख मना करती रही, पर एक बात नहीं

मानी। अब बुढ़ापे में ये छपी साड़ियाँ पहनकर कहाँ जाऊँगी, पर वह क्यों सुनने लगा?" उनके झुर्रियों-भरे चेहरे पर चमक आ जाती, और वे आँखें मूँदकर अपने बेटे के चिरायु होने की कामना करतीं। जब रामेश्वर के जाने का समय आया तो उन्होंने रो-रो कर घर भर दिया। हिचकियाँ लेते हुए बोलीं, "देख रामेसुर, यह तीन-तीन बरस तक घर का मुँह न देखने वाली बात अब नहीं चलेगी। साल में एक बार तो आ ही जाया कर मेरे लाल? नौकरी की जगह नौकरी और माँ-बाप की जगह माँ-बाप! मेरी तबीयत भी ठीक नहीं रहती, किसी दिन भी आँख मुँदी रह जाएँगी तो मैं तेरी सूरत को भी तरस जाऊँगी। सो कम-से-कम अपनी इस बुढ़िया माँ को····" पर आगे वे कुछ नहीं कह सकीं, बस फूट-फूटकर रोने लगीं। आँसू-भरी आँखों से वे रामेश्वर के ताँगे को तब तक देखती रहीं, जब तक वह आँखों से ओझल नहीं हो गया। उसके बाद उन्होंने कसकर बेटू को अपनी छाती से चिपका लिया।

दूसरे साल रामेश्वर नहीं आया, केवल रमा आई, शायद बेटू को देखने। पर बेटू को जो देखा तो उसका माथा ठनक गया। जिस बेटू को वह छोड़ गई थी, और जिसे अब वह देख रही है, दोनों में कोई सामंजस्य ही नहीं था। बात-बात में उसकी ज़िद देखकर रमा का खून खौल जाता। खाना वह दादी अम्मा के हाथ से खाता, और सारे दिन चरता रहता था। रात में सोता तो दादी अम्मा के दोनों अँगूठे पकड़कर सोता, और जब तक दादी अम्मा उसे लोरी नहीं सुनातीं तब तक उसे नींद नहीं आती थी। सारे दिन दादी अम्मा की धोती का पल्ला पकड़कर उनके पीछे-पीछे घूमा करता, और शाम को गली-मुहल्ले के गन्दे-गन्दे बच्चों के बीच खेलता। उसे देखकर कौन कहेगा कि यह एक पढ़ी-लिखी सभ्य लड़की का बच्चा है। घर के सामने से जो कोई भी फेरीवाला निकल जाता, उसी से बेटू कुछ-न-कुछ जरूर खरीदता, न दिलवाने से ज़मीन-आसपास एक कर देता, और मचल-मचलकर सारे आँगन में लोटता!

आखिर रमा को ज़बान खोलनी ही पड़ी, "अम्मा, आपने तो इसे बिगाड़ कर धूल कर रखा है, इस तरह कैसे चलेगा?"

दादी माँ ने हँसते हुए बड़े ही सहज भाव से कहा, "अरे बचपन में कौन ज़िद नहीं करता बहू! रामेसुर भी ऐसे ही करता था, यह तो सच हू-ब-हू उसी पर पड़ा है। समय आने पर सब अपने आप छूट जाएगा। यही तो उमर होती है ज़िद करने की, साल-दो साल और कर ले, फिर अपने आप सब कुछ छूट जाएगा!" और वे मुग्ध भाव से गोद में बैठे बेटू के बालों में अंगुलियाँ चलाने लगीं। रमा खून का घूँट पीकर रह गई। रमा की इच्छा हुई बेटू को अपने साथ लेती जाए, पर एक साल का पप्पू ही उसे इतना परेशान करता था कि दोनों को साथ रखने का साहस नहीं हुआ। बम्बई जाते ही उसने अम्मा के पास ज़रा खरी-खरी भाषा में पत्र पहुँचाने आरम्भ कर दिए। जैसे ही वह चार साल का हुआ, रमा ने लिख दिया कि अम्मा अब उसे वहाँ के नर्सरी स्कूल में भर्ती करवा दें, कम-से-कम कुछ तमीज तो सीखेगा! चिट्ठियाँ पढ़ती तो अम्मा को लगता, बहू का

दिमाग़ बौरा गया है। भला चार साल का दूध पीता बच्चा कहीं स्कूल जा सकता है? रमा के पत्र आते रहें और अम्मा का ढर्रा अपने ढंग से चलता रहा।

दो साल बाद फिर रमा और रामेश्वर अपने तीन साल के पप्पू को लेकर आए। पप्पू ने अंग्रेजी की छोटी-छोटी कविताएँ याद कर रखी थीं और बड़े अदब के साथ बोलता था। अभी दो महीने पहले ही रमा ने उसे वहाँ के अंग्रेजी स्कूल में भर्ती करवाया था। पर बेटू वैसा ही था, जैसा रमा उसे छोड़ गई थी। उम्र में वह ज़रूर बड़ा हो गया था, बाकी सब-कुछ वैसा ही था? रमा उठते-उठते रामेश्वर से कहती, "जैसे भी हो इस बार बेटू को लेकर चलना ही होगा। यही हाल रहा तो इसकी ज़िन्दगी चौपट हो जायगी। यह भी कोई ढंग है भला।"

"अम्मा को बड़ा दुःख होगा, और बेटू तुम्हारे पास ज़रा भी तो नहीं आता, वह अम्मा को छोड़कर कैसे रहेगा? ये सारी बातें सोच लो!" रामेश्वर इस प्रसंग को जैसे टालना चाहते थे।

"अम्मा के दुःख की बात मैं मानती हूँ।" रमा ने अपने आवेश को दबाते हुए कहा, "पर जब उन्हें लिखा कि स्कूल में डाल दो तो वह भी तो उनसे नहीं हुआ। जैसे बताती हूँ, वैसे तो रखती नहीं। अब इनके दिन के सुख के लिए बच्चे का सारा भविष्य बिगाड़कर रख दूँ?" उसका गला भर्रा आया था।

रामेश्वर बेचारा बड़े धर्म-संकट में था। उसे पत्नी की बातों में भी सार नज़र आता था, और वह अम्मा की भावनाओं को भी ठेस नहीं पहुँचाना चाहता था, सो बिना कुछ निर्णय दिए सारी बात रमा पर छोड़कर वह बम्बई लौट गया। रमा कभी मिठाई दिलाकर, कभी ताँगे में घुमाकर बेटू को अपने से हिलाने की कोशिश करने लगी। बेटू को ताँगे से घूमने का बेहद शौक था, जो कम ही पूरा होता था। अम्मा को कभी स्वप्न में भी ख्याल नहीं था कि रमा पप्पू के रहते हुए भी बेटू को ले जाने का प्रस्ताव रखेगी। जिस दिन उन्होंने सुना, उनके पैरों तले की ज़मीन सरक गई। जब रमा ने बेटू को उनके पास छोड़ने का प्रस्ताव रखा था तब भी एकाएक उन्हें अपने कानों पर विश्वास नहीं हुआ था, ठीक उसी प्रकार ले जाने की बात पर भी उन्हें विश्वास नहीं हो रहा था। फिर भी काँपते स्वर में कहा, "कैसी बात करती हो बहू! मेरे बिना वह पल-भर भी तो नहीं रहता। इतना बड़ा हो गया, फिर भी जब तक मैं कौर नहीं देती तब तक खाता नहीं, सो एकाएक मुझसे दूर कैसे रहेगा?"

"नहीं रहेगा तो थोड़े दिन रो लेगा, आखिर उसकी पढ़ाई का सिलसिला भी तो जमाना है अम्मा! देखो पप्पू स्कूल जाने लगा और यह अभी तुम्हारा पल्ला पकड़े-पकड़े ही घूमता है।"

"अरे पढ़ लेगा बहू, पढ़ लेगा! उमर आयेगी तो पढ़ लेगा। यह मत सोचना कि मैं उसे गँवार ही रहने दूँगी। रामेसुर को भी तो मैंने ही पाला-पोसा है, उसे क्या गँवार ही रख दिया? फिर यह तो मुझे और भी प्यारा है। मूल से ब्याज ज़्यादा प्यारा होता है, इसे

तो मैं खूब पढ़ाऊँगी, तू चिन्ता मत कर बहू, पर इसे ले जाने की बात मत कर···" और वे फफक-फफककर रो पड़ीं।

रमा की आँखों में भी आँसू तो आ गए फिर भी उसने अपने पर काबू पाते हुए, और स्वर को भरसक कोमल बनाकर कहा, "मैं आपका दिल नहीं दुखाना चाहती अम्मा, पर आपके इस ज़रूरत से ज़्यादा प्यार ने ही तो इसे बिगाड़कर धूल कर दिया है। एक भी आदत तो इसमें अच्छी नहीं है। यदि आप सचमुच ही इसे प्यार करती हैं और इसका भला चाहती हैं तो इसे मेरे साथ भेज दीजिए, और इसके साथ दुश्मनी ही निभानी है तो रखिए इसे अपने पास।" कहने के बाद ही रमा को लगा जैसे बहुत कड़ी बात वह कह गई है।

"मैं···मैं अपने बेटू के साथ दुश्मनी निभाऊँगी—मैं उसकी दुश्मन हूँ···मैं···मैं, तू मेरे प्यार की परीक्षा लेना चाहती है, पर ऐसी कठिन परीक्षा तो मत ले बहू, इससे तो तू मेरे प्राण ही ले ले!" और वे फूट-फूटकर रोने लगीं। कुछ देर बात एकाएक स्वर संयत करके बोलीं, "ले जा बहू, ले जा। मेरा बेटू फूले-फले, पढ़-लिखकर लायक बने, इससे बढ़कर खुशी की बात मेरे लिए और क्या हो सकती है। मेरा क्या है, मेरी चार दिन की हँसी-खुशी के लिए मैं तेरे बच्चे की ज़िन्दगी नहीं बिगाड़ूँगी। मैं अपढ़ गँवार औरत ठहरी, इसे लायक कहाँ से बनाऊँगी, तू इसे ले जा! चार दिन को मेरी ज़िन्दगी में हँसी-खुशी आ गई इसी में तेरा बड़ा जस मानूँगी···" और रमा कुछ कहे उसके पहले ही उन्होंने रसोईघर में जाकर भीतर से किवाड़ बन्द कर लिए।

रमा को खुद इस सारी बात से बड़ा दुःख हो रहा था, पर बच्चे की बात सोचकर वह निर्णय बदलने में अपने को असमर्थ पा रही थी। यही सोच-सोचकर वह अपने मन को तसल्ली दे रही थी कि समय का मरहम अम्मा के घाव को अपने आप भर देगा।

दो दिन बात औषधालय के एकमात्र नौकर और दोनों बच्चों को लेकर रमा अपनी माँ के यहाँ चल पड़ी। बेटू को बताया ही नहीं गया कि रमा उसे अपने साथ ले जा रही है। रोज़ की भाँति ताँगे में घूमने के लालच से वह चला गया। जाते समय कह गया, "दादी अम्मा, मैं तेरे लिए मिठाई और गोली लेकर आऊँगा।" दादी अम्मा ने उसे कलेजे से लगा लिया। एक बार उसकी इच्छा हुई कि वह बेटू को बता दे कि रमा उसे हमेशा के लिए उनसे अलग करके ले जा रही है, पर फिर भी वे चुप रहीं।

उसके बाद जो भी कोई घर में आया, अपार आश्चर्य से उसने पूछा, "अरे, बहू बेटू को ले गई? तुम तो कहती थीं कि बेटू अब तुम्हारे पास ही रहेगा।" अम्मा को लगा जैसे किसी ने उनके कलेजे पर गरम सलाख दाग दी हो। तिलमिलाकर जवाब देतीं—"कहती तो थी पर अब रखा नहीं जाता! गठिया के मारे मेरा तो उठना-बैठना तक हराम हो रहा है, सो मैंने ही कह दिया कि बहू अब पप्पू बड़ा हुआ सो बेटू को भी ले जाओ।"

"अरे अम्मा, एक पल तो तुम उसे छोड़ती नहीं थी, अब रह लोगी उसके बिना?"

"नहीं रह सकती तो भेजती ही क्यों ? अब यह कोई बच्चे पालने की उमर है भला ! जिसकी थाती उसी को सौंपी। बुढ़ापा है, कुछ भजन-पूजन ही कर लूँ। उसके मारे तो मेरा सब-कुछ छूट गया था !"

बड़े ही संदिग्ध भाव से अम्मा की इस दलील को औरतें स्वीकार कर पाती थीं। आज अम्मा के पास कोई काम नहीं था करने को, सो खाली आँगन में दर्दीले स्वर से एक लोरी गुनगुना रही थीं। शाम को गुब्बारे वाला आया, बुढ़िया के बाल वाला आया, खिलौने की मिठाई बेचने वाला आया तो बुझे-से स्वर में अम्मा ने सबको यही जवाब दिया, "जाओ, भाई जाओ ! आज तुम्हारा ग्राहक नहीं है। उसे मैंने उसकी अम्मा के साथ भेज दिया। अब यहाँ मत आया करो, कभी मत आया करो, कभी मत आया करो, कोई तुम्हारी चीज़ नहीं खरीदेगा !" और उनका मन सुबक उठता, पर उनकी आँखों के आँसू जैसे सूख गए थे !

तीसरे दिन औषधालय का नौकर वापस आया, तो सबसे पहले खबर दी कि दादी अम्मा को याद करते-करते बेटू को बुखार आ गया और वह उसे भरे बुखार में छोड़कर आया है। वह रमा के हाथ से न कुछ खाता है, न दवाई पीता है। अम्मा ने सुना तो ऊपर की साँस ऊपर और नीचे की साँस नीचे रह गई। वे पागलों की भाँति दौड़ती हुई औषधालय में पहुँचीं, "अरे सुनते हो, बेटू रो-रोकर बीमार हो गया है। मैं तो पहले ही जानती थी कि वह मेरे बिना रहेगा नहीं, पर बहू को कौन समझाए। अब तो रात की गाड़ी से ही जाकर मुझे उसे लाना होगा ! वह तो रो-रोकर प्राण दे देगा। हे भगवान, मेरी मति पर भी पत्थर पड़ गए थे जो बहू की बात मान गई !"

अम्मा रोती थीं और कपड़े ठीक करती जाती थीं। नर्बदा आई तो आश्चर्य से बोली, "कहाँ की तैयारी कर रही हो अम्मा ?"

"अरे, शिब्बू बहू को छोड़कर लौटा तो बताया कि बेटू ने तो रो-रोकर बुखार चढ़ा लिया। मैं तो भेजकर अपनी तरफ से निश्चिन्त हो गई थी, पर वह रह सकता है क्या ? उसके तो प्राण मुझमें कुछ ऐसे पड़ गये थे कि क्या बताऊँ! कोई अगले जनम का संस्कार ही समझ। अब जाकर लाना पड़ेगा, नहीं तो छोरा रो-रोकर प्राण दे देगा।" और गर्व और आनन्द से उनकी छाती फूल गई।

तीसरे दिन ही बेटू को लेकर वे लौट आईं। जिसने देखा उसी ने कहा—"अरे चार दिन में ही बच्चा सूख गया।"

"सूखेगा नहीं, कुछ तो खाया नहीं, और एक पल को आँसू नहीं टूटा। मैं तो सोचती थी कि बहू के हवाले करके सुख से पूजा-पाठ करूँगी, पर अब यह रहता भी तो नहीं।"

एक साल उन्होंने इसी प्रकार और निकाल दिया। रमा बम्बई से आई और फिर बेटू का वही रवैया देखा तो सोचा कि वह उसे सीधे बम्बई ले जाती तो यह सारा कांड नहीं होता। अम्मा बम्बई तक आ नहीं सकती थीं। सो फिर एक बार दादी माँ को

रुलाकर उनके मना करने पर भी वह बेटू को लेकर बम्बई के लिए चल पड़ी। जाने किस आशा से अम्मा ने अपनी सारी जमा-पूँजी खर्च करके शिब्बू को साथ कर दिया। रमा मना करती रही कि अब दोनो बच्चे बड़े हैं, और वह सँभाल लेगी पर अम्मा ने शिब्बू को साथ भेज ही दिया।

दूसरे दिन से जो कोई भी आता अम्मा उसी के सामने यह मनौती मनातीं कि किसी प्रकार बेटू रमा के पास हिल जाय तो वह सवा रुपए का परसाद चढ़ाएगी ! उच्च स्वर से वे रात-दिन रट लगाए रहतीं कि बेटू मुझे किसी तरह भूल जाय। पर सात दिनों के बाद जब शिब्बू लौटकर आया तो वे ऐसे दौड़ पड़ीं मानो वह बेटू को लेकर ही आया हो। झपटकर उन्होंने पूछा, "मेरा बेटू कहाँ है? मेरा बेटू ठीक है शिब्बू, तुझे मैंने किसलिए भेजा था?" उनका स्वर बुरी तरह काँप रहा था।

"इस बार तो अम्मा, बहूजी ने बेटू को हिला लिया। वहाँ बहूजी के मकान में बहुत सारे बच्चे हैं, उन सबसे दोस्ती हो गई, सो खूब खेलता है। ट्राम, बस, बगीचे, झूले—इन सबमें उसका मन लग गया।" शिब्बू ने बताया तो अम्मा शून्य-पथराई आँखों से उसे ऐसे देख रही थीं मानो कुछ समझ ही नहीं रही हों। शिब्बू कहे चला जा रहा था, "चलो तुम्हारी चिन्ता दूर हुई। मैं तो अम्मा दो दिन इसी मारे ज्यादा रुक गया कि कहीं रोया तो अपने साथ लेता आऊँगा, पर इस बार बहूजी ने उसे समझा दिया और वह भी समझ गया। अब वहाँ जम जाएगा। अब तो तुम परसाद चढ़ाओ अम्मा, और मज़े से भजन-पूजन करो।"

एकाएक जैसे अम्मा की चेतना लौट गई, "क्या कहा···बेटू मुझे भूल गया, वहाँ जम गया? सच मेरी बड़ी चिन्ता दूर हुई। इस बार भगवान् ने मेरी सुन ली। ज़रूर परसाद चढ़ाऊँगी रे, ज़रूर चढ़ाऊँगी। मेरे बच्चे के जी का कलेश मिटा, मैं परसाद नहीं चढ़ाऊँगी भला!" और फिर गीली आँखों और काँपते हाथों से उन्होंने जेब से सवा रुपया निकालकर शिब्बू को देते हुए कहा, "ले, पेड़े लेता आ, अब परसादी चढ़ाकर बाँट ही दूँ। कौन नर्बदा? सुना नर्बदा, बेटू मुझे भूल गया—बस भूल ही गया····" और उन्होंने आँचल से भर-भर आती आँखें पोंछीं और हँस पड़ीं।

# तीसरा आदमी

पाजामे को मोड़कर उसमें क्लिप लगाते हुए सतीश बोला, "तुमने तो सारा कमरा ही अस्तव्यस्त कर रखा है, कहीं बैठने तक की तो जगह नहीं है। तुम ठीक-ठाक करो, तब तक मैं जरा बाहर ही घूम आता हूँ।"

हाथ में झाड़ू लिये-लिये ही शकुन ने उसे भरपूर नज़रों से देखा, "देख रही हूँ, तुम्हें आलोकजी का आना अच्छा नहीं लग रहा है।" आवाज़ में हल्की-सी तल्खी थी, जिसे भौंहों पर पड़े बल ने और भी स्पष्ट कर दिया था।

"मुझे? मैंने तो ऐसा कुछ नहीं कहा!" और उसने यों ही स्टैण्ड के सहारे खड़ी साइकिल के पैडिल पर ज़ोर से पैर मारा, तो पीछे का पहिया ज़ोर से घन्ना उठा।

"सब कुछ कहा नहीं जाता है। कुछ बातें होती हैं, जो शब्दों के बिना भी शब्दों से ज्यादा स्पष्ट होती हैं। फिर मैं कोई बच्ची नहीं, तुम्हारी हर बात को खूब समझती हूँ। और वह ज़ोर-ज़ोर से झाड़ू मार-मारकर दरी की धूल झाड़ने लगी।

एक क्षण को सतीश की समझ में नहीं आया कि वह क्या कहे, क्या करे? बड़ी कातर-सी नज़र से उसने शकुन को देखा और फिर साइकिल ठेलता हुआ सीढ़ियाँ उतरकर सड़क पर आ गया।

बाहर आकर एकाएक उसे लगने लगा जैसे आलोक का आना उसे सचमुच ही अच्छा नहीं लग रहा है। दो दिन से मन पर जो हल्की-सी खिन्नता छाई हुई है, वह कहीं 'अच्छा न लगना' ही तो है। वह शायद इस भावना को नाम नहीं दे पा रहा था, शकुन ने दे दिया।

शकुन के मन में बड़ा उत्साह है। कल से ही लगी हुई है, सारा घर ठीक करने में। और कल से उसे बड़ा अफसोस भी हो रहा है कि क्यों नहीं उसने बड़ा घर लेने की बात मान ली? अब इस एक कमरे को ही बड़ा बनाने के चक्कर में उसने न जाने कितना फालतू सामान हटा दिया है। अपने घर को बिल्कुल नया रूप, नया जीवन देने पर तुली हुई है जैसे।

'नया रूप, नया जीवन?' कमरे के लिए ये शब्द कितने बेतुके हैं। उसे इन शब्दों का ख्याल ही क्यों आया? उसे खुद लगने लगा कि बहुत भीतर कहीं कुछ हो रहा है, जो उसे एबनॉर्मल बनाता जा रहा है। तभी तो उसने कुछ नहीं कहा, फिर भी शकुन भाँप गई।

उसने देखा, वह शुक्ला के घर के सामने आ गया है। चलते समय उसने कुछ भी नहीं सोचा था कि वह कहाँ जाएगा! बस, घर में बैठने की जगह नहीं थी, सो चल पड़ा

था। कुछ देर शुक्ला के यहीं बैठ ले ! उसने पैर ज़मीन पर टिका दिए, पर दो मिनट तक वह तय नहीं कर पाया कि वह शुक्ला के यहाँ जाए या आगे बढ़ जाए। नहीं, उसे कहीं नहीं बैठना है। वह इस समय एकान्त में बैठकर अपने मन में ही झाँकेगा; जो कुछ भी अनुचित, अस्वाभाविक वहाँ है, उसे जाने-समझेगा। शायद इससे उसकी मानसिक स्थिति कुछ सुधरेगी। वरना यदि वह कल भी इसी तरह ऊटपटाँग व्यवहार करने लगा, तो कितनी भद्दी बात होगी ! फिर यह आनेवाला व्यक्ति लेखक ठहरा, ज़रूर बड़ी पैनी नज़र होगी उसकी।

उसने साइकिल आनासागर की ओर मोड़ दी। बजरंगगढ़ पर चढ़ती भीड़ को देखकर उसे ख्याल आया, आज ज़रूर मंगलवार ही होना चाहिए। होना क्या चाहिए, है ही। तो वह क्या भूलने भी लगा है ? क्या होता जा रहा है उसे ?

सारी बारहदरी पार करके वह उसके अन्तिम सिरे पर आ गया। साइकिल में उसने ताला डाला और तालाब की ओर मुँह करके बैठ गया। सामने पानी में छोटी-छोटी लहरें उठ-बिखर रही थीं। एक लहर उठकर आगे बढ़ती, पर किनारे तक आने से पहले ही दूसरी लहर धक्के से उसे बिखेर देती। वह कुछ देर लहरों का यह खेल ही देखता रहा।

कल आलोक जी आ रहे हैं। आलोक जी—जिन्हें वह जानता नहीं, जिन्हें उसने कभी नहीं देखा नहीं। वह शकुन के परिचित हैं और उसी के निमन्त्रण पर आ भी रहे हैं। शकुन ने उसे भी पत्र लिखने के लिए कहा था, दो दिन तक वह तय ही नहीं कर पाया था कि लिखे या नहीं। फिर शकुन एकाएक बिगड़ पड़ी थी तो उसने उसी समय एक पोस्टकार्ड लिख दिया था, और अब वह आ रहे हैं। यों देखो तो बड़ी साधारण-सी बात है फिर भी उसे लगता था कि कहीं कुछ है अवश्य।

आलोक जी बड़े लेखक हैं। शकुन से ही उसने उनके बड़प्पन की बात सुनी है। बड़े आदमी हैं तो व्यस्त भी ज़रूर रहते होंगे, फिर आना स्वीकार कैसे कर लिया ? शकुन से भी तो कोई विशेष परिचय नहीं। चार महीने पहले वह दो दिन के लिए जयपुर गई थी अपने भाई साहब के पास, वहीं शायद मिली थी, कुछ समय के लिए। उसके बाद पत्र आते-जाते हैं, कभी-कभी किताबों के पार्सल भी। शकुन की मेज़ पर आलोक की कई पुस्तकें जम गई हैं, जिन्हें वह हमेशा पढ़ती-सराहती रहती है।

पर शकुन कुछ ज़्यादा ही उत्साहित है। उत्साह क्या, आवेग में आई हुई है। शायद इसीलिए कि वही उन्हें जानती भी है और कोई बड़ा आदमी आता है, तो थोड़ा उत्साह-आवेश आ ही जाता है।

उसे याद आया—शकुन को इस घर में तीसरे आदमी की उपस्थिति असह्य हो जाती थी। कमरा एक ही था और जब कोई भी आ जाता, तो उसके सोने के लिए अलग जगह नहीं रह जाती और सोते समय शकुन से अलगाव नहीं सहा जाता। जिस साल शकुन बी० ए० की तैयारी कर रही थी, तो उसने गाँव से माँ को बुलवा लिया था। "घर

माँ सँभाल लेंगी, तुम पढ़ने में लगी रहो, वरना यह दूसरी मेहनत तुम्हें मार देगी। कितना काम तुमको करना पड़ता है, सच, मैं तुम्हारे लिए....” पर शकुन रोती रही थी, “क्यों बेकार की बातें करते हो? तुम मुझसे चौगुना काम करवा लो, पर रात को तुम्हारी बाँहें नहीं छोड़ सकती। वहाँ आते ही सारी थकान मिट जाती है, अगले दिन के लिए ताज़गी आ जाती है।” और सतीश ने बड़े ढंग से माँ को वापस गाँव भेज दिया था।

एक बार उसका बड़ा पुराना मित्र आकर टिक गया था। शकुन शिष्टता की सीमा लाँघकर उसके साथ पेश आई। सतीश को उस बार तो गुस्सा भी आ गया था, पर शकुन की यह दुर्बलता भीतर ही भीतर उसे कहीं पुलकित भी करती रहती।

“मैं बी० टी० करके नौकरी कर लूँ, तब तुम दो कमरे का मकान ले लेना और जिसको चाहो बुलाना। यों भी अब तो किसी तीसरे आदमी को बुलाएँगे ही....आखिर कब तक टालेंगे?....” और वह लजा पड़ी थी।

जिस दिन बी० टी० का रिज़ल्ट निकला था, वह और शकुन बेहद प्रसन्न थे और उस दिन पहली बार वे किसी तीसरे आदमी को लाने के लिए मनुहार करते रहे थे। तीन साल अपने को ज़ब्त किया....अब और नहीं, अब और नहीं।

वे प्रतीक्षा करते और फिर नए सिरे से निराश जो जाते। जुलाई में शकुन को हायर सेकण्डरी स्कूल में नौकरी मिल गई। दो-तीन महीने अपने नये काम के बीच वह कुछ भूली रही। पर सतीश ने देखा कि धीरे-धीरे यह निराशा उसके भीतर ही भीतर कुछ तोड़ती-मरोड़ती चल रही है।

“अरे भाई, खाने पर आओ न, मैं बैठा हूँ।”

“तुम खा लो, मुझे आज खाना नहीं है।”

“क्या बात है, तबीयत तो ठीक है न?” सतीश ने भीतर लेटी शकुन को दुलारते हुए पूछा।

“हाँ-हाँ, ठीक है। मैंने व्रत रखा है।”

“व्रत!” सतीश ज़ोर से हँस पड़ा। “यह व्रत तुम कब से रखने लगी हो?”

“अब से मंगल को रखा करूँगी। हनुमानजी का व्रत रखना चाहिए। तुम चाहे मज़ाक उड़ा लो, मैं तो मानती हूँ।”

सतीश एकाएक खिन्न हो आया था। वह अकेला ही खाने बैठा, तो उससे खाया नहीं गया। उस रात उसकी छाती पर सिर रखकर शकुन बहुत-बहुत रोई थी, “मेरा मन नहीं लगता, मुझे बड़ा अकेला-अकेला लगता है।”

सतीश इस बात से दुःखी नहीं था, शकुन के दुःख से जरूर दुःखी था, पर कुछ भी उसकी समझ में नहीं आता कि वह क्या करे? और एक दिन शकुन ने कहा, “सुनो, आज मैं डॉक्टर के पास गई थी।”

“क्यों?” बड़े आश्चर्य से उसने पूछा।

“इधर कुछ दिनों से मुझे अपनी तबीयत ठीक नहीं लग रही थी, सोचा, दिखा दूँ।”

"मुझे तो तुमने अपनी तबीयत के बारे में कुछ नहीं बताया ?" कुछ अविश्वास से उसने पूछा। शकुन यों अकेली डॉक्टर के पास चली जाय—कुछ नई बात थी।

"बताने जैसा कुछ होता तो बता देती, बस यों ही ज़रा भारीपन-सा लगता था।"

"क्या बताया डॉक्टर ने ?" डॉक्टर की बात सुनते ही उसका मन जाने कैसा-कैसा होने लगा था, पर अब आशा की एक हल्की-सी लहर दौड़ गई। क्या शकुन कोई खबर सुनाने वाली है ?

"कोई खास बात नहीं।" बड़ा उदास स्वर था शकुन का। "नहीं, खुश होने जैसी कोई बात नहीं है।"

"उसने तम्हें बुलाया है।" शकुन फिर बोली।

"क्यों ?" और वह गौर से शकुन को देखने लगा। शकुन भी शायद उसकी नज़रों का सामना करना नहीं चाहती थी, मुँह किताब में ही गड़ाए रही।

"क्या हर्ज है, एक बार चले जाओ तो !" हिम्मत बटोरकर शकुन ने कहा।

सतीश को लगा—शकुन का यों अकेले डॉक्टर के पास जाना, उसे भी जाने के लिए कहना—जैसे भीतर-ही-भीतर कुछ घुनता जा रहा है। उसका मन हुआ, कोई तीखी-सी बात कह दे, पर कही नहीं गई। कहा केवल इतना ही, "मुझे क्या हुआ है जो डॉक्टर के पास जाऊँगा, मुझे नहीं जाना है !" और वह प्रतीक्षा करने लगा कि शकुन विरोध करे या ज़िद करे, तो फिर वह कुछ सुनाए। शकुन ने कुछ नहीं कहा।....कहती क्यों नहीं है साफ-साफ !

"तो शकुन, उसे...."भीतर-ही-भीतर उसके कुछ सुलगने लगा। सामने लेटी शकुन उसे बड़ी अपरिचित और पराई-सी लगने लगी। यही वह शकुन है जिसे उसने अपने प्राणों से ज़्यादा प्यार किया है....जिसे उसकी बाँहों का सहारा लिए बिना नींद नहीं आती। वही शकुन उस पर सन्देह करती है। उसे....वह....बिना कुछ बोले बाहर चला गया था। उसे सारी बात पर कभी गुस्सा आता, तो कभी दुःख होता, पर भीतर-ही-भीतर एक हल्का-सा भय भी अनजाने ही उसके मन में समाता जा रहा था।

और उस दिन के बाद उस घर की छत के नीचे बिना बोले, बिना कहे बहुत-कुछ घट गया था। शकुन के भीतर कहीं कुछ मर गया था। जिस रात की प्रतीक्षा में पहले वह सारा दिन काटता था, बिना थके फाइलों से जूझता रहता था....उसी रात से अब वह डरने लगा।

उसके बाद जब भी दो कमरे का घर लेने की बात आती, बड़े बुझे-से स्वर में शकुन कहती, "क्या करना है बड़े घर का ? दो जनों के लिए यह कमरा ही काफी है।" हाँ, लकड़ी का पार्टीशन अवश्य लग गया था और बाकायदा सोने और बैठने के दो कमरे बना दिए गए थे। शकुन बहुत कंजूस हो चली थी। जब-तब कहती, "कौन लम्बी-चौड़ी आमदनी है ! इसी में से खर्च करना है, इसी में से बचाकर भी रखना है। बुढ़ापे में चार पैसे होंगे तो यही सहारा देंगे, वरना यहाँ कौन...." और सतीश का मन

होता था कि इस बे-सिर-पैर की बकवास करने के लिए वह शकुन की जीभ खींच ले, पर भीतर-ही-भीतर दिन-प्रतिदिन बढ़ने वाला वह भय उसे कुछ भी नहीं कहने देता। क्या कहे वह ?

और सबसे बड़ा परिवर्तन हुआ था कि सारा शरीर सतीश की बाँहों में छोड़कर भी शकुन कहीं और रहती थी। थोड़ी देर बाद वह उसकी बाँहों में से छूटकर करवट लेकर सो जाती। "मुझे नींद आ रही है।" और अपमानित-आहत सतीश करवटें लेता रहता और निश्चय करता कि वह शकुन को बिना बताए कल ही डॉक्टर के पास जाएगा और अपने को दिखा आएगा। यह झूठा लांछन वह क्यों अपने ऊपर ले ?

पर सवेरा आता, तो पता नहीं उसे क्या होता कि डॉक्टर के यहाँ जाने की उसकी हिम्मत नहीं पड़ती। मन के किसी कोने में छिपा हुआ वह भय फैलता जाता और उसके सारे निश्चय डिग जाते। वह साइकिल मोड़ लेता और सीधा ऑफिस हो पहुँच जाता।

संशय और द्वन्द्व से ग्रस्त, शकुन के दुःख से दुःखी और एक अजान आशंका से त्रस्त सतीश बस एक ही बात महसूस करता कि शकुन उससे दूर होती जा रही है—उसके शरीर से भी और मन से भी। कोई तीसरा प्राणी उनके बीच आ जाता, तो वे कितने पास आ जाते। उसके अभाव में, उसकी अनुपस्थिति में दिनो-दिन वे दूर-दूर होते जा रहे हैं।

पर कोई तीसरा प्राणी नहीं आया। हाँ, खाना बनाने के लिए एक बुढ़िया माँजी को सतीश ने ज़िद करके रख लिया। जब तक उस बड़े अभाव की पूर्ति नहीं हो जाती, वह शकुन के लिए सामर्थ्य-भर दूसरी सुख-सुविधाएँ जुटा देना चाहता था।

....एकाएक घण्टों की आवाज़ के बीच बजरंगगढ़ की आरती का स्वर चारों ओर फैल गया। सतीश भी स्वर में स्वर मिलाकर गाने लगा। वह कई बार मंगल को शकुन के साथ बजरंगगढ़ आया है, उसे पूरी आरती याद है।

शकुन ने कमरा ठीक कर लिया होगा, अब चलना चाहिए। उसे एकाएक पछतावा होने लगा कि वह यहाँ क्यों आया ? उसे भी शकुन के साथ कमरा ठीक करवाना चाहिए था। वह भी उतने ही उत्साह से काम करता तो शकुन कितनी प्रसन्न होती ! वह क्या कहीं भी, कभी भी शकुन को प्रसन्न नहीं रख सकेगा ?

पर वह क्या करे ? उसे आज सचमुच कुछ अच्छा नहीं लग रहा है। आज क्या, उसे पिछले तीन-चार महीनों से कुछ भी तो अच्छा नहीं लग रहा। हाँ, शकुन ज़रूर कुछ प्रसन्न रहने लगी है। लगता है जैसे उसने इस स्थिति को अपनी नियति मान लिया है। पर क्यों ? दो वर्ष का समय कोई ऐसी अवधि तो नहीं है कि आदमी यों हताश हो जाए। उसके पास ऐसे लोगों की एक लम्बी लिस्ट है जिनके विवाह के पाँच-पाँच, सात-सात साल बाद बच्चे हुए। पर शकुन तो जैसे कुछ भी सुनने-मानने को तैयार ही नहीं है। उसकी इस ज़िद के लिए क्या किया जाए ?

ज़िद ! क्या सचमुच यह ज़िद बिल्कुल ही आधारहीन है ? और यदि है ही, तो

क्यों नहीं वही उसे प्रमाणित करके उसे इस त्रास से मुक्ति दे देता? पर क्या हुआ है उसे जो वह डॉक्टर के पास जाए? वह बिल्कुल नॉर्मल आदमी है। ऐसा कुछ भी होता, तो क्या उसे पता नहीं लगता····क्या तीन साल तक शकुन को पता नहीं लगता? उसने कभी कुछ महसूस नहीं किया, तो फिर यह शंका उसके मन में आई ही क्यों?

पर वह एक बार चला ही क्यों नहीं जाता? नहीं, वह शकुन की इस झूठी और बेतुकी ज़िद के सामने अपने को यों अपमानित नहीं होने देगा; पर हर बार ही कहीं बहुत भीतर से एक प्रश्न-सा उठता—क्या वह सचमुच शकुन की ज़िद के कारण ही ज़िद किए बैठा है, और कहीं कुछ नहीं है? किसी आशंका ने तो उसे नहीं रोक रखा है और यही आशंका धीरे-धीरे मन में गाँठ बनाती चल रही थी। उसका खुद अपने पर से जैसे विश्वास उठने लगा था। उसे स्वयं शकुन का सन्देह कभी-कभी सच लगने लगता था। एक अपराध-भावना मन में घर करने लगी थी।

और तब उसने सोचा था कि शकुन को प्रसन्न करने के लिए वह सब-कुछ करेगा। किसी भी कीमत पर वह उसे प्रसन्न रखेगा, पर बिना कुछ किये ही वह प्रसन्न रहने लगी, तो उसे लगने लगा कि वह कीमत उससे चुकाई नहीं जा रही है, बहुत भारी पड़ रही है।

उसने स्वयं आलोक के पत्र पढ़े हैं। उनमें उसे कहीं कुछ ऐसा नहीं लगा, जिससे वह आहत अनुभव करे—पर हमेशा उसे लगता है कि लिखे हुए शब्दों से परे भी कुछ है ज़रूर; वरना इन शब्दों में आखिर ऐसा है ही क्या जो शकुन यों प्रसन्न रहती है?

घर लौटने की बात फिर उसके मन में आई। आठ-दस आवारा-से लोगों को छोड़कर भले आदमियों की भीड़ जा चुकी थी। हवा में ठण्डक बढ़ती जा रही थी। सतीश ने खड़े होकर बड़े अलसाए भाव से एक ज़ोर की अँगड़ाई ली। सामने पानी के फैले विस्तार में अभी छोटी-छोटी लहरें उठ-बिखर रही थीं। तीन तरफ पहाड़ियों से घिरा यह तालाब और उठती-बिखरती ये लहरें!

शादी के बाद अक्सर वह शकुन को लेकर यहाँ आया करता था। शकुन तब इण्टर पास थी। वे बैठकर आगे की योजना बनाया करते थे और एक सौ दस रुपए में पूरा महीना काटने का बजट भी। उसे याद आया, यहीं शकुन ने उसे अपने पहले प्रेम-प्रसंग की बात भी सुनाई थी और बताया था कि वह कैसे केवल उसकी पलकों को ही चूमा करता था और उस दिन घर लौटते समय वह रास्ते-भर यही सोचता रहा था कि वह अब कभी शकुन की पलकें चूमे या नहीं? नहीं, वह कभी उसकी पलकें नहीं चूमेगा, वरना उसे अवश्य ही अपने उस प्रेमी की याद आएगी और वह नहीं चाहता, चाहता क्या शायद बर्दाश्त नहीं कर सकता कि शकुन उसके सिवा किसी और की बात सोचे। घर आकर उसने पूछा भी था, "अब भी तुम्हें कभी अपने उस प्रेमी की याद आती है?"

शकुन हँसी थी, "देखो, औरत यदि किसी से प्रेम करती है, तो उसकी बात ज़बान पर भी नहीं लाती। बात ज़बान पर आ गई, तो समझ लो प्यार मर गया। वे सब तो निरे

बचपने की बातें थीं।" और उसने सतीश के सीने पर सिर रखकर आँखें मूँद ली थीं।

एकाएक सतीश को याद आया—आलोक का पत्र आया था। शकुन पत्र पढ़ती जा रही थी और एक प्यारी-सी मुस्कान उसके चेहरे पर खिलती जा रही थी।

"ऐसा क्या लिख भेजा है लेखकजी ने, बड़ी मुस्कराहट फूट रही है?"

"कुछ नहीं, यों ही।"

रात को फिर उसने आलोक का प्रसंग छेड़ा था, तो शकुन एक तरह से झल्ला-सी उठी थी, "क्या बात है, देखती हूँ आलोक जी से परिचय मेरा है, पर छाए वे आप पर रहते हैं।" यह उत्तर उसे भीतर तक चीर गया था।

तो?……सतीश को लगा जैसे कोहरे से चारों ओर का वातावरण बड़ा बोझिल-बोझिल हो चला है। सामने का पानी एकाएक यों स्थिर हो गया मानो उसमें कोई चेतना ही न रह गई हो।

अब यहाँ से चल ही देना चाहिए। साइकिल पर बैठते ही ठण्डी हवा का अहसास तो हुआ, पर लगा, वह हल्का या अधिक सहज-स्वाभाविक होकर नहीं लौट रहा है।

घर को सचमुच नया रूप मिल चुका था।

"मैं बहुत थक गई हूँ।" कहकर शकुन करवट लेकर सो गई। पता नहीं, सो गई थी या सोने का बहाना करके पड़ी थी। नहीं, सो ही गई है शायद। उसने शकुन के चेहरे की ओर झुककर ज़रा गौर से देखा। थकान के लक्षण दिखाई दे रहे थे। शकुन को यों सोता देखकर ढेर-सा लाड़ उसके मन में उमड़ आया। भीतर-ही-भीतर उमड़ती-ऐंठती अपराध-भावना और ज़्यादा गहरा गई। मन का भय विश्वास का रूप लेकर गहरे उतरने लगा। सचमुच ही उसके भीतर कहीं कुछ है अवश्य। शकुन के साथ अन्याय ही हो रहा है। उसे कोई अधिकार नहीं, शकुन पर इस तरह सन्देह करने का या आरोप लगाने का।

औरत की यह कितनी स्वाभाविक इच्छा होती है कि वह माँ बने! मान लो, यह बात प्रमाणित हो जाए कि वह कभी शकुन को माँ नहीं बना सकता है, तो? जाने कैसा विचार उसके मन में आया कि वह भीतर तक सिहर गया। फिर वह अपने को जैसे तौलने लगा। क्या वह शकुन की इस इच्छा को पूरी करने में सहायक हो सकता है? क्या वह अपनी इस दुर्बलता के सामने घुटने टेककर ऐसी तटस्थ उदारता ला सकता है कि वह जैसे भी हो अपनी इच्छा पूरी कर ले? मान लो, कभी ऐसा कुछ हो जाए, तो क्या वह उस बच्चे को स्वीकार कर सकेगा? नहीं, शायद शकुन की पलकों की तरह वह उस बच्चे को भी कभी नहीं छू सकेगा। जहाँ पर दूसरे की छाप है, उसे स्वीकार करना उसके लिए असम्भव है। किसी का बच्चा……

उसने झपटकर टेबिल-लैम्प का स्विच दबा दिया। कमरे में एक क्षण को घुप अँधेरा छा गया, यहाँ तक कि पास लेटी शकुन की आकृति भी अँधेरे में डूबकर रह गई।

धीरे-धीरे फिर सब चीज़ें अपना रूप लेने लगीं। क्षण-भर को जो सब-कुछ डूब गया था, फिर दिखाई देने लगा—स्पष्ट, और अधिक स्पष्ट! सतीश को बड़ी तसल्ली मिली। वह अपने कमरे में ही है और अँधेरे में भी सब-कुछ देख सकता है, पहचान सकता है। कहीं कुछ नहीं बदला है, वह भी कैसी आधारहीन और निरर्थक बातों को बढ़ा-चढ़ाकर व्यर्थ ही भयभीत होता रहता है!

बाँहें फैलाकर उसने शकुन को अपने पास खींचकर ज़ोर से भींचना चाहा। शकुन ने हल्का-सा विरोध किया, "छोड़ो, बड़ी गर्मी लग रही है।"

फरवरी का महीना बीत ही गया था। सर्दी चाहे न हो, पर गर्मी का तो नाम भी नहीं था। कम्बल ओढ़कर ही सोते थे। उसे जून की वह बात याद आई। एक दिन ऐसे ही भयंकर गर्मी से चिपचिपाते हुए शकुन को उसने अलग कर दिया था, तो दूसरे दिन अपनी बचत के सारे पैसे सामने रखकर उसने कहा था, "आज ही एक टेबिल-फैन खरीदकर लाओ। तुम तो जानते ही हो कि मुझे····" और वह बड़ी तिरछी नज़रों से देखकर हँस पड़ी थी।

उनके घर टेबिल-फैन ऐसे ही आया था।

ताँगा चला तो सतीश का मन गहरे अवसाद में डूबने लगा। स्टेशन आते समय मन में विशेष उत्साह और प्रसन्नता चाहे न रही हो, पर ऐसी खिन्नता भी नहीं थी, डूबने-डूबने का यह अहसास भी नहीं था। पर अब? अब उसकी नज़र पास बैठे आलोक के सीने की चौड़ाई में ही बँधकर रह गई और मन कहीं गहरे डूबने लगा।

"कैसा शहर है अजमेर?"

"आप खुद ही देख लीजिए, दो-चार दिन तो ठहरिएगा ही?"

"अरे नहीं साहब, आज रात को ही वापस लौट जाना है। शकुनजी का इतना आग्रह था, फिर आपका कार्ड मिला तो लगा, आना ही पड़ेगा।"

एक बोझ-सा हटा। ऐसे खुले व्यवहार का जन्म किसी रहस्य से तो हो ही नहीं सकता। वह व्यर्थ ही बैठा-बैठा कुढ़ रहा है। यह उसका अपना ही हीन भाव है और कुछ नहीं।

पर इसकी ये स्वस्थ भुजाएँ, उन पर उभरी मछलियाँ····इसका तो सभी कुछ बहुत स्वस्थ होगा।

सवेरे पता नहीं क्यों एकाएक शकुन ने अपना इरादा ही बदल दिया था, "मैं स्टेशन नहीं जाऊँगी, तुम्हीं जाकर ले आओ!"

कहीं थोड़ा आश्वस्त और सन्तुष्ट-सा होते हुए भी उसने कहा था, "अरे वाह! यह भी कोई बात हुई भला? इतना आग्रह करके बुलाया है और अब लेने नहीं जाओगी? शिष्टता भी तो कोई चीज़ होती है आखिर।"

"तुम तो पहुँच ही जाओगे। घर से कोई भी जाए, क्या फर्क पड़ता है?" सतीश

ने गौर से शकुन की देखा। क्या सचमुच शकुन उसे और अपने को एक ही समझती है? कितने सहज भाव से उसने कह दिया कि कोई भी चला जाए, क्या फर्क पड़ता है और एक वह है कि दो दिन से पता नहीं क्या-क्या सोच रहा है। उसके मन का तनाव एकाएक ही ढीला हो गया, फिर भी उसने कहा था, "मैं तो पहचानता भी नहीं, चलना तुमको भी चाहिए।"

"तस्वीर तो तुमने भी देखी है, पहचान ही लोगे।"

"खैर, पहचान तो लूँगा ही।" और उसे लगा, वह तस्वीर न भी देखता तो भी पहचान लेता; और स्टेशन क्या, हज़ारों की भीड़ में भी वह आलोक को पहचान सकता है।

शकुन मुस्कराई थी। उस समय तो सतीश नहीं भाँप सका, पर अब उसे लगने लगा कि शकुन की उस मुस्कराहट में कहीं बड़ा तीखा व्यंग्य लिपटा हुआ था⋯।

"विचित्र संयोग है, पहली बार जयपुर आया था तो शकुन जी से मुलाकात हुई थी, इस बार आया तो उनके घर आना पड़ा।" आलोक हँसा।

यह सारी बात इतने सहज ढंग से कैसे कर लेता है? इसे क्या नहीं मालूम कि शकुन के निमन्त्रण पर यों चले आने से मैं, शकुन का पति, कुछ गलत अर्थ भी तो लगा सकता हूँ! पर ऐसी बात का बोध तभी होता है जब आदमी के अपने मन में पाप हो। नहीं⋯नहीं, यह सब मेरा भ्रम है। कहीं भी तो कुछ नहीं है। आलोक से मिलकर आते ही शकुन ने भी तो सब-कुछ बता दिया था। सब-कुछ तो ठीक है। गलत कहीं कुछ है तो उसके अपने भीतर ही है। छिः! मन के संशय ने उसकी आत्मा को भी कितना दुर्बल बना दिया है!

आलोक शकुन का ही नहीं, उसका भी मेहमान है। शकुन कोई उससे अलग तो है नहीं, वह ज़बरदस्ती ही अलगाव को पैदा कर रहा है और व्यर्थ ही कष्ट पा रहा है। कुछ होता तो शकुन उसे यों अकेले स्टेशन भेजती?

घर आते ही उसने आलोक की अटैची स्वयं उठा ली। आलोक ने हल्का-सा विरोध भी किया, पर वह नहीं माना। आखिर आलोक उन लोगों का मेहमान है। सामने बरामदे में ही शकुन प्रतीक्षा में खड़ी थी⋯उन्हें देखकर दोनों सीढ़ियाँ उतरकर सड़क पर आ गई।

"देखो, सही आदमी को ही लाया हूँ न?" तीनों हँस पड़े और उसने सोचा, अब ऐसे ही व्यवहार करेगा। बहुत ही सहज और स्वाभाविक ढंग से। मन एकाएक ही हल्का हो गया।

तीनों भीतर घुसे, तो सजा हुआ कमरा उसे स्वयं बड़ा अच्छा लगा। आखिर इस घर का मालिक तो वही है। शकुन कुछ औपचारिक-सी बातें कर पूछ रही थी और वह मन-ही-मन सोच रहा था "आज वह सबको खूब हँसाएगा। ऐसे-ऐसे चुटकले सुनाएगा कि बस। लेखक वह चाहे न हो, पर मूड में आ जाए, तो लोगों को ऐसी बढ़िया कम्पनी

दे सकता है कि एक बार मिलने के बाद लोग उसे आसानी से भूल नहीं सकते। शकुन को वह आलोक के सामने कतई महसूस नहीं होने देगा कि उसका पति मात्र एक क्लर्क है—बूदम और डल ! कितने दिन हो गए हैं उसे हँसे और हँसाए।

आलोक दीवार पर लगी उन लोगों की तस्वीर को देख रहा है, जो उन्होंने विवाह के बाद ही खिंचवाई थी।

"यह क्या बहुत पुरानी है, इसमें तो बड़े यंग और स्मार्ट लग रहे हैं, आप लोग !" सतीश को लगा, यह रिमार्क उसने केवल शकुन के लिए दिया है, उसे तो बस यों ही औपचारिकता के नाते शामिल कर लिया है। और एकाएक उसने शकुन की ओर देखा, तो पहली बार इस बात पर ध्यान गया कि बड़े यत्न से उसने अपने उन सब पक्षों को पूरी तरह उभारा है, जहाँ-जहाँ से वह सुन्दर लगती है। पर उससे क्या, यह तो बहुत ही स्वाभाविक है। उसे ऐसी छोटी-छोटी बातों का ध्यान भी क्यों आता है ?

"शकुन, अब तुम गरम चाय पिलाओ तो आलोकजी की थकान भी उतरे और थोड़ी ताज़गी और गरमाहट भी आए।" अपने स्वर की स्वाभाविकता उसे स्वयं बड़ी अच्छी लगी।

"मैं सिगरेट पी लूँ ?" होंठों में सिगरेट दबाते हुए आलोक ने अनुमति माँगी।

"मुझे तो अभी भी जैसे विश्वास ही नहीं हो रहा है कि आप कभी हमारे घर आएँगे भी, कि आप आ गए हैं।" बड़े गदगदाते भोलेपन में शकुन बोली।

"लो, कमाल कर दिया। सशरीर सामने बैठकर भी यदि विश्वास न दिला सकूँ, तब तो मामला बड़ा मुश्किल है।" आलोक ज़ोर से हँसा।

"मैं सचमुच कितनी खुश हूँ कि आपने मेरा निमन्त्रण स्वीकार कर लिया।"

"मैं तो इस बात से खुश हूँ कि तुमने किसी को निमन्त्रण दिया तो ? आलोक जी, आपको शायद विश्वास नहीं होगा; आप पहले आदमी हैं जिसके आने पर शकुन यों खुश हो रही है, वरना शकुन को इस घर में तीसरे आदमी की उपस्थिति तक बर्दाश्त नहीं होती।"

"चलिए, बेकार बदनाम मत कीजिए।" ठुनककर शकुन बोली, "देखिए आलोक जी, घर के नाम पर कुल यह एक कमरा है हम लोगों के पास। यह पार्टीशन भी डेढ़ साल से लगा है, पहले तो यह भी नहीं था। कोई भी आ जाता तो समझ में ही नहीं आता कि कहाँ हम सोएँ-बैठें, कहाँ उसे सुलाएँ-बिठाएँ। फिर मुझे एकान्त और प्राइवेसी पसन्द है, अब चाहे कोई कुछ भी कह ले।"

'एकान्त ! प्राइवेसी !'···क्या आलोक इन शब्दों के अर्थ नहीं समझेगा ?

"तब तो मेरे आने से भी आपको कष्ट होगा। वैसे मैं तो आज रात को ही चला जाऊँगा···"

"धत् !" बीच में ही बात काटते हुए शकुन बोली, "कैसी बातें करते हैं आप भी ! आपके आने से कष्ट ! यह तो हमारा सौभाग्य है। हाँ, आपको ज़रूर कुछ कष्ट हो

सकता है। पर हमारी खातिर इसे भी सहिए !" फिर एकाएक पूछा, "क्या आप आज ही चले जाएँगे ?"

"बिल्कुल ! हर हालत में। कल सवेरे मुझे चले ही जाना है।"

बुढ़िया नौकरानी चाय ले आई। सतीश ने देखा, ट्रे बड़े करीने से सजाई गई है। शकुन शायद पहले ही सब-कुछ कर आई थी। शकुन के मुँह से बार-बार 'हम-हम' शब्द सुनकर सतीश का आत्मविश्वास जैसे बढ़-सा रहा था। शकुन ने और ठहरने के लिए एक बार भी नहीं कहा। आलोक भी ठहरने को व्यग्र नहीं। सभी कुछ तो बड़ा नॉर्मल है। नहीं, तुच्छता से जन्मे सारे सन्देहों को वह पोंछ देगा।

चाय चलती रही। शकुन बड़ी आत्मीयता-भरी मनुहार से आलोक को खिला रही है। आज उसे अपना घर क्लर्क के घर से छोटे अफसर के घर के रूप में बदला हुआ लग रहा है। एक नामी लेखक उसके घर में बैठा हुआ है, उसकी पत्नी सजी-सँवरी, कलफ की साड़ी पहने सबको सर्व कर रही है....और इस घर और इस स्त्री का स्वामी वह है, केवल वह। इधर-उधर की गपशप चलती रही। आलोक खुश-मिज़ाज, हँसमुख और खुले स्वभाव का व्यक्ति है। अभिमान या बड़प्पन का बोध तक नहीं। शकुन खास नहीं बोल रही, केवल सुन रही है। वैसे बोलना उसे ही सबसे ज़्यादा चाहिए। जो भी हो, आखिर वह है तो उसी का मेहमान।

"तुम ज़रा तरकारी ले आओ !"

"पहले नहा लूँ।"

"नहीं, नहाना बाद में, पहले तरकारी ले आओ !" अधिकार-भरे स्वर में आदेश देती-सी शकुन बोली। और सतीश को लगा जैसे अब वह थोड़ा एकान्त चाहती है, प्राइवेसी ?

हवा उलटी थी या पता नहीं क्यों साइकिल बड़ी भारी चल रही थी और सतीश को पूरा ज़ोर लगाकर पैडिल मारने पड़ रहे थे।

वह लौटा तो शकुन और आलोक आमने-सामने बैठे बातें कर रहे थे। दोनों के बीच सिगरेट का हल्का-सा धुआँ छाया हुआ था। उसे देखते ही शकुन ने अपनी बात अधूरी छोड़ दी। न-मालूम-सा खिंचाव भी उसे शकुन के चेहरे पर दिखाई दिया।

"ले आए ?" ज्यों-के-त्यों बैठे-बैठे ही उसने पूछा। उठकर उसने थैला तक नहीं लिया।

"अब तुम नहा लो। तरकारी उधर माँजी को ही दे देना।"

"हाँ-हाँ देखिए, आप लोग अपने रुटीन में किसी तरह की गड़बड़ न करिएगा। आप ऑफिस कितने बजे जाते हैं ?"

"दस पर पहुँचना होता है, साढ़े नौ के बाद निकल जाता हूँ।" सतीश ने किसी तरह शब्दों को ठेलकर जवाब दिया।

"और तुम ?"

पन्द्रह मिनट में ही स्थिति तुम पर आ गई? नहीं, शायद बहुत पहले से ही यह स्थिति चल रही थी।

"मैंने तो आज छुट्टी ले ली है। एक दिन के लिए आप आए हैं, सारा दिन स्कूल में गुज़ार दूँगी, तो आपसे बात कब करेंगे?"

'करेंगे।' तो क्या शकुन मुझसे भी छुट्टी लेने के लिए कहेगी? यदि कहा, तो क्या वह ले लेगा? लेना चाहिए उसे?

नहीं, बहुवचन का प्रयोग तो वह अपने लिए भी कई बार करती है। चाय के समय चुप क्यों बैठी थी? करती न उस समय बात! और आलोक अब रुटीन गड़बड़ करने की बात क्यों नहीं करता? कुछ देर पहले तक तो छुट्टी की कोई बात भी नहीं थी। और उसे लगा कि फिर सब-कुछ गड़बड़ा गया है, बाहर भी और उसके अपने भीतर भी।

वह नहाकर लौटा और पार्टीशन के इधर निःशब्द तैयार होने लगा। कान उसके उधर ही लगे हुए थे।

शायद किसी किताब का ज़िक्र हो रहा था। बोल आलोक ही रहा था। शकुन को जो बातें करनी हैं, वह करती क्यों नहीं? शायद वह उसके जाने की राह देख रही है।

ऐसा ही है तो वह इधर ही रहेगा, क्यों व्यर्थ ही उन लोगों के बीच जाकर बैठे? पर उससे रहा नहीं गया।

"तुम यहाँ बैठो, मैं ज़रा खाने के लिए माँजी को समझा आऊँ।"

सतीश बैठ गया, पर उसे समझ ही नहीं आया कि वह क्या बात करे? आलोक ने एक नई सिगरेट सुलगाते हुए कहा, "आपका जो काम है, उसके साथ साहित्य का तो कोई सम्बन्ध बैठता ही नहीं। यह शौक आपको कैसे लगा आखिर?"

"शौक कहाँ है? शकुन कहानी-उपन्यास पढ़ने की शौकीन है, सो बस, खाली समय में मैं भी पढ़ लेता हूँ। साहित्य की कोई खास समझ-वमझ तो है नहीं।" वह कह तो गया, पर फिर उसे लगने लगा कि कहीं कुछ गलत हो गया है। एजुकेशन-बोर्ड में काम करनेवाला आदमी साहित्य में रुचि नहीं रख सकता या साहित्य नहीं समझ सकता, ऐसा कोई नियम तो है नहीं। कौन कहता है कि वह साहित्य नहीं समझता। अच्छा हुआ कि शकुन यहाँ नहीं है। अब उसे कोई वज़नदार बात पूछनी चाहिए। कुछ सोचकर उसने पूछा, "अच्छा यह बताइए, आप लोग जो लिखते हैं उसका आधार वास्तविकता होती है या मात्र कल्पना? मेरा मतलब? जो आप स्वयं भोग चुके होते हैं वही लिखते हैं या..."

"इस विषय में कोई निश्चित नियम तो नहीं है।" सतीश की अधूरी बात का पूरा मतलब समझते हुए आलोक बोला, "अलग-अलग लोगों का अपना अलग-अलग ढंग होता है। अपने बारे में मैं यही कह सकता हूँ कि मेरी वे ही रचनाएँ ज़्यादा सशक्त या सजीव हैं, जिनको मैंने स्वयं भोगकर लिखा है।" फिर एक क्षण ठहरकर बोला, "बड़ा

विचित्र प्रोसेस होता है यह भी। जिन स्थितियों में हम पूरी तरह इनवॉल्व्ड होते हैं, वहाँ कभी-कभी बड़ी-बड़ी निर्ममता से काटकर हमें अपने को तटस्थ रखना पड़ता है। और कहीं-कहीं बिना किसी लगाव के भी पूरी तरह इनवॉल्व्ड होने का अभिनय करना पड़ता है। इस मामले में लेखक को बड़ा निर्मम होना पड़ता है। सतीशजी, माँ की मौत पर जब सारा घर बैठकर रो रहा था, बिलख रहा था, मेरा मन सारी स्थिति से अनछुआ रहकर उसी घटना पर कहानी बुन रहा था। दूसरों की बात क्या कहूँ, कभी-कभी मुझे खुद विश्वास नहीं होता कि····"

इससे ज़्यादा वज़नदार बात तो उसके दिमाग में आ नहीं सकती। यह तो बैठकर ज्ञान ही बघारने लगा। उसे लिखने के प्रोसेस में कोई दिलचस्पी नहीं है। अच्छा हुआ शकुन यहाँ नहीं है, वरना इसके बाद वह क्या पूछता? आलोक बोले चला जा रहा था :

"कभी-कभी ऐसे व्यक्तियों में कहानी की गन्ध आती है, जिन्से लगाव तो क्या, हमारा विशेष परिचय भी नहीं होता, फिर भी कहानी निकालने के लिए हमें लगाव ओढ़ना पड़ता है····यों समझिए, एक्टिंग करनी पड़ती है। बड़ा खतरनाक खेल होता है यह। कभी-कभी तो एक कहानी की दस गुनी कीमत भी अदा करनी पड़ती है।"

तभी शकुन आ गई और सतीश के दिमाग में कुछ कौंधते-कौंधते हुए रह गया।

"आलोक जी, आप भी नहा लीजिए। असली थकान तो नहाने से ही जाएगी। मैं गरम पानी रख आई हूँ।

"नहा लेंगे, जल्दी क्या पड़ी है! मैं कोई ब्राह्मण तो हूँ नहीं कि नहाकर ही मुँह जूठा करूँगा।"

शकुन हँसी। सतीश को हल्का-सा अफसोस हुआ कि वह हँस क्यों नहीं सका।

"नहीं, नहा डालिए।" आलोक की अटैची उठाकर सामने टेबिल पर रखती हुई शकुन बोली।

यह अपनत्व-भरा अधिकार कहाँ से आ गया? और फिर उसे लगने लगा, कहीं कुछ है जो उसे मालूम नहीं है। जो कुछ जिस रूप में सामने है, मात्र वही नहीं है, इसके परे कहीं कुछ और भी है····है····

आलोक के जाते ही शकुन ने कहा, "कमीज़ तो नई पहन लेते, कितनी मुस रही है यह!"

"क्यों? ठीक है यह! मैं हमेशा ही कमीज़ तीन दिन पहनता हूँ, आज ही ऐसी कौन-सी खास बात है?" वह शकुन को जता देना चाहता है कि आलोक उसके लिए कोई विशेष महत्त्व नहीं रखता।

शकुन चुपचाप सतीश का खाना लेने चली गई। रोज़ की तरह वह उसे खिला रही है, पर सतीश को लग रहा है कि शकुन ने हर काम की योजना बना रखी है। सतीश के सामने तो समय बर्बाद ही होता, सो वह समय नहाने में लगवा दिया। इधर सतीश जाएगा और उधर आलोक तैयार!

शकुन ने एक बार भी उससे तो छुट्टी लेने के लिए नहीं कहा, बल्कि शायद वह मन-ही-मन मना रही है कि जल्दी-से-जल्दी सतीश वहाँ से चला जाए। इतनी साफ बात है और वह समझ नहीं रहा है।

क्रीम-रंग के अण्डी के कुरते में जँचा-जँचाया आलोक घुसा, तो सतीश को अपनी मुसी हुई कमीज़ अखर गई। आज उसे कमीज़ बदल ही लेनी चाहिए थी, शकुन ने ठीक ही कहा था। उसे लगा, क्लर्की करते-करते सचमुच ही वह डल हो गया है शायद। समय पर उसे कोई बात सूझती ही नहीं, बाद में बेवकूफों की तरह अफसोस करता रहता है।

"तो आप तो चले ?"

"हाँ, मैं तो अब चला। शकुन है आपके पास।" और उसने देखा, शकुन मुग्ध भाव से आलोक को देख रही है।

"लौटिएगा कब ?"

"अब तो साढ़े पाँच पर ही मुलाकात होगी। शाम को बाहर चलेंगे, और कुछ नहीं तो यहाँ का दौलतबाग और आनासागर ही देख लीजिए। शकुन को तो वह जगह बड़ी प्रिय है। शादी के बाद की कुछ शामें तो हमारी वहीं बीतीं। वहाँ जाते ही शकुन को बस हनीमून का-सा मूड आ जाता है आज भी।" और सतीश हँस पड़ा। उसने सोचा, बड़ी मार्के की बात वह कहता जा रहा है। आलोक जान ले कि इन दोनों के बड़े मधुर सम्बन्ध हैं, उसके मन में कोई ऐसी-वैसी बात हो भी तो निकाल दे। "अच्छा साहब चलें।" और वह बाहर आ गया। रोज़ की तरह शकुन भी बाहर आई उसे विदा करने। पर सतीश को इस समय भी शकुन के चेहरे पर वही मुग्ध भाव दिखाई दिया जो आलोक को देखते समय उभर आया था। उसे लगा, वह देख अवश्य उसे रही है; पर मन में कहीं आलोक को ही देख रही है।

एक बजे तक वह जैसे-तैसे अपने को फाइलों में डुबोए रखने का प्रयत्न करता रहा। फिर एकाएक उसे लगा, अब नहीं ठहरा जाएगा। उसने उसी समय एक स्लिप लिखकर बॉस के कमरे में भेज दी कि उसकी तबीयत ठीक नहीं है, सो वह घर जा रहा है; और निकल आया।

घर लौटना ठीक होगा? दोनों यही तो समझेंगे कि मुझे उन लोगों पर सन्देह है। अगर ऐसी कोई बात नहीं हुई तो कितना ओछा समझेंगे वे लोग? आत्मग्लानि से उसका मन भर आया। पाँच साल के विवाहित जीवन में उसे ऐसी कोई बात याद नहीं जो शकुन के प्रति उसे शंकालु बना दे। पिछले दो साल से वह खिन्न अवश्य रहती, कुछ दूर-दूर भी रहती है, उसका कारण तो वह स्वयं जानता है। कितना स्वाभाविक है उसका यों खिन्न रहना! फिर खिन्नता तो दो साल से चल रही है, जबकि आलोक से परिचय कुल चार महीने का है। दोनों बातों को एक साथ जोड़ने की कोई तुक ही नहीं है।

सचमुच यह उसका अपना कॉम्पलेक्स ही है, जिसने उसे इतना शंकालु, ओछा और कुछ हद तक कमीना भी बना दिया। अपनी ऐसी हरकतों से तो कभी-कभी उसे स्वयं भी विश्वास होने लगता है कि उसका भय कहीं सच ही है; वरना यह सब क्यों हो ?

उसे रोज़ की तरह ऑफिस में काम करना चाहिए था, पर अब। अब कुछ नहीं। सीधा घर जाएगा और साफ कहेगा कि वह भी छुट्टी लेकर आ गया है। आलोकजी आखिर रोज़-रोज़ तो हमारे घर आने से रहे। फिर वह उनको घुमाने ले जाएगा। पहले वह उन्हें सोनीजी का मन्दिर दिखा देगा, फिर वे लोग आनासागर पर जाकर बैठ जाएँगे। वहीं वह अपने लतीफे सुनाएगा। वे सब तो अभी रह ही गए। वह चुन-चुनकर लतीफे याद करने लगा। कौन-कौन-से लतीफे उसके नाम से प्रसिद्ध हो गए थे।

गाड़ी तो रात को दस बजे जाती है। आनासागर से ताँगा लेकर वह उसे कॉफी-हाउस ले जाएगा। बड़े शहरों के मुकाबले में तो यहाँ का कॉफी-हाउस कुछ भी नहीं; फिर भी कम-से-कम यह तो दिखा ही देगा कि वह सिर्फ क्लर्क ही नहीं; इस ज़िन्दगी से भी परिचित है। लेखक लोग तो कॉफी-हाउस में ही बैठे रहते हैं। कुछ रुपए ही तो खर्च होंगे, पर शकुन कितनी प्रसन्न होगी ! वह उसके इस आरोप को गलत सिद्ध कर देगा कि उसे आलोक का आना अच्छा नहीं लगा। इसमें अच्छा न लगने की बात ही क्या है भला ?

पर घर आया तो पता नहीं क्यों; उसने साइकिल घर से दस कदम दूर ही रख दी। दबे-पाँव वह सीढ़ियाँ चढ़ा। उसका दिल घबराने लगा था, मानो वह किसी दूसरे के घर में चोरी से घुस रहा हो। कुछ क्षण बरामदे में खड़े रहकर वह आहट लेता रहा—शायद कुछ बातचीत की आवाज़ ही आ रही हो। पर कहीं कुछ नहीं था। दरवाज़ा बन्द था, फिर भी उसने हल्के से धक्का दिया, शायद खुल ही जाए ! नहीं, दरवाज़ा भीतर से बन्द था। अब ? फिर उसने दरवाज़े से कान लगाया। बाहर के कमरे में बैठकर बात कर रहे होते, तब तो बाहर साफ-साफ आवाज़ आती। इसका मतलब है, सोनेवाले हिस्से में बैठे हैं। पर उधर तो शकुन किसी को आने नहीं देती। आलोक शायद 'किसी' की श्रेणी में नहीं आता। तब ?

और एकाएक मन हुआ कि लात मारकर वह दरवाज़ा तोड़ दे और भीतर दोनों को रँगे हाथों पकड़ ले। शकुन को बातें करनी थीं, इसलिए तो छुट्टी ली थी। पर बातों का तो कोई सिलसिला नज़र नहीं आता। भीतर क्या हो रहा है आखिर? कैसे जाने, कहाँ से जाने ?

इस समय घर का दरवाज़ा रोज़ ही बन्द रहता है, पर रोज़ शकुन घर पर नहीं रहती है इसलिए। आज इसका भीतर से बन्द होना कोई विशेष अर्थ नहीं रखता? क्या वह लौट जाए? नहीं, वह लौटकर नहीं जाएगा। वह दरवाज़ा खटखटाएगा और देखेगा कि खुलने में कितनी देर लगती है। वह चेहरा देखकर ही भाँप लेगा कि भीतर

क्या हो रहा था।

वह फिर एक कदम आगे बढ़ा, दरवाज़ा खटखटाने के लिए हाथ भी उठाया; पर बस, दरवाज़े को धीरे से छूकर रह गया। नहीं, उसे इस तरह अधीर नहीं होना चाहिए। मान लो, कुछ नहीं हुआ तो वह उनकी नज़रों में तो गिरेगा सो गिरेगा; अपनी नज़रों में कितना गिर जाएगा। एकदम उसे खिड़की का ख्याल आया। खिड़की भी भीतर से बन्द थी। अच्छा, खिड़की बन्द करने की क्या ज़रूरत थी। ऐसी सर्दी तो अब रह नहीं गई। कमरे में हवा आने के लिए यह खिड़की और दरवाज़ा तो है ही बस, दोनों ही बन्द हैं। तो? उसने सारी खिड़की पर नज़र दौड़ाई····कहीं कोई छेद ही हो, जहाँ से वह भीतर झाँक सके, पर कहीं एक छोटा-सा सूराख तक नहीं मिला। फिर उसने दरवाज़े को टटोला। कहीं कुछ नहीं। उसे पहले इस बात का ख्याल क्यों नहीं आपा? एक सूराख ही करके रख देता।

पर वह क्यों इस तरह अपराधी महसूस कर रहा है! यह उसका अपना घर है। इसमें वह जब भी चाहे, आ-जा सकता है। आखिर वह अपने घर में ही तो आया है। अपने घर में आना न चोरी है, न गुनाह। उसे क्या होता जा रहा है कि वह अकारण ही डरने लगता है? जैसे ही शकुन दरवाज़ा खोलेगी, कह देगा कि वह भी आधे दिन की छुट्टी लेकर आया है।

तभी उसके सामने शकुन का चेहरा घूम गया। आँखों में धिक्कार और भर्त्सना भरे। मान लो, वह यही कह दे—आखिर आ गए न? तुम इसके सिवाय और कर ही क्या सकते हो?

हाथ फिर निर्जीव हो गया।

कोई तो आवाज़ आए, किसी तरह की। खौलते मन को यह निश्चय तो बँधे कि भीतर की वास्तविक स्थिति क्या है?

और उसे लगने लगा कि जिस तरह उसने शकुन की पलकें चूमना छोड़ दिया था, वैसे ही अब उसे बाँहों में लेना भी छोड़ देना पड़ेगा····शायद धीरे-धीरे करके उसे पूरी-की-पूरी शकुन को ही छोड़ देना पड़ेगा।

वह संशय में क्यों पड़ा हुआ है? उस-जैसा बेवकूफ आदमी शायद ही दुनिया में हो। सब-कुछ आँखों से देखकर ही जाना जाता है? क्या वह कुछ भी अनुमान करने का माद्दा नहीं रखता? शकुन आजकल जिस मनःस्थिति में है, उसे वह क्या नहीं जानता? तो क्या शकुन····

वह नगरा, गुलाब-बाड़ी, आदर्श नगर—जाने कहाँ-कहाँ साइकिल लिए घूमता रहा! उसे बराबर लग रहा था कि कहीं बहुत बड़ा धोखा उसके साथ किया जा रहा है। उसका मन हो रहा था कि वह सब पर थूकता चले! क्या करे अब वह? कहाँ जाए? उसका कोई घर नहीं, कोई अपना नहीं। जिस शकुन को पिछले पाँच साल से वह अपने शरीर के अभिन्न अंग की तरह प्यार करता आ रहा है, वह इस समय किसी और की

बाँहों में पड़ी मस्ती मार रही होगी....और वह है जो बे-घरबार होकर यों दर-दर भटक रहा है।

और यों ही निरुद्देश्य भटकते-भटकते जब वह पूरी तरह लस्त हो गया तो फिर आनासागर की बारहदरी के उसी कोने पर आकर बैठ गया। उसे लगा, आज उसमें और उन आवारा, बेघरबार लोगों में कोई फर्क नहीं रह गया है जो रात-दिन यहाँ पड़े रहते हैं। वह भी अब यहीं पड़ा रहेगा। उसे कोई नौकरी नहीं करनी है, कोई काम नहीं करना है। कौन है उसका, जिसके लिए खून-पसीना एक करे?

और सबसे नफरत होने लगी।

और उसे लगा, वह सचमुच ही पौरुषहीन है। कोई मर्द-बच्चा होता, तो दो लात मारता दरवाज़े के, और झोंटा पकड़कर बाहर कर देता शकुन को और दो झापड़ मारता उस लफंगे के। उसके सारे अस्तित्व को बुरी तरह मथता हुआ आज यह विश्वास पूरी तरह उसके मन में जम गया कि वह पुरुष नहीं है....और उसे लगा, यह बात तो वह बहुत पहले से ही जान गया था, तभी तो कभी उसकी हिम्मत नहीं हुई कि जाकर डॉक्टर को दिखा आए। आज के व्यवहार ने तो पूरी तरह सिद्ध कर दिया। लानत है उस पर। थूः! उसने सामने पानी में थूक दिया। कोई असली मर्द-बच्चा होता तो....उसे अपने-आपसे नफरत होने लगी। ठीक ही तो किया शकुन ने। कौन औरत ऐसे नमर्द की पत्नी होकर रहना पसन्द करेगी?

और फिर वह निढाल होकर लेट गया। उसकी आँखों के कोनों से आँसू बहने लगे। वह मन ही मन गालियाँ देने लगा। साला शोहदा कहीं का, कहानी लेने आया है! शकुन ने उसे ज़रूर बता दिया होगा। शकुन, किस जन्म का बैर तुमने मुझसे निकाला है! उस आदमी के सामने मुझे नंगा किया, जिसके सामने मुझे वस्त्रों की सबसे ज़्यादा आवश्यकता थी!

बजरंगगढ़ की आरती फिर गूँज उठी। तो सात बज गए? वे ज़रूर भले आदमी बने उसकी राह देख रहे होंगे। अब वह यदि घर चला जाए, तो दोनों कैसा नाटक करेंगे। शकुन लड़ेगी कि इतनी देर क्यों कर दी? दो घण्टे से इन्तज़ार में बैठा रखा है। सारा प्रोग्राम गड़बड़ कर देते हैं। मन ही मन चाहे खुश हो रहे होंगे साले, मस्तियाँ मार रहे होंगे!

आलोक ने तो कहा था कि जहाँ हम इनवॉल्व्ड नहीं होते, वहाँ भी कभी-कभी अभिनय करना पड़ता है। पर शकुन? वह यह अभिनय कहाँ से सीख गई? उसी ने सिखा दिया होगा, अपना उल्लू सीधा करने के लिए। यह अभिनय तो सभी स्तरों पर चल रहा है, और शायद शुरू से ही चल रहा है। वही बेवकूफ है, जो कुछ समझा नहीं। तभी शकुन चार महीने से प्रसन्न रहने लगी थी। वरना बाकी स्थिति ज्यों-की-त्यों है। यह प्रेम तो चार महीने से पक रहा है; वरना दो-चार घण्टे में कोई विवाहित स्त्री एक अजनबी के साथ यों कमरा बन्द करके बैठ सकती है?

क्या-क्या हुआ होगा? शकुन ने आखिर क्या सोच रखा है, क्या चाहती है वह?

और जाने कैसे-कैसे दृश्य उसकी आँखों के सामने घूमने लगे। आज वह घर लौटेगा ही नहीं। आज सालों को जश्न ही मनाने दो; मेरे अपने ही घर में मेरा श्राद्ध करने दो। मैं यहीं पड़ा रहूँगा। किसका घर और किसकी बीवी?

उसने रूमाल से अपना चेहरा ढँक लिया। यह मुँह किसी को भी दिखाने लायक नहीं है।

धीरे-धीरे आरती का स्वर शून्य में डूब गया। केवल आरती के धण्टे बजते रहे—टन्''''टन्''''टन्।

थोड़ी देर बाद सतीश उठा और साइकिल पर बैठकर चल पड़ा। उसे लग रहा था कि वह थककर चूर-चूर हो गया है और भीतर-ही-भीतर इस तरह टूट गया है कि उसका सब-कुछ एकदम जड़ और सुन्न हो गया है। कुछ भी सोचने-समझने की शक्ति उसमें नहीं रह गई, यहाँ तक कि उसे यह भी नहीं मालूम कि वह कहाँ जा रहा है। पर थोड़ी देर बाद वह अपने घर के सामने ही था।

ठीक है, वह घर ही जाएगा। यह घर उसका है। जाना ही है तो शकुन जाए, जिसे अब इस घर में रहना अच्छा नहीं लगता, वह क्यों यों मुँह छिपाए-छिपाए फिरता रहे?

उसे देखते ही शकुन ने भौंहें चढ़ाकर कहा, "कमाल कर दिया तुमने तो, अब आ रहे हो?" उसके स्वर में शिकायत थी।

"हम लोग तो पाँच बजे से आपकी प्रतीक्षा कर रहे हैं।" आलोक का स्वर था।

दोनों साले कपड़े बदलकर जँच-जँचाकर बैठे हैं। बड़ी तीखी-सी नज़रों से उसने उन्हें देखा, मानो कह रहा हो—क्यों मुझे बेवकूफ बना रहे हो?

"कुछ ज़रूरी काम आ गया था।" अपराधियों की तरह सतीश के स्वर में क्षमा-याचना का पुट क्यों आ गया है? असली अपराधी तो वे हैं।

"जिस दिन घर में कुछ होगा, उस दिन ज़रूर तुम्हारे ऑफिस में भी काम आएगा। छोड़ आते कल के लिए। कह देते, मैं आज नहीं ठहर सकता।"

तिरिया चरित्र? कोई कह सकता है इस शकुन को देखकर कि पति के जाते ही यह औरत''''। "चाय दो ज़रा।" किसी तरह शब्दों को ठेलकर उसने कहा। पहले उसने सोचा था, वह किसी से कुछ बोलेगा नहीं, चाय भी नहीं माँगेगा, पर फिर लगा, क्यों नहीं माँगेगा? जब तक शकुन इस घर में रहेगी, उसे पत्नी की तरह उसके हर आदेश का पालन करना पड़ेगा। देखें, कर तो दे मना चाय को—अभी दिखा देता है वह भी!

हाथ-मुँह धोने के लिए वह अन्दर गया तो उसने शकुन को कहते सुना, "बहुत थक जाते हैं ऑफिस के काम से।" शायद सतीश की रुखाई की सफाई दे रही है आलोक को।

"हाँ, वह थक जाता है। वह बहुत कमज़ोर है, दुर्बल, बिल्कुल दुर्बल, नामर्द! कह दे, सारी दुनिया में ढिंढोरा पीट दे। वह है, जैसा है।"

उसका मन फिर सुलगने लगा। सर्दी हो चली थी; फिर भी वह तौलिया लेकर नहाने घुस गया। गुसलखाने के बाहर से उसे शकुन का स्वर सुनाई दिया, "यह क्या, तुम इस समय नहा रहे हो ठण्डे पानी से ? बीमार पड़ोगे क्या ? सुनो तो····" उसने पूरा नल खोल दिया तो पानी की आवाज़ में शकुन का स्वर डूब गया। बकने दो कमबख्त को !

एक बार पानी की ठण्डक ने उसे भीतर तक कँपा दिया; फिर भी उसे नहाना अच्छा लग रहा था। जलन जैसे ठण्डी होती जा रही थी।

काफी देर तक पानी के नीचे रहने के बाद उसने नल बन्द कर दिया। अपना शरीर पोंछकर कुछ देर तक वह यों ही खड़ा रहा, फिर खड़ा-खड़ा अपने ही अंगों से बड़ी अश्लील-सी हरकतें करता रहा। पता नहीं, एक विचित्र-सा सन्तोष मिल रहा था उसे, यह सब करने में ! खोया आत्मविश्वास जैसे लौट रहा था····कौन हो सकता है साला कि वह···· ?

फिर एकाएक उसका अपना ही मन ग्लानि और वितृष्णा से भर उठा। यह सब क्या होता जा रहा है उसे ? इन लोगों के साथ-साथ क्यों अपना दिमाग खराब करता जा रहा है ? नहीं, जैसे भी होगा वह अपने को संयत करेगा।

उसने सोचा, वह बड़े स्वाभाविक ढंग से चाय पिएगा और उससे भी अधिक स्वाभाविक स्वर में कहेगा—'देखिए, मुझे सब-कुछ मालूम है। बन्द दरवाज़े ऐसी बातों को छिपाकर नहीं रख सकते ! आप लोग ऐक्टिंग करने में बहुत माहिर होंगे; पर मेरी आँखें भी कम तेज़ नहीं। शकुन चाहे तो आपके साथ ही जा सकती है ! मुझमें इतनी उदारता है कि मैं अपनी पत्नी की राह में बाधा बनकर खड़ा न होऊँ, उसकी इच्छा पूरी करने में सहायक बनूँ।'

ये लोग उसके ही घर में नाटक कर रहे हैं; क्लाइमेक्स वह कर दे।

वह बाल बनाता जा रहा था और पलंग को देखता जा रहा था। कैसे सोएगा अब वह इस पलंग पर ?

पर वह बाहर निकला तो उससे कुछ भी नहीं कहा गया। शकुन चाय बनाने लगी तो आलोक ने कहा, "हम लोग तो वैसे चाय पी चुके हैं पर आपका साथ देने के लिए एक राउण्ड और सही !"

"हाँ-हाँ, ज़रूर ! शाम का सारा प्रोग्राम तो इन्होंने गड़बड़ कर दिया, अब चाय पी-पीकर ही समय काटो।" शकुन के स्वर में हल्का-सा आक्रोश था। चाय पी चुके हैं, यह तो बता दिया, और क्या-क्या कर चुके हैं यह क्यों नहीं बताते ? बताने जैसी बात हो, तब न ! फिर उसे लगा, वही क्यों नहीं पूछ लेता कि कहिए दिन-भर क्या किया ? बड़ा स्वाभाविक प्रश्न है, पर सारी स्थिति स्वाभाविक नहीं है, इसलिए इन्हें यही लगेगा कि मैं शक कर रहा हूँ। और मान लो, इस प्रश्न का एकाएक दोनों को कोई जवाब ही नहीं सूझे और खिसियाए-से दोनों एक-दूसरे का मुँह ही देखते रह जाएँ, तब वह क्या करेगा ?

तभी शकुन उठी और भीतर से स्वेटर लाकर देती हुई बोली, "लो, अब कम-से-कम यह तो पहन लो ! रात को ठण्डे पानी से नहाये हो, अपनी ज़िद के आगे तुम किसी की बात सुनते भी हो कभी ?"

न चाहते हुए भी उसने स्वेटर पहन लिया। चोंचले दिखा रही है।

आठ तो बजने वाले हैं, चलने-चलाने का तो यहाँ कोई सिलसिला ही नज़र नहीं आ रहा। दिन-भर में ज़रूर ही प्रोग्राम बदल गया होगा। बाँहों में भर-भरकर शकुन ने एक दिन और ठहरने के लिए तो तैयार कर ही लिया होगा। कल फिर उसे ऑफिस भेज दिया जाएगा और···अभी उसे मालूम पड़ जाएगा कि आलोक आज ठहर रहा है, और वह कुढ़ता रहेगा। दिखाने के लिए भी वह शायद खुश नहीं हो सकेगा। क्यों दिखावा करे वह ? कौन साली उसे कहानी लिखनी है !

"अब तुम ज़रा बैठो···मैं खाना देख आऊँ।"

"हाँ, मेरे साथ बैठने में क्या रखा है ?"

"शकुन जी तो काफी इंटेलिजेण्ट हैं···"

"हाँ, बहकाओ बच्चू ! मुझे खूब बहकाओ ! यों क्यों नहीं कहते कि शकुन जी काफी···बेवकूफ समझ रखा है उसे।"

"बता रही थीं कि शादी होकर आईं तब तो बस यों ही थीं, आपने ही वह रुचि भी पैदा की और सुविधाएँ भी दीं।"

"सुनिए," शकुन उधर से बुला रही है। सतीश उठकर चला गया।

"देखो, अब आलोक जी को स्टेशन छोड़ने तुम ही चले जाना। मुझे घर ठीक करना है, और कापियाँ देखनी हैं। दो दिन से इस चक्कर में कुछ किया ही नहीं, कल सारे नम्बर देने हैं।"

सतीश ऐसे देखने लगा जैसे कुछ समझने की चेष्टा कर रहा हो।

"आलोक जी आज जा रहे हैं क्या ?"

"कमाल करते हो तुम भी ! सवेरे ही बात हो गई थी ?"

"नहीं, मैंने सोचा शायद तुमने आग्रह करके रोक लिया होगा।" कुछ आश्वस्त होते हुए उसने कहा।

"अरे बाबा, आ गए सो ही बड़ी बात है। अब इन्हें ज़रूरी काम है तो क्या करें ?"

"तो स्टेशन तो तुम भी चलो कम-से-कम।"

"देखो, सारे बरतन बिखरे पड़े हैं···खाना खत्म होते ही पहले इन्हें जमाऊँगी। माँजी तो खिलाकर चली जाएँगी···बाकी सब तो मुझे ही करना पड़ेगा। छोटा घर है, ज़रा-सा बिखर जाता है तो दिक्कत लगने लगती है। मुझे यों भी बिखरा घर पसन्द नहीं। उसके बाद कापियाँ भी तो देखनी हैं।"

"पर···"

"देखो, मैंने इसलिए तुम्हें इधर बुलाकर कह दिया है; वरना वहाँ तुम ज़िद करने लगोगे तो मना करना बड़ा भद्दा लगेगा। कुछ कहना मत, हाँ!"

सतीश और शकुन साथ-साथ ही बाहर आए। सतीश को बात से भी ज़्यादा अच्छा लग रहा था, इस तरह भीतर बुलाकर शकुन का उससे कुछ कहना। आलोक आए हैं तो क्या हुआ, उनका अपना भी तो कोई जीवन है। कोई ऐसी बात भी तो हो ही सकती है, जो भीतर बुलाकर ही कही जाए।

तो आलोक जा रहा है? शकुन फिर अपनी घर-गृहस्थी और स्कूल की बातों में डूबने लगी है।

खाने बैठे तो शकुन ने उसकी थाली में दो-तीन अतिरिक्त चीज़ें रखते हुए कहा, "तुम सवेरे आफिस गए थे तब तक तो बनी नहीं थीं, तुम अब खा लो।"

गाजर का हलवा था, मटर की कचौरी थी।

"कुछ तो आप भी लीजिए आलोकजी।" शकुन मनुहार रही थी।

"माफ करो बाबा! स्वस्थ ज़रूर कुछ ज़्यादा हूँ; पर खाता ज़्यादा नहीं हूँ। सवेरे का खाना ही अभी तो हज़म नहीं हुआ।"

"ऐसा तो आपने सवेरे भी कुछ नहीं खाया। मैंने तो अपने हाथों से सब बनाया है।"

तो दिन-भर इसने खाना बनाया? कहीं ऐसा तो नहीं कि यह बेचारी बैठकर उधर खाना बना रही हो और ये महाशय यहाँ दीवान पर लेटकर सिगरेट फूँक रहे हों। आवाज़ आती कहाँ से? पर फिर दरवाज़ा बन्द क्यों था। हो सकता है नींद आ गई हो, इसलिए दरवाज़ा बन्द कर दिया हो। कमरा सड़क पर ही तो पड़ता है। वे भी तो इतवार को जब दोपहर को सोते हैं तो बन्द करके ही सोते हैं। तो यह क्या उसका अपना ही बुना हुआ जाल है, जिसमें फँसकर वह दिन-भर से छटपटा रहा है? उसने गौर से शकुन को देखा। उसके अंग-प्रत्यंग को वह घूर-घूरकर देखने लगा····कहीं कोई छाप है····कोई लक्षण? कोई लाल-नीला दाग़?

शकुन खिला ज़्यादा रही थी, खा कम रही थी। पर वैसे सब-कुछ बड़ा स्वाभाविक था।

"आप आज शाम को आ जाते तो आलोक जी को थोड़ा घुमा-फिरा ही देते। सारे दिन घर में रखकर बोर कर दिया। सोच रहे होंगे, कहाँ आ फँसे!"

"वाह, बोर तो मैं तनिक भी नहीं हुआ। बढ़िया खाना खाया, डटकर गप्पें मारीं। हाँ, सतीश जी के साथ ज़्यादा बैठने का मौका नहीं मिला। और आपका बड़ा प्रिय आनासागर नहीं देखा। सो वह अबकी बार आऊँगा तब ज़रूर देखूँगा।

फिर कुछ 'खट्' से बजा सतीश के दिमाग में। तो क्या फिर आने का प्रोग्राम भी बन चुका है? क्या है यह सब, उसे कुछ भी तो समझ में नहीं आ रहा था? उसे अपनी ही समझ पर बुरी तरह खीझ आने लगी। शरीर में तो उसके कुछ गड़बड़ है ही, पर

लगता है दिमाग में और भी ज़्यादा गड़बड़ी है।

"अब आप ताँगा ले आइए," शायद अब शकुन जल्दी से आलोक को विदा करके अपने काम में लग जाना चाहती है। या कहीं ऐसा तो नहीं कि उसे भेजकर विदा की असली रस्म पूरी करनी है? उसके सामने तो औपचारिक-से नमस्कार के सिवाय कुछ हो नहीं सकेगा।

"ताँगा लेने मैं भी साथ चलता हूँ, ज़रा टहलना ही हो जाएगा।"

"टहलना क्या होगा, यहाँ बगल में तो ताँगा मिलता है। ये ही ले आएँगे।"

"हाँ, आलोक को कैसे जाने दे सकती है अभी? मैं तो आपका नौकर लगा हूँ जो ताँगा लेने जाऊँगा?"

चलते समय शकुन ने कहा, "समझ नहीं पा रही हूँ आलोक जी, आपको किन शब्दों में धन्यवाद दूँ? जब भी जयपुर आएँ तो यहाँ आने का कष्ट अवश्य करिएगा, और इस बार अकेले नहीं, परिवार-सहित आइए। सबसे मिलकर और भी खुशी होगी।"

"इस नई पुस्तक पर अपनी प्रतिक्रिया ज़रूर भेजना। पाठकों की प्रशंसा ही हमारे लिए तो सबसे बड़ी प्रेरणा होती है; पर इसका यह मतलब नहीं कि तुम केवल प्रशंसा लिख भेजो।" और आलोक हँसता हुआ ताँगे पर बैठ गया। सारा ताँगा नीचे को झुक गया—पता नहीं कितना वज़न है कमबख्त में!

"स्टेशन से सीधे घर ही आ जाना, इधर-उधर मत चले जाना। माँजी भी चली जाएँगी, मुझे बहुत अकेला लगेगा।" और सतीश को लगा जैसे आलोक के सामने यह कहकर उसने उसे उबार लिया। विदा देती अनमनी-सी शकुन उसे बड़ी भोली, बड़ी सरल और बड़ी प्यारी-सी लगी। फिर मन में ढेर-ढेर लाड़ उमड़ने लगा।

उसने एक बार फिर सवेरे से अब तक की सारी बातें याद कर डालीं। अगर अपने मन के सन्देह से मुक्त होकर देखे, तो कहीं भी कुछ नहीं है। एक भी तो बात ऐसी नहीं हुई जिसे वह आधार बनाकर यों कष्ट पाए। नहीं-नहीं, यह उसकी ही हीन भावना है जो उसे हर बात के दस-दस अर्थ लगाने को मजबूर कर देती है।

वह आज कितना बड़ा अनर्थ भी कर सकता था। उसे इस बात से बड़ी तसल्ली मिली कि ऐसा कुछ भी होने से पहले ही सद्‌बुद्धि आ गई।

हाँ, आलोक की वह खातिर कर रही थी, बड़े श्रद्धालु भाव से, तो इसमें हुआ ही क्या? वह हर काम को पूरी लगन से करती है, आलोक की खातिर की तो लगन से, अपना घर सजाया तो उतनी ही लगन से, और अब फिर सब ठीक-ठाक कर रही होगी।

वह बड़ी तरकीब से आलोक के लिखने के प्रोसेस वाली बात ज़रूर शकुन को बता देगा कि कैसे ये लेखक लोग बिना किसी लगाव के भी केवल कहानी वसूलने के लिए एक्टिंग करते हैं। कम-से-कम यह हल्का-सा संकेत हो जाएगा शकुन के लिए कि यदि आलोक ने कुछ किया भी हो, तो वह उसकी किसी भी बात या व्यवहार को गम्भीरता से न ले। उसका ओछापन भी नहीं दीखेगा और बात भी बन जाएगी। अपनी

दूरदर्शिता पर वह स्वयं मुग्ध-सा हो गया। कौन कहता है कि वह बेवकूफ है या डल? आलोक ने भी स्वीकार किया कि शकुन इंटेलिजेण्ट है, वह उसके संकेत को अवश्य ही समझ लेगी। और एकाएक उसे लगा, जैसे सवेरे से जिस असह्य बोझ के नीचे वह तिलमिला रहा था, जिस मर्मान्तक पीड़ा से छटपटा रहा था, वह सब एकाएक समाप्त हो गई है।

गाड़ी चली तो बड़े मशीनी ढंग से वह हाथ हिलाता रहा। उसने भी चलते समय शकुन वाली बात दोहरा दी, "सपरिवार आइए कभी!"

आलोक आया और चला गया, और कहीं कुछ नहीं हुआ। वह घर लौटेगा तो देखेगा कि शकुन उसी व्यस्तता और लगाव से अपना घर ठीक कर रही होगी।

यदि उसका काम पूरा नहीं होगा तो वह कहेगा, "जाओ तुम आराम करो, बहुत थक गई होगी सवेरे से, लाओ मैं जमा देता हूँ सारे बर्तन-वर्तन।" वह उसकी कापियाँ भी दिखवा देगा। वह ज़रूर विरोध करेगी, "तुम भी तो ऑफिस से थककर आए हो, मैं कर लूँगी, तुम आराम करो।"

आज वह शकुन को बहुत प्यार करेगा। कितने दिन हो गए उसे बड़ी आत्मीयता से प्यार किए। उसकी अपनी ही दुर्बलता ने पता नहीं कैसे यह भ्रम उसके मन में पैदा कर दिया था कि उन दोनों के बीच में जैसे कोई है....पर कहीं कोई नहीं है; शकुन आज भी उसी की है, उतनी ही जितनी दो साल पहले थी।

मैं कितना धीरे-धीरे चल रहा हूँ। शकुन अकेली होगी। साइकिल न लाकर भूल ही की। उसने अपनी चाल बढ़ा दी।

घर पहुँचा तो देखा—खाने के बर्तन अभी भी टेबिल पर ज्यों-के-त्यों पड़े थे, कापियों का बण्डल भी दीवान के नीचे जैसे-का-तैसा बँधा पड़ा था। उधर जाकर देखा—शकुन पलंग पर लेटी हुई आलोक का नया उपन्यास पढ़ने में डूबी हुई है। आहट पाकर एकदम चौंक-सी उठी, "कौन?"

"मैं हूँ।"

"ओह, तुम? मैं तो डर गई थी।" और किताब को तकिए के नीचे सरकाती हुई वह उठकर बैठ गई।

# नई नौकरी

टाई की नॉट ठीक करते हुए कुन्दन आदेश देता जा रहा था—"सोफे का कपड़ा कम पड़ गया है, तुम खुद लाकर दे देना। इनके ज़िम्मे कर दिया तो समझो सब चौपट। दरवाज़ों-खिड़कियों का वार्निश आज ज़रूर पूरा हो जाना चाहिए। और देखो, प्लम्बर आएगा तो जहाँ-जहाँ के नल और पाइप खराब हों, सब ठीक करवा लेना।"

रमा पीछे खड़ी सामने के आईने में पड़ते कुन्दन के प्रतिबिम्ब को देख रही थी। उसे लग रहा था, नई नौकरी के साथ कुन्दन की सारी पर्सनेलिटी ही नहीं, बात करने का लहजा तक बदल गया है। कितना आत्मविश्वास आ गया है सारे व्यक्तित्व में! रौब जैसे टपका पड़ता है।

होंठों के कोनों में चुरुट दबाए, जाने से पहले उसने सारे घर का एक चक्कर लगाया। यह भी रोज़ का एक क्रम हो गया था। पीछे के बरामदे में दर्ज़ी सोफे के कवर्स सिल रहा था। कुछ दूर खड़ा मिस्त्री, छोटे-छोटे टिनों में वार्निश तैयार करते लड़के को कुछ आदेश दे रहा था। कुन्दन को देखकर उसने सलाम ठोका। "अब्दुल मियाँ, काम आज पूरा हो जाना चाहिए, तुम्हारा काम बहुत स्लो चल रहा है।"

"काम भी तो देखिए सरकार! समय चाहे दो दिन का ज़्यादा लग जाए, पर आपको शिकायत का मौका नहीं दूँगा। मैं साहब, काम की क्वालिटी पर···"

"अच्छा···अच्छा ···" कुन्दन लौट आया। ड्राइंग-रूम के पार्टीशन पर नज़र पड़ते ही कहा—'इंटीरियर-डेकोरेटर्स' वालों के यहाँ फोन ज़रूर कर देना। यह पार्टीशन बिल्कुल नहीं चलेगा। डिज़ाइन क्या बताया था, बनवा क्या दिया, रबिश।"

कुन्दन गाड़ी में बैठा। रमा पोर्टिको की सबसे निचली सीढ़ी पर खड़ी थी। उसे लगा, जाने से पहले एक बार वह फिर सारे आदेशों को दोहराएगा, पर नहीं। गाड़ी स्टार्ट करके, खिड़की से ज़रा-सा हाथ निकालकर हल्के से हिलाते हुए कहा, "अच्छा, बा···बाई," तो उसे ख्याल आया, यह तो उसकी आदत थी कि गाड़ी में बैठकर चलने से पहले वह नौकर के सामने बताए हुए सारे काम फिर से दोहरा दिया करती थी।

तब कुन्दन हँसता हुआ कहता था, "बस भी करो यार, अब कितनी बार दोहराओगी। तुम इतनी बार कहती हो इसी से वह गड़बड़ा जाता है।"

गाड़ी लाल बजरी की सड़क पर तैरती हुई फाटक से बाहर निकली और दूर होती हुई अदृश्य हो गई।

रमा को लगा जैसे कुन्दन उसे पीछे छोड़कर आगे निकल गया है···बहुत आगे। जैसे वह अकेली रह गई है। एक महीने पहले वह भी कुन्दन के साथ ही निकला करती

थी, कुन्दन उसे कॉलेज छोड़ता हुआ ऑफिस जाया करता था। पर अकेलेपन की यह अनुभूति तभी तक रहती जब तक वह पोर्टिको में खड़ी रहती। जैसे ही फ़्लैट का दरवाज़ा खोलकर वह भीतर घुसती—लक-दक फर्नीचर, शीशों के दरवाज़ों और खिड़कियों पर झूलते लम्बे-लम्बे पर्दों, मिस्त्रियों की खटपट, नए-नए डिसटेम्पर और वार्निश की हल्की-सी गन्ध के बीच न जाने कहाँ डूब जाती।

काम की एक लिस्ट उसके पास होती, जिन्हें उसे पूरा करना होता; काम करते मिस्त्रियों को देखना होता, मार्केट के दो-एक चक्कर लगाने होते····और यह सब करते-करते ही शाम हो जाती! ट्रिंग-ट्रिंग····ट्रिंग-ट्रिंग····

फोन उठाकर, उसने नम्बर बोला, "कौन, मिसेज़ बर्मन! कहिए, कहिए, क्या खबर है?"

मिसेज़ बर्मन शिकायत कर रही थीं, "कालेज छोड़े महीना होने आया, एक बार सूरत तक नहीं दिखाई। आउट ऑफ साइट····"

"अरे नहीं-नहीं," रमा ने बात बीच में ही काट दी। उसने थोड़ा-सा झुककर कोहनी मेज़ पर टिका ली। उलटे हाथ में पैंसिल लेकर वह फोन का सन्देशा लेने के लिए जो पैड रखा था, उस पर यों ही आड़ी-तिरछी लकीरें खींचने लगी।

"आज लंच के समय आओ न, साथ बैठकर खाएँगे। तुम्हारे चले जाने से हमारा डिपार्टमेंट तो सूना ही हो गया। लंच के समय तो तुम्हें बहुत ही मिस करते हैं। और एक तुम हो कि जाने के बाद खबर तक नहीं ली····"

"क्या बताऊँ, इस नए घर को ठीक कराने के चक्कर में इतनी व्यस्त रही कि उधर आ नहीं सकी। अच्छा यह बताइए सुधा, मालती, जयन्ती सब कैसे हैं?"

"कहा न, आज आओ, सबसे मिल भी लेना, खाना भी साथ खाएँगे।"

"आज?" और एक क्षण को मन के भीतरी स्तर पर आज के सारे कामों की लिस्ट तैर-सी गई, "आज तो सम्भव नहीं होगा मिसेज़ बर्मन!" क्षमायाचना के-से स्वर में वह बोली, "बस एक सप्ताह और ठहर जाइए, फिर अपने इस नये घर की पार्टी दूँगी····देखिए अपनी रमा का कमाल····देखेंगी तो पता लगेगा कि एक महीने तक क्या करती रही।" फिर और दो-चार इधर-उधर की बातें, और हल्की-फुल्की-सी मज़ाकें हुईं और रमा ने फ़ोन रख दिया।

फोन रखने के बाद नए सिरे से इस बात का बोध हुआ कि कॉलेज छोड़े उसे अट्ठाईस दिन हो गए। जाना तो दूर, उसे कभी खयाल भी नहीं आया वहाँ का। आश्चर्य के साथ-साथ उसे थोड़ी-सी ग्लानि भी हुई; वह क्यों नहीं गई, कैसे रह सकी बिना गए। आज बर्मन का फोन नहीं आता तो पता नहीं और भी कितने दिनों तक उसे उधर का खयाल ही नहीं आता। क्या सचमुच वह बड़े अफसर की बीवी बन गई है? उसे मज़ाक में कसा हुआ जयन्ती का रिमार्क याद आया।

एकाएक मन हुआ कि अभी चल पड़े। एक बार सबसे मिल ही आए। मना करने

के बाद पहुँचकर वह सबको प्लेज़ेण्ट सरप्राइज़ देगी। उसने रसोई में जाकर दस-बारह आलू के पराँठे और चाट तैयार करने को कहा। ये दोनों चीज़ें वहाँ सबको बहुत पसन्द थीं। सारे डिपार्टमेंट में वह और मिसेज़ बर्मन ही विवाहित थीं····बाकी सब कॉलेज हॉस्टल में रहती थीं और अच्छी-अच्छी चीज़ें खाने की उनकी फर्माइशें बनी ही रहती थीं।

उसे अपनी फेयरवैल पार्टी की याद आई। साढ़े दस साल की सर्विस थी। प्रिन्सिपल ने अनेकानेक शुभकामनाओं के साथ फूलों के बड़े-बड़े गुलदस्तों के बीच लाकर पेन का एक सैट रखकर दिया था—"मिसेज़ चोपड़ा, आप इसी पेन से अपनी थीसिस पूरी करिए। जब भी वापस काम करने का मन हो, बिना किसी संकोच के चली आइए, यहाँ आपका हमेशा ही स्वागत है।" उसके डिपार्टमेंट की सभी लेक्चरर्स गाड़ी तक छोड़ने आई थीं—"भई रमाजी, कॉलेज भले ही छोड़ दीजिए, पर लंच के समय खाना लेकर ज़रूर आ जाया करिए," तो उसकी नम आँखों में भी हँसी चमक उठी थी। तब उसे कुन्दन की बात याद हो आई थी, "तुम वहाँ पढ़ाने जाती हो या खाने! फोन पर भी जब तुम लोगों की बातें होनी हैं तो खाना ही डिस्कस होना है।" उसने केवल उन लोगों से ही नहीं कहा था, बल्कि मन में भी सोचा था कि लंच के समय वह कॉलेज चली ही जाया करेगी। आखिर उसे भी तो अपने को कॉलेज से एकदम काट लेने में काफी कष्ट होगा····इस समय धीरे-धीरे तो फिर भी····

तो क्या कुन्दन ने ठीक ही कहा था? कॉलेज छोड़ने का निर्णय लेकर वह चुपचाप रो रही थी और कुन्दन उसे समझा रहा था—मैं कह रहा हूँ तुम्हें कतई अकेलापन नहीं लगेगा, तुम ज़रा भी कभी महसूस नहीं करोगी; रादर यू विल फील रिलीव्ड। कितना स्ट्रेन है तुम पर आजकल!

कुन्दन को एकाएक विदेशी कम्पनी में इतनी बड़ी नौकरी मिल जाएगी, इसकी आशा औरों को चाहे रही भी हो, कुन्दन को बिल्कुल नहीं थी। डॉ० फिशर से पिछले आठ साल से उसके संबंध थे, विशुद्ध व्यावसायिक संबंध। उनकी प्रशंसा और सद्व्यवहार को भी वह व्यावसायिक औपचारिकता से अधिक कुछ नहीं मानता था पर····

दस-बारह दिन तक केवल जश्न ही मनाया था रमा और कुन्दन ने। पैसे की उसे इतनी लालसा नहीं थी, पर मारवाड़ी कन्सर्न का काम उसके टेम्परामेंट के बिल्कुल अनुकूल नहीं था। रमा इस नये माहौल से नितान्त अपरिचित नहीं थी—क्लब, डान्स, डिनर, कॉकटेल यह सब वह बचपन से देखती आई थी, पर बस देखती ही आई थी, उसमें अपने को कभी घुला नहीं पाई थी।

डॉ० फिशर ने कुन्दन को नौकरी ही नहीं दी थी, धीरे-धीरे वे उसकी सारी ज़िन्दगी का पैटर्न भी तय कर रहे थे। उसे दो-तीन क्लबों का मेम्बर बनना पड़ा। आये

दिन दूसरी कम्पनियों के बड़े-बड़े अफसरों को एण्टरटेन करना पड़ता। विदेशियों को हिन्दुस्तानी खाना खिलाने के बहाने उसे घर में भी बड़ी-बड़ी पार्टियाँ करनी पड़तीं। और तीन महीने पहले उसे कम्पनी की ओर से यह फ्लैट मिल गया। उसने सोचा, वह अपने इस नये घर को निहायत ही ओरियेण्टल ढंग से सजाएगा, विदेशियों के लिए तो यही नवीनता होगा।

पर घर के लिए नया फर्नीचर बनवाने, चुन-चुनकर चीज़ें खरीदने के लिए दोनों में से किसी के पास भी समय नहीं था। कुन्दन चाहता था यह काम रमा को करना चाहिए; उसकी रुचि बहुत अच्छी थी, यों भी यह काम उसी का था। पर रमा के पास समय ही नहीं रहता। सवेरे उठकर वह बण्टी को तैयार करके स्कूल भेजती। फिर खुद तैयार होती। तैयार होते-होते ही वह नौकर को आदेश देती जाती, सारे दिन का काम समझाती; नाश्ता करते-करते वह अपना लेक्चर तैयार करती, तैयार तो क्या करती बस सूँघ भर लेती। फिर नौ बजे कुन्दन के साथ ही निकल जाती। तीन के करीब वह लौटती····थोड़ा आराम करती और फिर शाम की तैयारी। बाहर नहीं जाना होता था तो घर में किसी को आना रहता था।

रात ग्यारह-साढ़े ग्यारह पर वह सोती तो थककर चूर हो जाती। कुन्दन को उस समय हल्की-सी खुमारी चढ़ी रहती, कहता, "डोण्ट बी सिली। पार्टी में कैसे थक जाती हो? गाड़ी में बैठकर जाती हो····खाना-पीना, हँसी-मज़ाक, इनसे भी कहीं थका जाता है? गाड़ी में बिठाकर ले आता हूँ।"

रमा तब केवल सूनी-सूनी आँखों से उसे देखती रहती। मन की भीतरी परतों पर हिस्ट्री के वे टॉपिक्स तैरते रहते जो उसे कल पढ़ाने होते, और जिन्हें वह जबरन ही दिमाग से बाहर ठेलने का प्रयास करती रहती। कुन्दन उसे बताता रहता कि डॉ० फिशर उससे कितने खुश हैं, कितना इम्प्रेस कर रखा है उसने; एकाएक ही उसे अपना भविष्य बहुत उज्ज्वल दिखाई देने लगा है। पता नहीं थकान के कारण या किसी और वजह से वह उतना उत्साह नहीं दिखा पाती तो कुन्दन बिगड़ पड़ता, "क्या बात है, देखता हूँ तुम्हें कोई दिलचस्पी ही नहीं है मेरे राइज़ में····यू सीम टू बी····"

"क्या बेकार की बातें करते हो, मुझे नींद आ रही है।"

कभी कुन्दन फोन पर कह देता कि ठीक सात बजे तैयार होकर रहना और आकर देखता कि वह तैयार हो रही है तो बिगड़ पड़ता—"रमा, तुम्हें टाइम की सेन्स कब आएगी····कभी घर पर खाना होता और कोई कसर रह जाती तो रात में बड़े सँभलकर कहता, "मैं यह नहीं कहता कि तुम खाना बनाओ····तीन-तीन नौकर तुम्हारे पास हैं, पर ज़रा-सा देखभर लिया करो!" ऐसे मौकों पर रमा कुछ नहीं कहती।

उस दिन कॉलेज में रमा को एक पेपर पढ़ना था। उसने खुद ही ऑफर किया था। सोचा था, इसी बहाने एक टॉपिक तैयार हो जाएगा, पर बिल्कुल भी तैयार नहीं कर पाई। रात में लेटी तो रोना आ गया।

"मुझसे यह सब निभता नहीं।" लौटकर बिना कपड़े बदले ही कटे पेड़ की तरह पलंग पर गिरकर उसने कहा।

"क्या नहीं निभता?"

"यह रवैया मेरे बस का नहीं है। कितना गिल्टी फील करती हूँ। बिना तैयार किए पढ़ाना, लगता है जैसे लड़कियों को चीट कर रही हूँ। दो घण्टे का समय भी तो मुझे अपने लिए नहीं मिलता।"

कुन्दन सोच रहा था कि रात में रमा के साथ वह एक-एक कमरे को अरेंज करने की योजना बनाएगा। कलर-स्कीम के लिए उसने जेन्सन-निकलसन वालों से बात की थी। रमा की बात सुनी तो चुप रह गया।

"बण्टी की रिपोर्ट देखी? हमेशा फर्स्ट आया करता था, इस बार सेविन्थ आया है।"

बगल में लेटकर, रमा को अपनी ओर खींचते हुए कुन्दन ने बहुत प्यार-भरे लहजे में कहा, "तो तुम उसे पढ़ाया करो!"

"कब पढ़ाया करूँ, तुम्हीं बताओ! शाम को पाँच से सात बजे का जो समय मिलता है, उसमें वह खेलने जाता है।"

"तो तुम्हीं बताओ मैं क्या करूँ?" बालों में हाथ फेरते हुए कुन्दन ने बहुत ही मुलायम स्वर में पूछा।

"कल मुझे पेपर पढ़ना है। पन्द्रह दिन पहले टॉपिक मिला था। एक लाइन भी नहीं लिखी है····अब कोई झूठा बहाना ही तो बनाना पड़ेगा।"

कुन्दन की उँगलियाँ बालों पर से उतरकर गालों पर फिसलने लगीं।

"दस साल पूरे हुए····छः-आठ महीने में अपनी थीसिस सबमिट कर देती तो मेरा सिलेक्शन-ग्रेड में आना निश्चित ही था, पर ऐसी हालत रही तो····"

रमा रो पड़ी।

दूर कहीं कुन्दन के कानों में डॉ० फिशर के शब्द गूँज रहे थे—जनवरी में जर्मनी से डाइरेक्टर आनेवाले हैं, हमें यहाँ का सारा काम दिखाना होगा। एक नया प्लांट बिठाने की भी योजना है, उसके लिए कुछ रिसपॉन्सिबल लोगों की ज़रूरत होगी····सम स्मार्ट यंग मैन! बिज़नेस में सोशल कॉन्टेक्ट्स पे करते हैं। यू विल हैव टु बी वेरी सोशल।"

कुन्दन को इन बातों में हमेशा अपने लिए कुछ संकेत, कुछ आश्वासन मिलते।

"लकीली योर वाइफ़····"

"तुम मुझे छोड़ जाया करो। कोई ज़रूरी है कि मैं हर दिन तुम्हारे साथ ही जाया करूँ?"

कुन्दन कुछ देर उसे यों ही सहलाता रहा, फिर एकाएक उसे बाँहों में भरता-सा बोला—"तुम्हें छोड़कर आज तक मैं कहीं गया हूँ, जा सकता हूँ। ऑफिस के अलावा

हमेशा हम साथ जाते हैं। तुम तो जानती हो कि तुम्हारे बिना मुझे कुछ भी अच्छा नहीं लगता।"

रमा खुद इस बात को जानती है। उनका आठ साल का विवाहित जीवन दोस्तों के बीच ईर्ष्या और प्रशंसा का विषय रहा है। समझ नहीं पाई क्या कहे! वह जब तक सो नहीं गई, कुन्दन उसे प्यार से थपथपाता रहा था।

"मेम साहब, पराँठे अभी बनेंगे?"

"....ऐं?" चौंकते हुए रमा ने पूछा। फिर बोली, "नहीं-नहीं, साढ़े बारह बजे बनाना है, एक बजे हम कॉलेज जाएँगे आज। इतने एक चक्कर बाज़ार का लगा आऊँ, सोफे का कपड़ा लाकर दे दूँ।" उसने एक बार भीतर जाकर मिस्त्रियों को याद दिला दिया कि आज पॉलिश हर हालत में खत्म कर देनी है।

फिर अपनी डायरी देखी—बाज़ार से और क्या-क्या सामान लाना है। कपड़े बदलने अन्दर गई तो देखा, नौकर ने रैक से सारी किताबें निकाल रखी थीं और पोंछकर जमा रहा था।

इनमें से एक किताब भी उसने नहीं पढ़ी है, कुछ पर तो अभी तक अपना नाम भी नहीं लिखा है। कुन्दन ने भी जोश में आकर एक दिन में इतनी ढेर-सी किताबें खरीदकर सामने रख दी थीं।

बात शुरू दूसरे स्तर पर हुई थी। कुन्दन ऑफिस से लौटा था तो बिना किसी प्रसंग के रमा ने कहा, "मैं कॉलेज छोड़ दूँगी। इस तरह काम करने से तो नहीं करना ज़्यादा अच्छा है।" स्वर में न कहीं तल्खी थी न शिकायत, बड़े सहज स्वर में उसने कहा था।

कुन्दन देखता रहा। यही वाक्य था जिसे उसने अनेक बार अनेक तरह से मन-ही-मन में दोहराया था, पर कहने का मौका नहीं मिला था। अब तो उसे यह और भी ज़रूरी लग रहा था, क्योंकि जनवरी तक उसे अपना सारा घर डेकोरेट करना था....ओरियण्टल स्टाइल पर। फिर भी उसने पूछा, "क्या बात हो गई?"

"कुछ नहीं।"

कुन्दन को इस समय और बात खींचना अच्छा नहीं लगा। चाय का प्याला हाथ में लिए ही लॉन में निकल गया। कैक्टस की जितनी वैराइटी ला सकता था, लाकर फाटक के दोनों ओर बड़ी खूबसूरत रॉकरीज़ बनाई थीं। पर लॉन से वह अभी भी सन्तुष्ट नहीं था। चाहता था लॉन पर्शियन कार्पेट में बदल जाए।

रात में फिर वही प्रसंग चला। कुन्दन उससे बचना भी चाहता था और जानना भी चाहता था कि रमा ने सचमुच ही यह निर्णय ले लिया है या कि केवल कुन्दन पर अपना आक्रोश प्रकट कर रही है। पर रमा ने केवल इतना ही कहा, "अब निभता नहीं, कल इस्तीफा दे दूँगी।"

स्वर के भीगेपन ने कुन्दन को भी कहीं से छुआ ज़रूर, फिर भी सारी बात को एक

हल्के मज़ाक में बदलने के लहजे में उसने कहा, "छोड़ो भी यार, वैसे भी क्या रखा है ऐंशिएण्ट हिस्ट्री पढ़ाने में ! चोल वंश, चेदि वंश के बारे में न भी जानेंगे तो कौन-सी ज़िन्दगी हराम हो जाएगी !"

रमा चुप !

"इससे तो तुम खूब किताबें पढ़ो, मैगज़ीन्स पढ़ो····कुछ छुटपुट क्लासेज़ अटेण्ड कर लो। बण्टी को पढ़ाओ। दुनिया-भर के बच्चों को पढ़ाओ और अपना बच्चा निगलेक्ट हो····"

रमा चुप !

कुन्दन उस चुप्पी पर खीझ आया, फिर भी अपने स्वर को भरसक संयत बनाकर बोला, "तुम्हें शायद लग रहा है कि मेरी वजह से, इस नई नौकरी की वजह से तुम्हें अपना काम छोड़ना पड़ रहा है····पर यह तो सोचो, मुझे ही इस नौकरी में क्या दिलचस्पी है, तुम्हारे लिए, बण्टी के लिए····"

"मैंने तो ऐसा नहीं कहा। मैं तो यही सोच रही थी आखिर मेरे मन के सन्तोष के लिए क्या होगा ?"

"मेरा सन्तोष तुम्हारा सन्तोष नहीं है, मेरी तरक्की तुम्हारी तरक्की नहीं है ?"

"है क्यों नहीं ? मेरा यह मतलब नहीं था। दस साल से काम कर रही थी····छोड़ दूँगी तो मेरा मन कैसे लगेगा ?"

"मैं तो सोचता हूँ, तुम्हें यह सब सोचने का समय ही नहीं मिलेगा।" और शाम को उसने तीन बण्डल किताबें लाकर उसके सामने रख दी थीं।

और सचमुच उसके बाद उसे यह सब सोचने का समय ही कब मिला। आज भी मिसेज़ बर्मन के टेलीफोन ने ही उसे कॉलेज की याद दिलायी, वर्ना····

सारे दिन गाड़ी में घूम-घूमकर उसने घर का सामान खरीदा है। पर्दों के लिए उसने लूमवालों से यह तय किया कि चालीस गज़ कपड़ा बनाकर वह उस डिज़ाइन को नष्ट कर देंगे, जिससे उसके जैसे पर्दे और कहीं देखने को भी न मिलें। डिज़ाइन भी उसने खुद पसन्द करके बनवाया था।

राजस्थान की किसी रियासत का बहुत-सा सामान नीलाम हुआ था। कितने दिनों तक वह वहाँ जा-जाकर बैठी थी—पुरानी पेंटिग्ज़, झाड़-फानूस और भी सजावट की छोटी-मोटी चीज़ें उसने खरीदी थीं।

आज दरवाज़ों का पॉलिश समाप्त हो जाएगा तो सारा सामान जमाना है। डाइरेक्टर बम्बई आ गये हैं, अगले सप्ताह तक यहाँ आ जाएँगे, तब तक वह सब जमा लेगी। 'इण्टीरियर डेकोरेटर्स' वालों के यहाँ से एक आदमी बराबर आता रहा है। उसे फोन करने का खयाल आया है।

लाइन एंगेज़्ड थी।

वह बाहर जाने के लिए निकल ही रही थी कि टेलीफोन की घण्टी बजी। रमा ने

रिसीवर उठाकर अपना नम्बर बोला, "ओह, मैं सोच रहा था तुम कहीं मार्केट के लिए नहीं निकल गई होओ।"

"बस निकल ही रही थी।"

"सुनो डार्लिंग, लंच पर मेरे साथ एक साहब होंगे, यहीं के हैं, बहुत फॉर्मल होने की ज़रूरत नहीं है, बस ज़रा-सा देख लेना...डेकोरेटर को फोन किया ?"

"किया था, पर लाइन नहीं मिली, लौटकर फिर करूँगी।"

"ओ० के० ।" खट !

रसोई में जाकर रमा ने कहा, "थोड़ी सब्ज़ियाँ उबालकर इन उबले हुए आलुओं में मिला दो। पराँठे नहीं बनेंगे, वेजिटेबिल कटलेट बना देना !"

फिर उसने फ्रिज खोलकर देखा—सब-कुछ था। जब वह कॉलेज जाती थी तो कुन्दन का लंच ऑफिस जाता था, पर आजकल वह लंच के लिए घर ही आता है।

पहली तारीख ! लंच के लिए कुन्दन आया। जब भी वह घर आता, एक बार सारे घर का चक्कर लगाता। इस नई साज-सज्जा को हर एंगिल से देखता...और उसके चेहरे पर एक सन्तोषमय, गर्वयुक्त उल्लास चमकने लगता। कभी-कभी इसी उल्लास में रमा को बाँह में भरता हुआ कहता, "यू आर रियली वण्डरफुल !" यों खुले चूमने की मर्यादा वह तोड़ नहीं पाया था, इसी से केवल उसे दबाकर छोड़ देता।

पूरा चक्कर लगाकर बोला—"आइ थिंक एवरी थिंग इज़ इन ट्यून ! क्यों ?"

कलफ़ लगा नैपकिन फड़फड़ाता हुआ उसकी गोद में फैल गया।

"अब कोई आए, मुझे चिन्ता नहीं। पाँच तारीख को डाइरेक्टर आ रहे हैं—मैं इस बार एक बड़ी पार्टी घर पर ही करूँगा।"

रमा खाती भी जा रही थी और उसकी प्लेट का ध्यान भी रख रही थी। जो चीज़ खत्म हो जाती रख देती।

"बस यार, वो रोब पटकाना है कि डाइरेक्टर की नज़रों में जम जाऊँ...एक बार ये लोग इम्प्रेस हो जाएँ तो रास्ता साफ है। डॉ० फिशर तो जब भी कोई नौका आएगा, मेरे फेवर में ही राय देंगे।"

रमा कुन्दन के बच्चों-जैसे पुलकमय आवेश पर मन्द-मन्द मुस्कराती रही।

"मेम साहब, आपका फोन है।"

"किसका है ? बोलो बाद में करें। मेम साहब इस समय लंच ले रही हैं।"

कुन्दन इस समय रमा को वह सारी बातें सुनाना चाहता था, जो आज उसके और फिशर के बीच हुई थीं। कितने स्पष्ट थे सारे संकेत ! फिर भी वह अपने अनुमानों का रमा से समर्थन करा लेना चाहता था।

"कॉलेज से मिसेज़ बर्मन का है।" बैरा लौटने लगा।

"अरे ठहरो !" और रमा एकदम उठ खड़ी हुई।

बातें शुरू हुईं तो वह भूल ही गयी कि कुन्दन खाने की मेज़ पर बैठा है और वह खाना बीच में ही छोड़कर आई है।

"अरे डार्लिंग, आओ न! तुम औरतों का भी बस एक बार चरखा चल जाए तो खत्म ही नहीं होता।"

रमा लौट ही रही थी—"चरखा क्या, कोई इतने अपनेपन से बुलाए तो मैं ठीक से बात भी न करूँ! यह भी कोई बात हुई भला?"

"अच्छा-अच्छा, अब अपना खाना खत्म करो।"

"तुम्हारा हो गया तो तुम उठो न!"

"नो···नो ···यह कैसे हो सकता है भला!"

खाने के बाद कॉफी लेकर, ईज़ी चेयर पर आराम करते हुए कुन्दन ने सिगरेट सुलगा ली और गोल-गोल छल्ले के रूप में धुआँ उगलता रहा। फिर रोज़ की तरह पाँच मिनट के लिए आँख मूँद लीं। रमा अखबार पलटने लगी।

"अब चलें।" झटके से कुन्दन उठ खड़ा हुआ।

कोट उठाया तो तनख्वाह की याद आई। भीतर के जेब से नोट के दो बण्डल निकाले—एक बड़ा, दूसरा छोटा।

"अरे यह क्या, तनख्वाह ले आए? आज क्या पहली तारीख हो गई?" रमा को आजकल तारीख और दिनों का कुछ ख्याल ही नहीं रहता।

"ये आया, बैरा और खानसामा के हैं। अस्सी, अस्सी और सौ!" छोटा बण्डल बढ़ाते हुए कुन्दन ने कहा। रमा ने बण्डल ले लिया।

"और यह तुम्हारा है।" फिर ज़रा-सा झुककर बोला।

"अब जो मुनासिब समझो, इस गुलाम को पान-सिगरेट के लिए दे देना।" और हँस पड़ा। रमा भी मुस्करा दी।

"बा···बाई···" और लाल बजरी की सड़क पर तैरती हुई कुन्दन की कार रमा को वहीं छोड़कर आगे चली गई।

# असामयिक मृत्यु

सब कुछ जहाँ का तहाँ थम गया।

गति महेश बाबू के हृदय की बन्द हुई थी, पर चाल जैसे सारे घर की ठप्प हो गई। अधूरा बना हुआ मकान और अधकचरी उम्र के तीन बच्चे।

सच पूछो तो यह भी कोई उम्र है मरने की भला? कुल जमा चवालीस साल। पर मौत कौन किसी से पूछकर आती है?

फिर हुआ भी तो सब कुछ कितने आकस्मिक ढंग से! ऑफिस की कुर्सी पर बैठे-बैठे ही महेश बाबू का हार्ट फेल हो गया। घर खबर पहुँची तो शारदा अवाक्! बस, पड़ोसन ताई की चीत्कार घर बनाते मज़दूरों के सम्वेत संगीत को चीरती हुई यहाँ से वहाँ तक फैल गई। देखते ही देखते सारा मोहल्ला आ जुटा। शव लाकर बीच आँगन में रखा गया। चारों ओर भीड़ और दार्शनिक मुद्रा में उछाले गए वाक्य⋯

"ज़िन्दगी का कोई भरोसा नहीं भैया! अच्छे-भले घर से गए थे। कौन जानता था लौटकर ही नहीं आएँगे⋯राम तेरी माया⋯"

"मकान और दीपू को लेकर कैसे-कैसे सपने देखे थे⋯अरे, आदमी सोचता क्या है और होता क्या है?"

"अधूरा मकान और तीन-तीन बच्चों की कच्ची गृहस्थी! तिनके तक का कोई सहारा नहीं। अब तो भगवान ही पार लगाए तो लगे! हे प्रभो, तेरा ही आसरा है⋯"

हर मौत पर दोहराए जानेवाले वही पिटे-पिटाए वाक्य, वही भाषा! सिर्फ मरने वाला आदमी बदलता रहता है।

पर इस सबसे अनछुई-सी शारदा की सूनी-सूनी आँखें और भावहीन चेहरा! न एक बूँद आँसू न छाती फाड़ क्रन्दन! और इन सबसे ऊपर और इन सबसे अलग दीपू को बाँहों में भरे पड़ोसन ताई का प्रलाप⋯'अब तेरा नाटक देखकर किसकी छाती गज़ भर की होगी रेऽऽ⋯अखबार में तेरी फोटू देखकर कौन मोहल्ले-भर को दिखाता फिरेगा रेऽऽ⋯मुझे मीठे चीले खिलाने को कौन कहेगा रेऽऽ⋯'

शव उठा और कुछ समय पहले तक हँसती-बोलती काया जलकर राख का ढेर हो गई।

और रात तक जैसे सब-कुछ शान्त हो गया! बस, शारदा जहाँ जैसी बैठी थी, वैसी ही बैठी रही। तीनों बच्चे रो-धोकर आँगन में ऐसे ही पसर गए!

जून की उमस-भरी रात! एक तरफ ईंट, रेत और चूने के ढूह बिखरे पड़े थे और दूसरी तरफ बच्चे। सामने घना अन्धकार!

दूसरे दिन शारदा के बड़े भाई आ गए ! बहन के सिर पर हाथ रखकर और बच्चों को छाती में चिपका-चिपकाकर रोए।

"अरे महेश बाबू, यह किस जनम का बदला निकाल गए हमसे····अरे, तुम्हारी नेकी के गुण तो सारी दुनिया गाती थी····यह किसकी हाय लग गई रेऽऽ"

पर दो घण्टे में ही उन्होंने रोने-धोने का काम खत्म किया ! आँखों से आँसू पोंछे और दुनियादारी आँज ली ! जो घर ऐसे अधर में लटक गया हो, जहाँ आगे नाथ न पीछे पगहा, वहाँ फुर्सत में बैठकर शोक मनाने की गुंजाइश कहाँ भला ! मातमपुर्सी वाले लोग चले गए तो शारदा और दीपू को लेकर वे भीतर आए !

"तेरहवीं करने की क्या ज़रूरत है ? चौथे दिन हवन करके उठाला कर दो और आगे की सोचो कि कैसे क्या होगा ?"

पर आगे सोचने के जितने भी रास्ते थे, थोड़ी दूर जाकर ही बन्द दिखाई देते थे !

बैंक-बैलेंस ?

निल !

इंश्योरेन्स ?

जो भी था मकान बनवाने के लिए तीन-चौथाई उधार ले लिया !

प्रोविडेण्ड फण्ड ?

उसमें से भी आधा कर्ज़ ले लिया, फिर भी वही एक रकम है ! पर उससे तो यह मकान पूरा हो जाए तो गनीमत ! इसे तो अब पूरा करना ही होगा। वरना अभी तक जितना पैसा लगाया वह भी पानी ! पर समस्या तो है कि चार प्राणियों की यह गृहस्थी कैसे चलेगी ?

और सारे बन्द रास्तों से लौटकर उनकी नज़र दीपू पर आकर टिक गई !

"बी० ए० का इम्तहान दिया है न ? रिज़ल्ट भी आता ही होगा ! अच्छे डिविज़न में तो पास हो ही जाओगे। हूऽऽ···· !"

वह हुंकार शारदा के मन में जाने कैसा आतंक जमाती-सी भीतर तक उतर गई। उसने एक बार घुटनों पर ठोड़ी टिकाए दीपू के चेहरे की ओर देखा। उसकी अँसुवाई आँखों के आगे दीपू की आकृति थरथराती हुई धुँधली होती चली गई।

चौथ के दिन हवन हुआ। दीपू के सिर पर पगड़ी पहनाई गई—"इसे केवल रस्म ही मत समझना दीपू बेटे ! आज से बाबू की इज़्ज़त, बाबू की प्रतिष्ठा और बाबू का भार तुम्हारे सिर पर। अब इस घर की सारी ज़िम्मेदारी तुम्हें ही निभानी है····" मामा की आँसुओं से रुँधी हुई वाणी आवेग के कारण भिंच गई !

दीपू ने मामा के पैर छुए तो मामा ने अपने पैरों से उठाकर उसी वेश में दीपू को महेश बाबू के जनरल मैनेजर के चरणों पर झुका दिया।

"अट्ठारह साल तक महेश बाबू ने आपकी कम्पनी की खिदमत की, अब दीपू को

मौका दीजिए ! उसका हक समझकर दीजिए, चाहे कृपा करके····पर करना अब आपको ही है।"

और रात को उन्होंने कुछ-कुछ किला फतह करने के अन्दाज़ में सूचना दी :

"लो, दीपू की नौकरी पक्की कर दी। चार सौ देंगे। मैंने भी गरम लोहे पर चोट की। दीपू, बेटा कल ही जाकर मैनेजर साहब से मिल लो और नियुक्ति-पत्र ले आओ। फिर कल, परसों जब से कहें काम पर जाना शुरू कर दो।"

बात खत्म करने के साथ ही एक गहरा निःश्वास उनके सीने से निकला···ज़िम्मेदारी निभा देने का—एक विकट समस्या का समाधान कर देने का—एक आश्वासन का।

गहरा निःश्वास शारदा की छाती से भी निकला, पर एक गहरे अवसाद का ! भर्राये गले से पूछा, "दीपू नौकरी, करेगा अभी से ?" चार दिनों में यही पहला वाक्य उसके मुँह से निकला !

"अभी से ? नहीं तो बाद में कौन पूछता है ? यह मत भूलो कि ताज़े घाव पर दिखाई गई सहानुभूति ही वज़नदार होती है ! फिर आजकल एम० ए० पास तक तो दो सौ रुपल्ली की नौकरी के लिए जूतियाँ चटकाते फिरते हैं ! यह तो महेश बाबू की मौत का लिहाज़··· ! !"

पर शारदा घुटनों में सिर छिपाए बिसूरती ही रही !

"मैं नौकरी करूँगा मामा !" बड़े दृढ़ और निर्णयात्मक स्वर में दीपू ने कहा।

"शाबाश ! यह हुई न बात ! तुम इस गृहस्थी की गाड़ी को गुड़का ले जाओगे !" फिर एकाएक स्वर को बेहद स्नेहिल और कोमल बनाकर बोले, "और उपाय भी क्या है बेटा ! जो कुछ मुझसे बन पड़ेगा, ज़रूर करूँगा पर···" और वे दीपू के सिर पर हाथ फेरने लगे !

इसके बाद अनेक हिदायत, अनेक आदेश—पैसा हाथ में आते ही मकान बनवाना तुरंत शुरू कर देना···राजू, मीनू की फीस माफ करवा लेना···सारे खर्चे नें कटौती कर देना !

शारदा केवल सुनती रही। जिस घर में आज तक कोई भी काम उसकी इच्छा के खिलाफ नहीं हुआ···उसकी सलाह के बिना नहीं हुआ, वहाँ अब उसे केवल दूसरों के आदेशों पर चलना है ! पहली बार उसे स्थिति की भयानकता का अहसास हुआ। पहली बार लगा कि उसके पति मर गए हैं···उसके सुख-चैन और अधिकारों की सीमा समाप्त हो गई है।

रात शायद आधी से अधिक बीत गई है। चारों ओर निपट सन्नाटा, कहीं पत्ता तक नहीं हिल रहा ! पर शारदा के मन में जाने कैसा तूफान उठा हुआ है। एक-दूसरे पर उभरते हुए दृश्य—एक-दूसरे को काटते हुए वाक्य !

नाटक समाप्त हो गया है। उत्पल दत्त प्रमुख अतिथि के रूप में भाषण दे रहे हैं। दीपक की अभिनय कला···दीपक की प्रतिभा···दीपक के उज्ज्वल भविष्य की कामना! फिर प्रशंसा और बधाइयों का दौर—'आपका बेटा बहुत बड़ा कलाकार बनेगा।'

'बनेगा? अरे, ही इज़ ए बार्न आर्टिस्ट!'

दूसरे दिन सारे अखबारों में दीपक की फोटो····दीपक की सराहना! महेश बाबू घर-घर जाकर अखबार दिखाते फिर रहे हैं।

पिछले तीन सालों में यह क्रम कई बार दोहराया गया है और हर बार महेश बाबू का पुलकित गद्‌गद स्वर :

'जीनियस है तुम्हारा बेटा! देखना इतना नाम करेगा···इतना नाम करेगा कि····'

'लोग अपने बेटों को डॉक्टर, इंजीनियर बनाने के सपने देखते हैं····मेरा बेटा कलाकार बनेगा!'

तापस बाबू कह रहे हैं—'इस लड़के के बारे में ट्रेडीशनल ढंग से सोचने से काम नहीं चलेगा। इसे इस बार आप पूना भेजिए। अभिनय की ट्रेनिंग लेने के बाद फिल्म वाले लोग हाथो-हाथ उठा लेंगे····ये सब नामी ऐक्टर झख मारेंगे इसके सामने!'

पिछले तीन नाटकों में कुन्तल ही हीरोइन का रोल कर रही है। अक्सर घर आती रहती है। महेश बाबू रसभीनी आवाज़ में कहते हैं, 'देख लेना, घर में भी यही हीरोइन बनकर आएगी।'

दीपू की आँखों में कैसे-कैसे सपने तैरने लगे हैं। उसके सपनों की छाया हर किसी की आँखों में दिखाई देने लगी है। मीनू अपने दीपय्या को अमिताभ बच्चन समझने लगी है। दीपू की सफलता और यश से छाती फुलाए-फुलाए राजू अपने दोस्तों में हीरो बना घूमता है।

एक नए नाटक की तैयारी हो रही है, दीपू को न खाने का होश है न पीने का! पागलों की तरह उसमें जुटा है। गर्मी में थके-माँदे महेश बाबू ऑफिस से आकर ठेकेदार से सिर फोड़ने बैठते हैं—सीमेण्ट, लोहा, लक्कड़—तो शारदा दीपू पर ही बरस पड़ती है 'सारे दिन नाटक-नाटक, यही नहीं कि बाबू का थोड़ा-सा हाथ ही बँटा दो।'

दीपू कुछ कहे, उसके पहले ही महेश बाबू रोक देते हैं, 'अरे, उसे कहाँ इस पचड़े में डालती हो! यह सब क्या उसके बस का है!'

और इन सारे दृश्यों और आवाज़ों को चीरता हुआ दीपू का दृढ़, निर्णयात्मक स्वर—"मैं नौकरी करूँगा मामा!"

शारदा के तन-मन को झकझोरता, मरोड़ता हुआ आवेग का एक गोला-सा उमड़ता है, फिर आँसुओं की बाढ़, हिचकियों का सैलाब···

घर की ठप्प हो गई गाड़ी को किसी तरह गुड़काने का इन्तज़ाम करके दूसरे दिन बड़े भइया चले गए!

घर की गाड़ी घिसटती हुई जैसे-तैसे चल पड़ी !

दीपू की नौकरी का पहला दिन ! मीनू ने दीपय्या के कपड़ों पर स्त्री की, राजू ने बाबू का ब्रीफ-केस खाली किया, पर समझ ही नहीं आया कि इसमें आखिर रखे क्या तो बाबू के ही कुछ कागज़-डायरी रख दिये। कम-से-कम लगे तो कि ऑफिस जा रहे हैं। चलने से पहले पड़ोसन ताई ने आकर दीपू की बलैया ली, उसे दही-पेड़ा खिलाया।

इस सारे आयोजन में बस शारदा ही जैसे आँख चुराती रही, सामने पड़ने से कतराती रही और जब दीपू चला गया तो इतनी देर से थमा हुआ मन का आवेग आँसुओं के रूप में फूट पड़ा !

"यह क्या बहू, तुम तो खुशी के मौके को भी आँसुओं में सानकर मिट्टी कर देती हो। बेटा नौकरी पर गया, यह रोने की बात है भला? खैर मनाओ कि भगवान ने बिगाड़ा तो सब समेट भी लिया ! किसके नसीबों में होते हैं ऐसे बेटे ?"

शाम को दीपू की प्रतीक्षा में सब बैठे हैं ! "कैसा लगा दीपय्या ?" राजू उछलकर पूछता है ! मीनू बढ़कर ब्रीफकेस रख देती है।

"लगता क्या, खूब अच्छा लगा ! सब लोग खूब प्यार से बोलते-बतलाते रहे ! मैनेजर साहब ने अपने पास बैठाकर चाय पिलाई।" फिर चुटकी बजाते हुए बोला, "देखना अम्मा, यों काम सीखता हूँ ! और हाँ····एक बड़े मज़े की बात हुई, मैं काम कर रहा था, पीछे से किसी ने आवाज़ दी, "मिस्टर अग्निहोत्री····मिस्टर अग्निहोत्री। यहाँ दीपू राम को पता ही नहीं कि उन्हें ही बुलाया जा रहा है !" फिर आवाज़ को ज़रा-सा भारी बनाकर बोला, "सो अम्मा, अब तुम्हारा दीपू मिस्टर अग्निहोत्री बन गया है, समझीं !"

सब चुप !

तो बाबू की हू-ब-हू नकल करते हुए बोला, "मीनू बिटिया, एक कप चाय तो पिलाओ गरमागरम।"

राजू-मीनू के चेहरों पर ज़रूर हल्की-सी मुस्कराहट आई, पर शारदा इस पर भी चुपचाप तरकारी काटती रही तो दीपू एकदम फट पड़ा :

"अम्मा, बाबू की नकल करने पर तुमने मुझे डाँटा क्यों नहीं ? क्यों नहीं हमेशा की तरह उठकर मेरी पीठ पर धौल जमाया ?"

"चाय के साथ क्या खाएगा, पराँठा बना दूँ ?"

"नहीं ! पहले बताओ, तुमने मुझे डाँटा क्यों नहीं ?"

"अब क्या तू दीपू है जो डाँटूँ ? अभी तूने ही तो कहा कि अब से मैं मिस्टर अग्निहोत्री बन गया !" रुँधे हुए कण्ठ से शारदा ने कहा और आटा लेने के लिए उठकर भण्डार घर में चली गई !

"नहीं अम्मा····नहीं ! तुम बोलती नहीं, डाँटती नहीं····कुछ भी तो नहीं करतीं। तुम इस तरह रहोगी तो मुझसे भी कुछ नहीं किया जाएगा, बता देता हूँ····हाँ।"

हँसी-मज़ाक करके सबको बहुत सहज बनाने के प्रयास में दीपू खुद कहीं बहुत असहज हो गया !

शारदा भीतर गई तो वहीं घुटनों में सिर देकर बैठ गई।

किससे बोले वह पहले की तरह ?

खाने के समय तरह-तरह की फर्माइशें करने वाले और बने खाने में दुनिया-भर की मीन-मेख निकालने वाले ये बच्चे, बिना चूँ-चपड़ किए दाल से रोटी निगल लेते हैं ! दस बार कहने पर भी हर काम को टाल जानेवाली यह मीनू···बिना कहे उसके काम में हाथ बँटाती रहती है····करने न करने के सब कार्य करती रहती है ! दिनभर में रुपया-दो रुपया झटककर ले जाने वाला राजू आँगन में बैठा-बैठा सिर्फ उड़ती हुई पतंगों को देखता रहता है। पढ़ाई और नाटक के सिवाय जिसने दीन-दुनिया के बारे में न कुछ जाना, न समझा, वही दीपू बाबू के रजिस्टरों से हिसाब-किताब समझने की कोशिश करता रहता है····अब से ऑफिस का काम किया करेगा !

कितने अपरिचित हो उठे हैं उसके अपने बच्चे ! उनसे क्या बोले, कैसे बोले ?

यह घर उसका है ? जिसका आँगन शाम को हँसी-मज़ाक और नकलों से गूँजता रहता था। नाटकों के आधे रिहर्सल यहीं होते हैं। रिहर्सल नहीं होता तो नकलें उतारी जातीं। राजकपूर के संवाद, दिलीप कुमार के संवाद····आँखें बन्द कर लो तो पहचान नहीं सकते कि दीपू बोल रहा है या दिलीप कुमार ! कॉलेज के लेक्चरर्स की नकल होती····पड़ोस के बूढ़ों की नकल होती और फिर एक दिन बाबू की नकल उतरी ! हू-ब-हू वही आवाज़, वही लहजा ! राजू, मीनू, हँसते-हँसते लोटपोट ! शारदा ने हँसी भीतर ही घोटते हुए पीठ पर धौल जमाया····"बस, अब बाप की ही नकल उतारा कर, बेशरम कहीं के !"

"पीठ ठोकी है न, बहुत अच्छी नकल करने के लिए ? अरे अम्मा, जीनियस है तुम्हारा बेटा जीनियस। अम्मा, अगर कोई बुढ़िया मेकप कर दे तो बाबू का रोल ऐसे अदा करूँ कि तुम पहचान ही न सको कि दीपू कौन और बाबू कौन ?"

दीपू पार्ट याद कर रहा है। नाटक की एक प्रति राजू को पकड़ा दी···डॉक्टर वाला पार्ट तू बोलता चल ! पाँच मिनट बाद ही दीपू बिगड़ पड़ता है····'अरे यार राजू, दो डायलॉग तक तू ठीक से नहीं बोल सकता···गधा कहीं का !'

राजू कापी हवा में उछाल देता है—'मुझे कौन तुम्हारी तरह एक्टर बनना है, मैं तो डॉक्टर बनूँगा।'

'हूँऽऽ, बनेगा डॉक्टर ! डॉक्टर की ऐक्टिंग तक तो की नहीं जाती, असली डॉक्टर बनेगा ! शक्ल देखो इनकी !'

राजू को शिकायत है बाबू से—जब देखो दीपय्या की तारीफ करते रहते हैं। उनकी बात करते रहते हैं—दीपू को यह बनाना है, दीपू ये करेगा···जैसे हम तो कुछ हैं ही नहीं !

रूठे हुए राजू को बाबू अपने पास खींच लेते हैं, 'देख भैया, मैं दीपू को ऐक्टर बना दूँ और दीपू तुझे डॉक्टर बना देगा। अरे, किसी फिल्म में दाँव लग गया न···और अब लगा ही समझ···तुझे बाहर भेजेगा मेडिकल के लिए !'

राजू को एक गोदी में बैठा देखकर मीनू दूसरी गोदी में जा लदती है ! शारदा डपटती है—'यह उमर है तुम लोगों की गोदी में लदने की ? बड़े-बड़े धींगड़े हुए···'

'माँ-बाप के लिए भी बच्चों की कोई उमर होती है····'

और बच्चों पर बरसता हुआ महेश बाबू का लाड़ सारे आँगन में महकने लगता।

दिन में लू से झुलसता हुआ और रात को उमस-भरी मायूसी में डूबा रहने वाला यह आँगन, उसके अपने घर का आँगन है ?

कोई सप्ताह-भर बाद दीपू का रिज़ल्ट आया। फर्स्ट डिविज़न ! मायूसी में लिपटी खुशी का एक हल्का-सा अहसास सबके मन में जगा और बिला गया।

हाँ, दो दिन बाद बड़े मामा का पत्र आया। बधाई और आशीर्वाद के बाद लिखा था—इस खबर से जो सबसे ज़्यादा खुश होता, गर्व करता, वह तो आज हमारे बीच है नहीं, फिर भी तुम अपना रिज़ल्ट ऑफिस में बता देना। मैनेजर साहब यह न समझें कि उन्होंने केवल कृपा ही की है····एक योग्य व्यक्ति को ही काम दिया है।

····पी० एफ० के पैसे के लिए पीछे लगे रहना। मिलते ही मकान का काम शुरू करवा देता। सबसे ज़्यादा चिन्ता मुझे मकान की ही है ! वह बन जाएगा तो तुम लोगों का आधा संकट टल जाएगा। मैं जल्दी ही आने की कोशिश करूँगा।

कल भास्कर, कपिल और दवे आए थे, पर शायद संकोचवश असली बात नहीं कर पाए। आज तापस बाबू खुद आए हैं। तुरप का पत्ता साथ लेकर—कुन्तला। स्थिति की नज़ाकत को समझते हैं इसलिए स्वर में संकोच ज़रूर है, पर आग्रह जैसा कुछ नहीं। मिठास में लिपटा आदेश ही है—"अब रिहर्सल में आना शुरू करो। तुमको ध्यान में रखकर ही तो यह नाटक लिखा गया था····फिर दिल्ली में होने वाले ऑल इण्डिया कॉम्पटीशन के लिए एन्ट्री भेज चुके हैं। समय बहुत कम रह गया है।"

शारदा के चेहरे पर घिर आई भय की हल्की-सी छाया को उनकी तेज़ आँखें भाँप लेती हैं।

"आप चिन्ता न करें भाभी ! पहले की तरह रात-दिन वाले रिहर्सल अब नहीं होंगे। दीपू ऑफिस के बाद ही आया करेगा !"

फिर एक क्षण रुककर बोले, "इसे नाटक से कटने मत दीजिए, वरना···आप तो जानती हैं, नाटक ही इसका प्राण है। ऑफिस का काम जितना ज़रूरी है, नाटक का काम भी उतना ही ज़रूरी है।"

तापस और कुन्तल दीपू को अपने साथ ही ले गए !

शारदा जानती है नाटक दीपू के लिए काम नहीं है—नशा है। जब चढ़ता है तो भूत की तरह सवार हो जाता है, फिर उसे दीन-दुनिया किसी का होश नहीं रहता! शारदा जब कभी-कभी इसे पागलपन कहती थी तो महेश बाबू कहा करते थे :

"यह लगन है शारदा, लगन! कहाँ होती है इस उमर के बच्चों में ऐसी लगन! फिर बिना लगन के कोई बड़ा काम होता है भला...."

लेकिन अब यदि दीन-दुनिया को भूल गया तो? और यदि दीन-दुनिया के चक्कर में नाटक से कट गया तो?

और इन दो 'तो' की जकड़ में शारदा का मन ऐंठने लगता है।

दूसरे दिन शारदा उठी तो देखा दीपू आँगन में टहल-टहलकर कुछ पढ़ रहा है।

"इतनी सवेरे-सवेरे उठकर क्या पढ़ रहा है?"

"अपना पार्ट याद कर रहा हूँ। सचमुच तापस दा ने बहुत बढ़िया नाटक लिखा है। यह रोल करने के बाद देखना अम्मा, हल्ले हो जाएँगे दीपक अग्निहोत्री के...."

और शाम को ऑफिस से आते ही ब्रीफकेस, जूता-मोज़ा अलग-अलग दिशाओं में उछले...."आ जाओ राजू, मीनू, रिहर्सल शुरू! अम्मा तुम बैठकर देखना!"

राजू, मीनू दूसरे पात्रों के संवाद पढ़ रहे हैं और दीपू अपने! इतने दिनों से शारदा के चेहरों की रेखाओं का तनाव अपने आप पिघलने लगा और घर पर फैले अवसाद की एक परत जैसे किसी ने हटा दी!

पहली तारीख!

दीपू ने शारदा के हाथ में तनख्वाह रखते हुए कहा, "ये मेरे पन्द्रह दिन की तनख्वाह के दो सौ रुपए और ये बाबू की पाँच दिन की तनख्वाह के ढाई सौ रुपए! वाह रे दीपू मास्टर, क्या कीमत है तुम्हारी!"

फिर एकदम गम्भीर होकर बोला, "अम्मा, अब से इन्हीं रुपयों में घर चलाना है। सब कटौती कर दो। पी० एफ० का चेक भी कल मिल जाएगा! बस, दो दिन बाद से मकान शुरू! राजू को भेजकर मिश्रा काका को बुलवा लो....आकर अपनी ठेकेदारी सँभालें!"

रुका हुआ मकान फिर बनने लगा। मज़दूरों की आवाजाही....ठेकेदार मिश्राजी की गुहार-पुकार!

शाम को दीपू आया तो मिश्राजी ने कहा—"भैया, चलकर मज़दूरों को मज़दूरी बाँट दो और आज का हुआ काम भी ज़रा नज़र से गुज़ार दो।"

"कौन मैं?"

"और नहीं तो क्या? हमारा तो महेश बाबू से भी कौल था। पैसा-कौड़ी के हाथ नहीं लगाएँगे। मज़दूरी तुम बाँटो....सामान तुम लाकर दो। काम देखो, और कसर हो तो

हमें बताओ।"

"पर काका, मैं कुछ जानता नहीं, समझता नहीं···यह सब मुझसे कैसे होगा?"

"होगा कैसे नईं? महेश बाबू करते थे कि नईं?"

"पर मैं तो बाबू नहीं हूँ, काका···"

"हमारे लिए तो भैया, तुम्हीं महेश बाबू हो और हो क्यों नईं? जिस दिन महेश बाबू की पगड़ी सिर पर धर ली, उसी दिन महेश बाबू बन गए।"

और उन्होंने सामान की एक लिस्ट पकड़ाते हुए कहा, "तुम खाची लो, हम साथ चलेंगे, सब सामान दिलवा देंगे। चार दिन में तुम खुद लायक बन जाओगे!"

और आठ बजे के करीब दीपू जब लोहा-लक्कड़, कील-काँटों की दुकानों के चक्कर लगाकर लौटा तो एकदम पस्त हो चुका था।

"काका, रोज़-रोज़ अब क्या मुझे यही सब करना पड़ेगा?"

"अरे भैया, अपने मरे बिना भी कहीं स्वर्ग दिखा है?"

और मिश्रा काका ने कोई दस दिन में ही दीपू को स्वर्ग दिखा दिया।

रुका हुआ मकान फिर बनना शुरू हो गया, पर जो नाटक शुरू हुआ था, वह जहाँ का तहाँ रुक गया!

मामा आए तो गद्‌गद। मकान का मुआयना करने के बाद बड़े सन्तुष्ट भाव से दीपू की पीठ थपथपाते रहे।

"शारदा, तेरा बेटा तुझे पार लगा देगा। कितनी होशियारी से सारा काम सँभाल लिया। लगता ही नहीं कि महेश बाबू नहीं···" फिर जाने क्या सोचकर वाक्य अधूरा ही छोड़ दिया!

राजू-मीनू के स्कूल खुल गए तो उनकी ज़िन्दगी फिर लौट आई। नई कक्षाओं में जाने का उल्लास···नई किताबें खरीदने का उत्साह···हमउम्र साथियों का साथ।

पर दीपू! शारदा बोलती कुछ नहीं सिर्फ देखती है—महेश बाबू के कमरे में बैठकर सवेरे-सवेरे ऑफिस की फाइलों में डूबे हुए दीपू को···ऑफिस जाते हुए दीपू को···मिश्रा काका के साथ मगज़ मारते हुए दीपू को···ट्रक से कभी सीमेन्ट की बोरियाँ उतरवाते हुए तो कभी ईंटें गिनकर रखवाते हुए दीपू को! रात में देर तक हिसाब लिखते हुए दीपू को।

और उसके मन में जाने क्या कुछ कचोटता रहता है। रह-रह कर एक घटना मन में उभर आती है!

वह रसोई में कुछ काम कर रही थी कि बाहर से दीपू के खाँसने की आवाज़ आई। खाँसी क्या, जैसे खाँसी का दौरा ही पड़ा हो। शारदा झपटकर बाहर आई। घुटनों में पेट दबाए, हथेलियों में माथा थामे, दीपू खाँस रहा है—बुरी तरह। चेहरा लाल, आँखों में आँसू···खाँसी क्या, लगता था अँतड़ियाँ ही बाहर निकल आएँगी।

सकते में आई शारदा पीठ मलने लगी····"कब हुई तुझे ऐसी खाँसी···पहले तो कभी नहीं सुनी !"

घबराहट के मारे उसकी अपनी आँखों में आँसू आ गए ! खाँसते-खाँसते कहीं साँस ही न उखड़ जाए दीपू की।

दो मिनट तक शान्त रहकर दीपू ने अपने को साधा, फिर झटके से खड़े होकर हँसता हुआ बोला, "रिहर्सल···रिहर्सल ····"

"क्याऽऽ" फटी-फटी आँखों से उसकी ओर देखती हुई शारदा चीखी !

"एक बूढ़े, भयंकर दमे के मरीज़ का रोल करना है, समझीं।"

फिर सामने हँसता हुआ बोला, "मानती हो अब तो कि तुम्हारा बेटा जीनियस है।"

"जीनियस की दुम ! प्राण ही निकल गए मेरे तो।"

"इसका मतलब मेरी ऐक्टिंग कमाल की।" लाड़ में आकर दीपू ने अपनी दोनों बाँह माँ के गले में डाल दीं और हँसने लगा !

दीपू की हँसी से एक क्षण पहले का तनाव झटके से गायब हो गया और सब कुछ सहज हो गया !

पर अब न तो कोई झटका लगता है न ही कुछ सहज होता है !

ईंट पर ईंट धरी जाने लगीं और दूसरे तल्ले की दीवारें ऊपर उठने लगीं, लेकिन नीचे वाला तल्ला जैसे और नीचे धसकने लगा !

पन्द्रह सौ में चलने वाली गृहस्थी को कुल चार सौ में चलाना कोई आसान काम नहीं था। बरसों की आदतें अंकुश लगाने पर भी दगा दे जातीं।

जब तक कड़की का कोड़ा नहीं पड़ा था, सबका मन एक-दूसरे के लिए उमड़ता रहता था, एक-दूसरे को सँभालता रहता था, लेकिन अब ?

"अम्मा, तुमने दो सौ रुपए पी० एफ० के रुपयों में से खर्च कर दिए ?"

"क्या करती ? राजू, मीनू की किताबें···मीनू की दो जोड़ी यूनिफार्म····"

"वह सब मुझे बताने की ज़रूरत नहीं है," बीच में ही बात काटकर दीपू तेज़ी से कहता, "बस, इतना जान लो कि इस पैसे को छुओगी भी नहीं ! जानती हो, मिश्रा काका के बताए हिसाब से तो बाबू के इन रुपयों से भी मकान पूरा नहीं होगा—और तुम हो कि···कहाँ से आएगा रुपया ?"

"मुझे क्या कहते हो, सब अपने पेट पर पट्टियाँ बाँध लो !" शारदा का दो टूक जवाब !

और खर्च कम करो। दूध बन्द, खाने में कटौती। साठ की जगह पच्चीस पावर के बल्ब···पर इस दमतोड़ महँगाई में खर्चा है कि चलता ही नहीं और न-न करके भी सौ-पचास रुपए मकान के रुपयों में से निकल जाते हैं।

दीपू खीजता है····चिल्लाता है, फिर हताश हो जाता है, पर जब शारदा हताश होती है

तो हौसला बँधाता है—"बस, कुछ महीनों की बात है अम्मा। मकान खत्म होते ही नीचे का मकान किराए पर उठा देंगे। छः सौ न मिलें तो साढ़े पाँच सौ तो कहीं नहीं गए। ऊपर का तीन कमरों वाला सेट तीन सौ में और दो वाले में रहेंगे। बस फिर पहले जैसे ठाट!"

और यह हवाई आश्वासन ही आठ-दस दिनों के लिए सबके मन का पैनापन काट देता है। राजू-मीनू अपनी ज़रूरत की चीज़ों की सूची कुछ महीनों के लिए स्थगित कर देते····शारदा फिर कतर-ब्यौंत में लग जाती।

चार महीनों में दीवारें उठ गईं····छत भी पड़ गईं, पर रुपया खत्म।

बनता मकान फिर ठप्प हो गया। दीपू परेशान। उसे कर्ज़ भी कौन देगा? बस मामा का ही भरोसा है। उनके आश्वासन-भरे पत्र आते—"पूरी कोशिश कर रहा हूँ, इन्तज़ाम होते ही रुपया भेजूँगा।"

पर रुपए नहीं आते!

मकान बन रहा था तो सबके पास जैसे अपनी उम्मीदें टिकाने का एक सहारा था। वह बन्द हुआ तो गहरी निराशा ने सबको बुरी तरह काट दिया····अपने भीतर से भी····आपस में एक-दूसरे से भी।

राजू, दीपू की अनुपस्थिति में खुले आम चिल्लाता—"मकान····मकान! गाड़ दो हमें इस मकान में। सारा रुपया इन दीवारों में फूँक दिया····"

शारदा झिड़कती तो उसे भी टके-सा जवाब पकड़ा देता। दीपू ऑफिस से आकर राजू-मीनू को नहीं देखता तो पूछता है :

"कहाँ जाते हैं ये आजकल रोज़-रोज़?"

"पड़ोस में!"

"जब देखो वहाँ घुसे रहते हैं। पढ़ना-लिखना नहीं रहता इन्हें?"

शारदा चुप रह जाती है, पर राजू चुप नहीं रहता—

"पढ़ना-लिखना! इन दीयों जैसे चुन्धे बल्बों में पढ़ सकता है भला कोई? किताबें हैं हमारे पास जो पढ़ लें।"

दीपू तमतमाकर रह जाता है।

राजू थाली सरकाकर उठ जाता है—"रोज़-रोज़ वही आलू की रसेदार सब्ज़ी और सूखी रोटी, नहीं खाना हमें।" मीनू आजकल उसकी चेली हो रही है, वह भी उठ जाती है।

"खैर मनाओ कि यह भी खाने को मिल रहा है, वरना भीख माँगते नज़र आते।"

"माँग लेंगे भीख! तुम लोग ताजमहल चिनाओ बैठकर!"

शारदा गुस्से से थरथराते हाथ को थाम लेती है किसी तरह, पर आँखों से जैसे अंगारे बरसने लगते हैं।

रात नौ बजे राजू और मीनू घर में घुसे।

"कहाँ गए थे?" प्रश्न की बन्दूक दगी!

"सिनेमा।" बिना झिझक के राजू ने एक-एक अक्षर पर ज़ोर देकर कहा और साथ ही जोड़ दिया "पैसे अम्मा से नहीं लिए थे, शिबू ने दिखाया है अपनी तरफ से....वरना एक लेक्चर और सुनो!"

तड़ाक! दीपू का भरपूर हाथ राजू के गाल पर!

"देख रहा हूँ बदतमीज़ और ढीठ हुए जा रहा है दिन-पर-दिन! लाट साहब समझने लगा है अपने-आपको...."

शारदा राजू को घसीटकर अन्दर ले जाती है!

पर लौटकर दीपू के पलंग के सामने खड़े होकर पूछती है—"दीपू, राजू पर हाथ क्यों उठाया?"

शारदा का यह रूप, यह आवाज़, यह प्रश्न सब-कुछ एकदम अप्रत्याशित!

"सिनेमा देखने चला गया तो कोई गुनाह कर दिया? इस उम्र में किसे शौक नहीं होता है देखने का? पहनना, हँसना-खेलना सभी कुछ तो छोड़ दिया है मेरे बच्चों ने।" और बिना जवाब की अपेक्षा किये शारदा जैसे आई थी चली गई!

'मेरे बच्चे!' दीपू की खोपड़ी पर यही शब्द घनघनाता रहा!

लेकिन दो दिन बाद ही जब राजू ने शारदा से कहा, "अगले हफ्ते इम्तिहान के फॉर्म भरने हैं, मिस्टर बोर से कह देना इम्तिहान दिलवाना है तो रुपयों का इन्तज़ाम करके रखें...." तो शारदा ने भी थप्पड़ जड़ दिया उसके गाल पर!

"बेशरम, बदतमीज़ कहीं के! तुम लोगों के पीछे उसने अपने को झोंक दिया....बिल्कुल मार दिया और तुम लोग ही कहोगे बोर!"

पर आपसी दुर्भावना मिटाने के ये प्रयास कड़की के कोड़े के नीचे सहमकर रह जाते हैं!

'जल्दी ही रुपयों का प्रबन्ध होने की उम्मीद है' के आश्वासन वाले पत्र अब किसी को हौसला नहीं बँधाते और मन की निराशा खीज बनकर एक-दूसरे पर निकलती रहती है। हारकर एक दिन शारदा कहती है—"दीपू, मेरे लिए किसी काम का जुगाड़ कर दे। दसवीं पास तो मैं भी हूँ....कुछ न कुछ तो कर ही लूँगी!"

पर काम का जुगाड़ शारदा के लिए नहीं, दीपू ने अपने ही लिए किया। शाम को किसी के यहाँ चिट्ठियाँ टाइप करनी, हिसाब लिखना। दो घण्टे, डेढ़ सौ रुपया!

शारदा ने सुना तो राहत की साँस ली—"करो बेटा, करो! कुछ तो हाथ खुलेगा!"

आज दीपू को छःमाही बोनस मिला! एक महीने की अतिरिक्त तनख्वाह। लग रहा है जैसे घर के सारे तनाव ढीले हो गए!

लौटते हुए रास्ते से उसने गाजर का हलवा बँधवाया! आधी सर्दी बीत गई, एक

बार भी हलवा नहीं खाया !

इन रुपयों से वह सबकी छोटी-मोटी इच्छाएँ पूरी करेगा ! सिनेमा दिखाएगा। पिछले छः महीने से कल की चिन्ता में वह आज तक मरता ही आया है। राजू ठीक ही कहता है। पर उसे रास्ते पर ज़रूर लाना है····थोड़ा भटक रहा है।

मीनू को सलवार-कुर्ता बनवा देगा और अम्मा के लिए शॉल ! अगले महीने तो वैसे भी डेढ़ सौ रुपया ज़्यादा ही मिलेगा !

चार सौ रुपयों में उसने सबके मन में पड़ी चार सौ सलवटों को सीधा कर दिया !

रात में शारदा दूध का गिलास लेकर सामने आ खड़ी होती है !

"यह क्या है ?"

"दूध !"

"दूध, किसलिए ?"

"क्यों, सवेरे से रात तक मशीन की तरह जुटा रहता है····एक घूँट दूध गले के नीचे नहीं उतरना चाहिए ?"

"तुम भी कमाल करती हो अम्मा ! घर में राजू और मीनू पढ़ने वाले बच्चे हैं····उनके इम्तिहान भी पास हैं····दे सको तो उन्हें दूध दो।"

शारदा जैसी की तैसी खड़ी रह जाती है ! दीपू की आवाज़, दीपू के चेहरे में से कुछ ढूँढ़ती-सी !

दो महीने बाद एक दिन अवतार की तरह मामा प्रकट हुए ! पक्का और बढ़िया इन्तज़ाम करके !

"अग्रवाल ट्रेडिंग कम्पनी है—खासी बड़ी। वे अपना एक ऑफिस यहाँ भी खोलना चाहते हैं। उन्हें चार-पाँच कमरों का एक मकान चाहिए, मेन मार्केट के पास ! बस, यह मकान मैंने उनके गले उतार दिया। अग्रवाल साहब से पुराना रसूख है। सारी स्थिति समझाकर कह दिया कि हमें हज़ार रुपया एडवान्स दे दें और एक जून से यानी तीन महीने बाद मकान ले लें ! तीन महीने से ज़्यादा ऊपर का काम है भी नहीं।"

"वे मान गए ?" दीपू को जैसे विश्वास ही नहीं हो रहा !

"मानेंगे क्यों नहीं ? गौरीशंकर की बात और न मानी जाए।" आत्मविश्वास और दर्प उनकी आवाज़ में छलका पड़ रहा था।

मकान फिर बनने लगा !

"अम्मा, पहले तीन कमरों का सेट बनवा देता हूँ। फर्शी, पलस्टर, दरवाज़े और टीम-टाम में डेढ़ महीने से ज़्यादा नहीं लगेगा। पूरा करते ही इसे किराए पर उठा देते हैं····किराया आना शुरू हो जाएगा।"

"अब मिश्रा काका को बुलाकर भी क्या होगा ? दिन-भर काम की निगरानी तुम रख लेना····बाकी मैं अकेला ही कर लूँगा, अब तो सब समझ गया क्यों उन पर छः सौ

रुपए खर्च किए जाएँ !"

"किराए वाले सेट में टीम-टाम थोड़ी ज़्यादा करवा देते हैं, किराया अच्छा मिलेगा।"

शारदा सुनती रहती है और मुग्ध भाव से देखती रहती है दुनियादारी में पटु हो आए अपने इस बेटे को !

और मकान पूरा हो गया !

मामा मिस्टर गुप्ता के साथ-साथ ही आए हैं। दो दिन में पुताई पूरी हो जाएगी तो वे अपना सामान जमाना शुरू कर देंगे !

ऊपर छत पर पूरा परिवार बैठा है।

मामा बेहद प्रसन्न। दीपू को उन्होंने एक बाँह में समेटकर अपने पास ही बिठा रखा है। राजू-मीनू शारदा के अगल-बगल बैठे हैं। सन्तोष और तृप्ति के भाव में लिपटा मामा का प्रवचन चालू है :

"दीपू बेटे, तूने महेश बाबू का सपना पूरा कर दिया। रोम-रोम आशीर्वाद दे रहा होगा उनका। बड़ी हौंस थी मकान की उनको। अगले सप्ताह 5 जून को ही तो बरसी है उनकी। नए मकान में ही करना···आत्मा जुड़ा जाएगी उनकी।

"शारदा, एक साल और इसी तरह खींच-तान करके चला लो ! अगले साल कर्ज़ चुक जाएगा तो राजू की मेडिकल की पढ़ाई का खर्चा करने में आसानी हो जाएगी।

"अब दूसरा सपना तू पूरा कर दे राजू ! बस, डॉक्टर बन जा ! चार साल बाद फिर सब ऐश करना···"

"कहाँ, फिर मीनू आकर खड़ी हो जाएगी। इसे भी तो पार लगाना है !" दीपू ने बुज़ुर्गों की तरह कहा तो मामा हो-हो करके हँस पड़े।

"देखा शारदा, कैसा दुनियादार बन गया है तेरा बेटा ! सारी ज़िम्मेदारी समझता है अपनी !" फिर दीपू को लाड़ से सहलाते हुए बोले, "दुनियादारी का जंजाल ही ऐसा है बेटा ! बस आदमी सोचता ही रहता है कि यह हो जाए तो छुट्टी···यह हो जाए तो छुट्टी। पर इस प्रपंच में पड़े आदमी के लिए कहाँ पड़ी है छुट्टी !"

फिर एक भाषण आजकल के लड़कों पर :

"मैं तो कहता हूँ घर-घर में दीपू का उदाहरण देना चाहिए जाकर ! ये आजकल के वाहियात, नाकारा लौंडे-लपाड़े कुछ सीखें तो। नालायक सारे दिन बाल काढ़ेंगे, कूल्हे मटकाएँगे ! माँ-बाप और घर-परिवार जाएँ जहन्नुम में इनकी बला से !"

सब प्रसन्न···सब गद्‌गद। एक बड़ी उपलब्धि का सन्तोष···कुछ और कर डालने के हौसले !

राजू और मीनू सामान ढो-ढो कर ऊपर ला रहे हैं। शारदा ने आज दीपू की

छोटी-सी कोठरी खोली है। पिछले आठ महीने से ताला पड़ा था इसमें। सामान के नाम कबाड़ा ही भरा था इसमें, फिर भी खाली तो करनी है।

नाटक के उतरे हुए सेट्स""लकड़ी के दरवाज़े, पेन्ट किए हुए पेड़, कैनवास के टुकड़े""बेतरतीबी से इधर-उधर बिखरे पड़े हैं। धूल में अटे, जालों से घिरे। शारदा ने खींच-खींचकर बाहर निकाला !

अलमारी खोली ! एक कतार में नाटकों में जीते हुए कप और मैडिल्स रखे थे। एक क्षण को शारदा उस कतार को ही देखती रह गई। काम करने के लिए तत्पर हाथ""एकाएक जैसे ढीले पड़ गए !

उस कतार को बिना छुए ही उसने नीचे के खाने से पाँच-छः फाइलें निकालीं ! किसी में नाटक के टाइप किए हुए संवाद लगे थे तो किसी में अखबारों की ढेर सारी कटिंग्ज !

दीपक अग्निहोत्री : अभिनय के क्षेत्र में उभरती हुई एक नई प्रतिभा ! 'अनुश्री' संस्था का सबसे सफल और समर्थ कलाकार—दीपक अग्निहोत्री।

कहीं तस्वीरें—इनाम लेते हुए""किसी से हाथ मिलाते हुए""उत्पल दत्त से पीठ ठुकवाते हुए""

पूना का एडमिशन फॉर्म ! भरकर भेजने की तो नौबत ही नहीं आई ! साथ ही तापस बाबू की बात 'आप इसे नाटक से मत काटिए वरना""आप तो जानती हैं, नाटक इसका प्राण है !'

तीन-चार नीले लिफाफे में बन्द आठ-दस छोटी-छोटी चिटें—'आज ग्रीन रूम में हाथ पकड़कर जो कुछ कहा था, वह नाटक का संवाद तो नहीं था न ? उसे सच ही समझूँ ?'—क़े०

'रिहर्सल के दौरान भी जब तुम देखते हो तो भीतर का सब कुछ थरथरा जाता है। घर लौट आती हूँ, फिर भी तुम्हारी नज़र उसी तरह पीछा करती रहती है। अपनी नज़र को समझाओ—प्लीज़ !'—के०

'आज तुमने यह क्या कर डाला ? नहीं दीपू, अभी यह सब नहीं ! तुम पूना चले जाओगे तो पीछे इस लायक तो छोड़ो कि प्रतीक्षा कर सकूँ।'—के०

आँसुओं के सैलाब में शारदा और कुछ नहीं पढ़ पाई ! बस, सुन्न-सी जहाँ की तहाँ बैठी रह गई। उसके आसपास का सब-कुछ जड़ होता चला गया और भीतर एक दूसरी ही दुनिया खुलती चली गई—अनेक दृश्य, अनेक बातें""अनेक सपने""

'तुम्हारा बेटा जीनियस है शारदा, जीनियस ! देखना इतना नाम करेगा""'

"अम्मा""अम्मा" राजू का स्वर कहीं दूर से आता लगा !

"अम्मा, पण्डितजी पूछ रहे हैं, बरसी पर कल कितने ब्राह्मणों को बुलाना है ?"

बरसी ? और एक क्षण शारदा जैसे समझ ही नहीं पाई है कि किसकी बरसी की बात कर रहा है राजू !

# बन्द दराज़ों का साथ

उसकी मेज़ बहुत बड़ी थी, और तीन दराज़ों में बँटी हुई थी। बाईं ओर वाली दराज़ व्यक्तिगत थी, बीचवाली पारिवारिक और दाहिनी को चाहें तो सामाजिक कह लें। यह विभाजन मंजरी का ही किया हुआ था, जो उसने काफी दिनों बाद किया था, उन दिनों जबकि उन दोनों के बीच भी एक विभाजन-रेखा खिंच गई थी। आरम्भ के दिनों में तो उसका ध्यान दराज़ों की ओर क्या जाता, मेज़ की ओर भी नहीं गया था। तब सारे घर में पलंग ही सबसे आकर्षक लगता था और मन करता था कि दिन के चौबीस घण्टे किसी तरह रात के आठ घण्टों में ही सिमट आएँ। विपिन का शरीर उसके सम्पूर्ण व्यक्तित्व का पर्याय बना हुआ था और यह बात कभी दिमाग में नहीं आती थी कि शरीर से परे भी उसका कोई व्यक्तित्व और अस्तित्व हो सकता है, सम्बन्ध और सम्पर्क हो सकते हैं, कोई अपना जीवन हो सकता है।

पर यह सब बहुत शुरू की बातें थीं। उन दिनों की, जब मनों में कोई भेद नहीं था और इसीलिए जैसे सब तरफ के भेद मिट गए थे। सारी ऋतुएँ वसन्त के समान सुहानी लगती थीं। आराम के समय काम की चुस्ती का अहसास होता रहता था और काम करने में भी अजीब तरह का आराम मिलता था।

वह बसन्त की सुहानी सुबह थी। गीले बालों की ढीली-सी चोटी बाँधकर बड़े मन से मंजरी ने मटर-चिउड़ा बनाया था। हर काम वह बड़े मन से करती थी और उसके गीत सारे घर में गूँजा करते थे। वह ट्रे में सारा सामान सजाकर ले गई, तभी उसने विपिन को कुछ कागज़ों में डूबे हुए पाया।

"इतना मगन होकर क्या पढ़ रहे हो ?" उसने हँसते हुए पूछा था तो विपिन हल्के से सकपका गया और सारी बात को टालते हुए उसने ढेर-सा चिउड़ा अपनी प्लेट में डाल लिया था। मंजरी को लगा कि उस दिन वह कुछ ज़रूरत से ज़्यादा तारीफ करने के मूड में आया हुआ है। वह लगातार प्रसंगहीन बातें किए चला जा रहा था, पर सब-कुछ मंजरी के मन को छुए बिना ही निकल गया।

रोज़ की तरह दोनों साथ ही घर से निकले थे, पर वह एक पीरियड के बाद ही सिरदर्द का बहाना करके घर लौट आई। सारे रास्ते उसका सिर चकराता रहा था। घर में घुसते समय जाने क्यों लगा, जैसे वह किसी और के घर में घुस रही है।

वह सीधी टेबल के पास गई। टेबल पर पड़ी पुस्तकें, फाइलें, कागज़-पत्तर सब उसने पलटे, पर वे कागज़ नहीं थे। उसे खुद आश्चर्य हो रहा था, एक झलक भर में उसने कैसे उन कागज़ों की ऐसी गहरी पहचान कर ली। उसने झटके से पहली दराज़

खोली। उसमें कुछ मित्रों और रिश्तेदारों के पत्र थे। एक-दो विवाह के निमन्त्रण-पत्र थे, अपाइंटमेंट की डायरी थी, अखबारों की कुछ कतरनें थीं। उसने बीच की दराज़ खोली, उसमें पास-बुक और चेक-बुक थीं, मकान और बिजली के बिलों की रसीदें थीं। एक ओर तहाये हुए कुछ रूमाल पड़े थे। उसने तीसरी दराज़ खींची तो वह खुली नहीं। उसमें ताला लगा हुआ था। दराज़ में ताला होना न कोई ऐसी अनहोनी बात है, न ही ऐसी भयंकर, फिर भी वह भीतर तक काँप उठी थी। उसने सारा घर छान मारा पर उसे चाबियाँ नहीं मिलीं। और तब सचमुच ही उसका सिर बुरी तरह दर्द करने लगा था और वह मुँह पर साड़ी का पल्ला डालकर सारे दिन लेटी रही।

उस रात जब वह सोई तो भीतर ही भीतर उसके कुछ घुमड़ता रहा था। रुलाई का वेग जैसे फूट पड़ना चाहता था, फिर भी उसने सोच लिया था कि वह जब तक सारी बात का पता नहीं लगा लेगी, तब तक एक शब्द भी नहीं कहेगी। रोज़ की तरह विपिन ने उसे बाँहों में भर लिया था पर जाने क्यों, उसने भीतर ही भीतर महसूस किया कि उसके साथ सोने वाला, उसे प्यार करने वाला विपिन सम्पूर्ण नहीं है, केवल एक खण्ड है, एक टुकड़ा। सम्पूर्ण विपिन उसे हमेशा फूल की तरह हल्का लगता था, पर खण्डित विपिन का बोझ उसके लिए जैसे असह्य हो उठा। बार-बार उसका मन करता है कि वह उसी से साफ़-साफ पूछ ले, लड़ ले, झगड़ ले पर दराज़ का ताला जैसे उसकी ज़बान पर आकर लग गया था। वह सारी रात कसमसाती रही, पर बोला उससे कुछ नहीं गया था।

औरत की नज़र यों ही बड़ी पैनी होती है, फिर उस पर यदि सन्देह की सान चढ़ जाए तो आकाश-पाताल चीरने में भी उसे देर नहीं लगती। दूसरे दिन ही वह बन्द दराज़ उसके सामने खुली पड़ी थी, जो विपिन की निहायत निजी और व्यक्तिगत थी। कुछ डायरियाँ, एक महिला और बच्ची की तस्वीरें, पत्र, काँच की ट्यूब में गोलियाँ…और क्रोध, घृणा, दुःख की मिली-जुली भावनाओं का तूफान उनके मन में उठ रहा था। सिर थामकर वह घण्टों वहीं बैठी रही थी। फूट-फूटकर रोती रही थी। उसे बराबर लग रहा था कि जिसे धरती समझकर उसने पैर रखा था, वहाँ शून्य था, कि जैसे वह एकाएक बेसहारा हो गई है। उसे अपने घर की छत और दीवारें सब हिलती नज़र आने लगी थीं।

क्योंकि दराज़ में विपिन का केवल अतीत ही नहीं था, वर्तमान भी था और उसमें भविष्य की योजनाएँ भी। वह जैसे-जैसे विपिन के व्यक्तिगत जीवन के निकट होती जा रही थी, अनजाने और अनचाहे ही विपिन से दूर होती जा रही थी। धीरे-धीरे मनों की यह दूरी शरीरों में भी फैलती चली गई थी। और वे अनायास ही एक-दूसरे के लिए निहायत अपरिचित-से हो गए। फिर उनके हिसाब अलग रहने लगे, सम्पर्क और सम्बन्ध अलग हुए।

दोनों के पास अपने-अपने तर्क थे और दोनों ही इस बात को अच्छी तरह जानते थे कि ये तर्क उन्हें कहीं नहीं ले जाएँगे। फिर भी हर तीसरे दिन घण्टों बहसें होती थीं

और उसकी समाप्ति मंजरी के आँसू ही करते थे। अब स्नेह का स्थान संदेह ने ले लिया था और तर्कों ने सद्‌भावना के रेशे-रेशे उधेड़ दिए थे।

तब मंजरी अपने ही घर में बहुत अकेली हो उठी थी और सब-कुछ बड़ा वीरान लगने लगा था। हर काम बोझ लगने लगा था। खाली समय और भी बोझिल। वह घण्टों किताब खोले बैठी रहती थी, पर पंक्तियाँ केवल आँखों के नीचे से गुज़रती थीं, मन उनसे अछूता रहता था। कापियाँ देखने बैठती तो उसकी साथिनें मज़ाक करती थीं कि वह इम्तिहान की कापियाँ देख रही है या प्रूफ़! विपिन से सम्बन्ध क्या गड़बड़ाया था उसकी समस्त इन्द्रियों के आपसी सम्बन्ध गड़बड़ा गए थे।

वह घर के सारे खिड़की-दरवाज़े खुले रखती थी फिर भी लगता रहता था कि साफ हवा के अभाव में घर की हवा धीरे-धीरे ज़हरीली होती जा रही है। और कोई है, जो उसके देखते-देखते मरता जा रहा है। न तो वह उसे बचा सकती है और न ही निर्दयतापूर्वक मार सकती है। यों भीतर ही भीतर तरह-तरह के संकल्प करती थी पर उसने उन्हें कभी विचारों से आगे नहीं बढ़ने दिया, क्योंकि घर में बहुत जल्दी ही एक तीसरा प्राणी आने वाला था। उसने उसके और अपने दुर्भाग्य को साथ-साथ ही कोसा था, पर उसके बावजूद मन में कहीं एक हल्की-सी आशा भी झाँकने लगी थी, शायद वह अनागत ही उनके बीच में कहीं सेतु बन जाए।

पर साल-भर के भीतर ही भीतर उसने अच्छी तरह जान लिया कि इस युग में आशा करना ही मूर्खता है, क्योंकि आज ज़िन्दगी का हर पहलू, हर स्थिति और हर सम्बन्ध एक समाधानहीन समस्या होकर ही आता है, जिसे सुलझाया नहीं जा सकता, केवल भोगा जा सकता है। जिसमें आदमी निरन्तर बिखरता और टूटता चलता है। और वह भी दो साल तक और बिखरी और टूटी थी। विपिन मन में कहीं हल्का-सा आश्वस्त महसूस करने लगा था कि मंजरी ने शायद उस सबको स्वीकार लिया है, कि शायद अब वह कटेगी नहीं।

पर ऐसा हुआ नहीं। शादी की पाँचवीं सालगिरह थी। वह दिन अपने सारे अर्थ खो चुकने पर भी दिन तो बना ही हुआ था। यों इस दिन न चाहने पर भी वह अपने को बहुत दुर्बल महसूस करती थी। उसकी यातना कई गुना बढ़ जाती थी। पर इस बार उसने वैसा कुछ भी अनुभव नहीं किया और बड़े आग्रह से विपिन को कहा था कि वह उसे संध्या के पाँच बजे ला-बोहीम में मिले।

ला-बोहीम का अँधेरा कोना। आसपास की मेज़ें खाली थीं और अपनी मेज़ पर लटकती बत्ती को उसने बुझा दिया था। अँधेरा होने के साथ ही मंजरी के मन में एक क्षण को यह बात आई थी कि आज के इस अँधेरे में ही वे चाहें तो अपनी ज़िन्दगी में कितनी रोशनी ला सकते हैं। उस समय भीतर ही भीतर कुछ कसका भी था, पर दूसरे ही क्षण उसने अपने को सहज बना लिया, यह सोचकर कि यह निरी भावुकता है और

भावुकता को लेकर आदमी केवल कष्ट पा सकता है, जी नहीं सकता। मंजरी जीना चाहती थी—अपने लिए और अपने बच्चे के लिए।

और तीन घण्टे के बाद जब वे वहाँ से निकले तो उसे स्वयं आश्चर्य हो रहा था कि कैसे वह इतने सहज और तटस्थ ढंग से सारी बात कर सकी, मानो ये सारे निर्णय उसने अपने लिए नहीं, किसी और के लिए लिए हों वह खुद जानती है कि औरतें कभी पूरी तरह तटस्थ नहीं रह सकतीं, खासकर ऐसे सांघातिक क्षणों में तो वे बात भी नहीं कर सकतीं, केवल रो सकती हैं, ज़ार-ज़ार रो सकती हैं।

उससे भी ज़्यादा आश्चर्य उसे तब हुआ था, जब अपने निर्णय को व्यावहारिक रूप देने के लिए वह अपना सारा सामान बटोरकर, दो महीने की छुट्टी ले दिल्ली से विदा हुई थी। विपिन ने बच्चों को बहुत प्यार किया था और एक बार उसे भी। फिर बहुत ठण्डे स्वर में कहा था—"मैं दिल्ली छोड़ दूँगा। इस सबके बाद मुझसे यहाँ रहा भी नहीं जाएगा। तुम शायद यहीं लौटकर आना पसन्द करोगी। इस घर को अपने नाम ही रहने दो।"

मंजरी तब तक यह तय नहीं कर पाई थी कि उसे कहाँ रहना है, क्या करना है। केवल एक विश्वास था कि जिस सहज ढंग से वह सारी स्थिति में उबरी है, उसी तरह नई ज़िन्दगी का रास्ता भी खोज लेगी। फिर भी उसने घर अपने ही नाम रहने दिया। मानसिक तनाव के ऐसे विकट क्षणों में भी उसकी व्यावहारिक बुद्धि कुण्ठित नहीं हुई, तभी उसे लगा कि विपिन से ब्याह करके आने वाली मंजरी पूरी तरह मर चुकी है। यह तो उसकी लाश से पैदा हुई दूसरी ही मंजरी है।

ऐन समय पर बहुत बड़ा नाटक होने की सम्भावना थी। बच्चे को लेकर कुछ हो सकता, पर कुछ नहीं हुआ। ऊपर से बड़े सहज ढंग से कुछ औपचारिक-से वाक्यों का आदान-प्रदान हो रहा था और भीतर से मन मरे हुए थे। ट्रेन, प्लेटफार्म और प्लेटफार्म पर खड़े विपिन को पीछे छोड़कर आगे बढ़ गई थी और सब कुछ मंजरी ने सूखी आँखों से ही देखा था।

जब सब पीछे छूट गया तो भीतर से एक गहरी निःश्वास निकली थी, शायद मुक्ति की। अपने ही भीतर का फोड़ा जब सूख जाता है तो मरी हुई खाल को शरीर से खींचकर अलग करते समय जैसी भावना आती है, कुछ-कुछ वैसी ही।

दो महीने बाद वह उसी घर में लौटी थी। सबने उसे देखकर पूछा था कि क्या वह बीमार रहकर आई है, वह बहुत दुबली हो गई है, उसका चेहरा सूखा और काला हो गया है। उसे स्वयं महसूस होता था, पर उस सबसे कुछ भी अन्तर नहीं पड़ता था। उसने वहाँ आकर सबसे पहले चश्मा लिया, क्योंकि उसकी आँखें एकाएक ही बहुत कमज़ोर हो गई थीं।

घर ज्यों-का-त्यों था, केवल वे सब चीज़ें वहाँ से हटा दी गई थीं जिनके साथ विपिन की स्मृति लिपटी थी, वह मेज़ भी। मेज़वाला वह कोना खाली रहने पर भी

उसके मन में भय और वितृष्णा की मिली-जुली भावना पैदा किया करता था। वह विपिन से मुक्त होकर भी जैसे उस मेज़ से पूरी तरह मुक्त नहीं हो पा रही थी।

घर के बचे हुए सामान पर धूल की परतें जमी हुई थीं। एक दिन तो वह उस घर में कुछ भी नहीं कर पाई, पर दूसरे दिन ही वह सफाई में जुट गई। विपिन का कोई भी चिह्न वहाँ नहीं था, सिवाय एक-दो भरे हुए एश-ट्रे के। एक बार उन्हें खाली करते समय ज़रूर उसका हाथ काँपा था। घर साफ हो गया था फिर भी उसे बराबर लगता रहा था कि एक बड़ी ही परिचित गन्ध है जो उसमें बराबर बनी हुई है। वह किधर भी जाए, कहीं भी रहे, उस गन्ध के अहसास से मुक्त नहीं हो पाती थी।

तब उसने घर के सारे खिड़की-दरवाज़े खुले रखने शुरू कर दिए थे। बाहर की साफ हवा, धूप आने के लिए। धीरे-धीरे उन खुले दरवाज़ों से हवा और धूप के साथ-साथ अनेक तरह की गन्ध, अनेक चेहरे और अनेक नज़रें भी झाँकने लगी थीं। कुछ तरस लिए और कुछ आत्मीयता लिए। उसके साहस की प्रशंसा भी की जाती थी और कभी-कभी दबी ज़बान से यह समाचार भी दिया जाता था कि विपिन को किसी बच्ची और महिला के साथ देखा है। विपिन के लिए स्वर में भर्त्सना रहती थी, पर उसे न अपनी प्रशंसा छूती थी, न विपिन की भर्त्सना।

पहले साल परिचित और नए चेहरों की संख्या काफी बढ़ी थी, फिर धीरे-धीरे घटने लगी। हमदर्दों के लिए बात पुरानी हो चुकी थीं और उन्हें लगता था कि वे अपना फर्ज़ अदा कर चुके हैं। सिर्फ एक चेहरा था जो निरन्तर बना रहा और घर में बहुत भीतर तक प्रवेश कर गया। पर मंजरी किसी प्रकार की हड़बड़ी में नहीं थी। हाँ, इतना ज़रूर हुआ कि एकाएक उसे बहुत-बहुत अकेलापन लगने लगा, नौकरी बोझ लगने लगी और जीवन नीरस।

कभी-कभी वह अकेले क्षणों में सोचती, कि नहीं, वह अब ज़िन्दगी की राहों को बदलेगी नहीं। जिस तटस्थता से उसने सब-कुछ झेला और अपने को टूटने नहीं दिया, उससे उसे लगने लगा था, जैसे वह बहुत बड़ी हो गई है, मैच्योर हो गई है। इस उम्र में यह सब शायद उसके लिए सम्भव नहीं होगा। पर जब भी वह चेहरा करीब आता, अनायास ही उसकी उम्र के दस साल कहीं चले जाते और तब वह सोचती कि नहीं, कहीं कुछ नहीं बिगड़ा है। दिनों ने गुज़र कर उसकी उम्र की संख्या में ज़रूर वृद्धि कर दी है पर भावनाएँ तो आज भी अछूती ही हैं। ज़िन्दगी के वे सुनहरे दिन, जब उसे अपनी भावनाओं को खर्च करना था, मरे हुए सम्बन्धों की लाश ढोने में ही बीत गए।

फिर भी उसने तीन साल तक कोई निर्णय नहीं लिया। उसने सोचा था, केवल सोचा ही नहीं, चाहा था, बहुत सच्चाई और ईमानदारी से चाहा था कि जैसे वह विपिन के सम्बन्ध से उबर गई थी, इस अकेलेपन से भी उबर जाए। पर उसने पाया कि वह अपने बेटे के सहारे अपने अकेलेपन से लड़ने की कोशिश कर रही है। उसे खुद महसूस हुआ कि असित के प्रति उसका व्यवहार कहीं असन्तुलित होता चला जा रहा है। लोगों

ने उसे दबी-दबी ज़बान से सलाह दी थी कि उसे असित को होस्टल भेज देना चाहिए। पहले वह बराबर विरोध करती रही थी—कुछ आर्थिक कारणों से और कुछ इसलिए कि उसे भेजकर वह स्वयं कितनी अकेली हो जाएगी। पर फिर उसे खुद लगा था कि वह अपना अकेलापन खत्म करने के लिए, बच्चे का सारा भविष्य खत्म किए दे रही है।

तब उसने दो निर्णय एक साथ लिए थे। वह असित को होस्टल भेज देगी। वह अपना अकेलापन समाप्त करने के लिए सही और स्वाभाविक मार्ग ही अपनाएगी।

उसे इस बात पर खुशी भी हुई थी और हल्का-सा गर्व भी कि स्थिति बहुत अधिक बिगड़ने से पहले ही वह एकाएक तटस्थ होकर चीज़ों को उनके सही रूप में देख लेती है और फिर उन्हीं के अनुरूप निर्णय ले पाती है।

दिलीप अब साथ आ गया था और इसलिए ज़िन्दगी के दस वर्ष एकदम चले गए थे। घर बदल गया था और बिल्कुल नये ढंग से सजाया गया था। नये घर की साज-सज्जा में हमेशा कुछ-न-कुछ गुनगुनाते हुए वह काम किया करती थी। नौकरी उसने छोड़ दी थी, क्योंकि साथिनों की नज़रों में झाँकती हिकारत उससे बर्दाश्त नहीं होती थी। वैसे भी इस काम से वह बहुत ऊब चुकी थी। अब दिसम्बर की सर्दी में सारी रात किसी की बाँहों में गरमाए रहने के बाद जब उसकी अलस आँखें खुलतीं तो सामने की ड्रेसिंग-टेबल पर उसे अपने प्रसाधन की अनेक चीज़ें सजी हुई दिखाई देती थीं, छमाही इम्तिहान की कापियों का गट्ठर नहीं। तब मन बहुत हल्का और आश्वस्त हो आता था।

छुट्टियों में असित घर आया था। दिलीप को वह बराबर घर में देखता रहता था, सो मंजरी को दोनों को परिचित कराने वाला संकट नहीं झेलना पड़ा। असित के आने से मंजरी बहुत प्रसन्न थी और उसे समझ नहीं आता था कि उसे क्या खिलाए, कहाँ घुमाए। दिलीप के जाते ही वह उसे लेकर निकल जाती। दिसम्बर की सुहानी धूप सारी दिल्ली को बेहद सुहाना और उत्फुल्ल बनाकर सड़कों-मैदानों पर फैली रहती थी। शाम को वे लौटते, तो दोनों के हाथों में असित के फरमाइशी पैकेट होते थे।

छुट्टियाँ समाप्त होने पर असित लौटने लगा। उसके स्कूल के बच्चों का पूरा ग्रुप था। स्कूल से छः महीने का बिल भी आया था। दिलीप ने यों ही कह दिया, "यह स्कूल काफी महँगा है, इस महीने यों भी काफी खर्च हो गया" तो मंजरी के चेहरे पर एक हल्की-सी छाया तैर गई। बात साधारण थी और सच्ची भी। असित दिलीप का बच्चा होता तब भी वह यह बात कह सकता था। पर असित दिलीप का बच्चा नहीं था और क्योंकि सन्दर्भ दूसरा था इसलिए बात का अर्थ भी दूसरा हो गया। दिलीप ने शायद स्थिति को भाँप लिया और सारी बात को सहज बनाने के लिए कहा, "क्या ज़माना आ गया है, हम इतना पढ़ लिए हैं पर ऐसी लम्बी-चौड़ी फीस नहीं दी।" पर बात फिर भी शायद सहज नहीं हो पायी थी। तब मंजरी को पहली बार अपनी नौकरी छोड़ने पर

अफसोस हुआ।

और उसके बाद धीरे-धीरे फिर उस घर में एक अदृश्य मेज़ उभर आई थी, पर वह मेज़ दिलीप के कमरे में नहीं, मंजरी के कमरे में आई थी और वह दो दराज़ों में बँटी हुई थी—एक व्यक्तिगत, एक पारिवारिक। व्यक्तिगत दराज़ में असित के फरमाइशी पत्र, उसके चित्र, उसके स्कूल की रिपोर्ट और विपिन के कुछ औपचारिक पत्र थे, जिसमें यह आश्वासन दिया गया था कि असित का आधा खर्च वह दिया करेगा।

और मेज़ का वह विभाजन फिर पहले की तरह मन और शरीरों में होता हुआ सारे घर में फैल गया था। बाहर से कहीं कुछ नहीं था—न बातचीत में, न व्यवहार में। पर अनजाने और अनचाहे ही भीतर से जैसे मन बँट गए थे, ज़िन्दगी बँट गई थी। इस बार हालाँकि प्रसंग और स्थितियाँ दूसरी थीं, पर बँटने की पीड़ा वही थी, वैसी ही थी।

रात में, दिन में, लेटे-लेटे मंजरी न जाने क्या-क्या सोचा करती! जब-तब विपिन भी याद आने लगा और आश्चर्य यह कि उसका यों याद आना अब उतना बुरा भी नहीं लगता। फिर भी वह इस अहसास से मुक्त नहीं हो पाती कि विपिन ने केवल अपनी ज़िन्दगी को ही टुकड़ों में नहीं काटा, कितने कौशल से वह उसकी ज़िन्दगी को भी टुकड़ों में काट गया है कि आगे उसे सारी ज़िन्दगी ही इन टुकड़ों की अभिशप्त छाया में काटनी होगी कि वह अब भी अपनी सम्पूर्ण ज़िन्दगी नहीं जी पाएगी।

# क्षय

सावित्री के यहाँ से लौटी, तो कुन्ती यों ही बहुत थका हुआ महसूस कर रही थी। उस पर से टुन्नी के पत्र ने उसके मन को और भी बुरी तरह मथ दिया। पापा को भी दो बार खाँसी का दौरा उठ चुका था। वह जानती थी कि वे बोलेंगे कुछ नहीं, पर उनका मन कर रहा होगा कि टुन्नी को वापस बुला लें। रात में लेटी तो फिर उसी पत्र को खोलकर पढ़ने लगी :

"दीदी, मेरा मन यहाँ ज़रा भी नहीं लगता। सारे समय पापा की और तुम्हारी याद आती रहती है। स्कूल वालों ने भी मुझे आठवीं में ही भरती किया है। उस दिन तुम मेरे हेडमास्टर साहब के पास चली जातीं तो कितना अच्छा होता, पूरा एक साल बच जाता। तुमने मेरा इतना-सा काम भी नहीं किया। दीदी, पूरा एक साल बिगड़वा दिया···"

क्या सचमुच ही उसने टुन्नी का साल बिगड़वा दिया? नहीं, नहीं, जो कुछ उसने किया, ठीक ही किया। कोई उसके पास इस तरह की सिफारिश लेकर आए तो? उसका वश चले तो वह स्कूल के फाटक से ही निकाल बाहर करे। वह शुरू से ही इतना कहती थी कि टुन्नी, पढ़, मेनहत कर। पर उस समय पापा को टुन्नी बच्चा लगता था। अब फेल हो गया तो जान-पहचान का फायदा उठाओ, सिफारिश करो। उसने जो कुछ किया, ठीक किया। स्कूलों में यह सब देखकर उसका मन आक्रोश, दुःख और ग्लानि से भर जाता है। पर होता है और वह देखती भी है···लेकिन उससे क्या हुआ, वह स्वयं ऐसा कभी नहीं करेगी। जिस दिन पापा ने उससे यह बात कही थी, वह अवाक्-सी उनका मुँह देखती रह गई थी, जैसे विश्वास न हो रहा हो कि पापा भी कभी ऐसी बात कह सकते हैं और वह भी कुन्ती से···कुन्ती आज जो कुछ भी है, विचारों से, विश्वासों से पापा की ही तो बनाई हुई है···लेकिन पापा बदल गए हैं, बहुत बदल गए हैं। शायद यह बीमारी ही ऐसी होती है कि आदमी को बदलना पड़ता है। कुन्ती स्वयं महसूस करती है कि उसके जिस आदर्शवाद और दृढ़ आत्मविश्वास पर पापा कभी गर्व किया करते थे, उसी पर आज वे शायद दुःख करते हैं। उन्हें लगता है जैसे कुन्ती को बनाने में वे कहीं भूल कर बैठे हैं। वह अपना मन टटोलने लगी, क्या सचमुच ही कुछ गलत विश्वास और गलत सिद्धांत वह पाल बैठी है?

सामने वायलिन पड़ा था। वह उठी और वायलिन लेकर छत पर चली गई। जब उसका मन बहुत खिन्न होता है, उसे वायलिन बजाना बहुत अच्छा लगता है। रात के सन्नाटे में मन का अवसाद जैसे संगीत की स्वर-लहरियों पर उतर-उतरकर चारों ओर बिखरने लगता है। वह आँख मूँदकर बेसुध-सी वायलिन बजाने लगी और उसकी त्रस्त

आत्मा, खिन्न मन और शिथिल शरीर धीरे-धीरे सब थिरकने लगे। वह किसी और ही लोक में पहुँच गई।

खों, खों, खों····पापा की लगातार खाँसी से उसकी तन्मयता टूटी। एकाएक ही अंगुलियाँ शिथिल हो गईं, और वायलिन ठोड़ी के नीचे से सरककर छाती पर आ टिका, वह नीचे आई। पापा को आज तीसरी बार दौरा उठा था। उन्हें दवाई दी और पास बैठकर तब तक पीठ सहलाती रही, जब तक वे शान्त होकर लेट नहीं गए।

जब वह अपने कमरे में आकर लेटी तो रात करीब आधी बीच चुकी थी। आज सावित्री के यहाँ उसका पहला दिन था। उसे ख्याल आया, कल जब वह स्कूल जाएगी तो मिसेज़ नाथ उसे देखकर वैसे ही व्यंग्यात्मक ढंग से मुस्कराएँगी। उसकी इस मुस्कराहट ने हमेशा ही उसके मन में घृणा पैदा की है। उसे लगा, जैसे कल वह इस मुस्कराहट का सामना नहीं कर सकेगी। उसका उपहास करती, उस पर आरोप लगाती-सी मिसेज़ नाथ की मुस्कराहट अँधेरे में एक बार उसके सामने कौंध गई। कुन्ती ने करवट बदली तो मकान-मालिक के बच्चों के मास्टर का दयनीय, सूखा-सा चेहरा उसके सामने उभर आया। एक यह व्यक्ति है, जिसने उसके मन में हमेशा अपने काम के प्रति अरुचि उत्पन्न की है। ओह ! क्या-क्या कल्पनाएँ थीं उसके मन में अध्यापन को लेकर !····लेकिन मिसेज़ नाथ····यह मास्टर····कुन्ती ने फिर करवट बदल ली।

एक महीने में ही घर का जैसे सब कुछ बदल गया। उसे वह दिन याद आया, जब वह डॉक्टर के यहाँ से पापा की एक्स-रे प्लेट के साथ रिपोर्ट लेकर आई थी कि उन्हें क्षय है। रास्ते-भर वह यही सोचती आई थी कि पापा को रिपोर्ट कैसे देगी ? उन पर उसकी क्या प्रतिक्रिया होगी ? दवाइयों का लम्बा नुस्खा और हिदायतों की लम्बी सूची समस्या के दूसरे पहलू को भी उभार-उभारकर रख रही थी। कैसे वह सब करेगी ? करना तो सब उसी को है। पिछले चार सालों से इस घर के लिए वही तो सब-कुछ करती आई है। वही तो पापा की पहली संतान है और पापा हमेशा ही कहते थे, वह उनकी लड़की नहीं, लड़का है। शुरू से उसे लड़के की तरह ही पाला····बचपन में वह लड़कों के साथ खेली, लड़कों के साथ पढ़ी और अब लड़कों की तरह ही घर को सँभाल रही है। पर अब ?

घर पहुँची तो पापा पलंग पर लेटे हुए थे। उसने चुपचाप वह लिफाफा उनके हाथ में थमा दिया और नौकर को चाय लाने का आदेश देकर अन्दर चली गई। वह प्रतीक्षा कर रही थी कि पापा उसे बुलाएँगे, कुछ कहेंगे, पर उन्होंने नहीं बुलाया। क्या पापा को रिपोर्ट देखकर सदमा लगा ? क्या वह पहले नहीं जानते थे कि उन्हें क्षय है ? फिर ?

चाय पीने वह बाहर जाकर बैठी। शायद अब कोई बात चले। पर फिर मौन। पापा पैर फैलाकर तकिए के सहारे बैठे शून्य नज़रों से आसमान निहार रहे थे। कुन्ती ने प्याला पकड़ाया तो चाय पीने लगे। खामोशी के वे क्षण कुन्ती को बहुत बोझिल लगे

थे। सामने इतनी बड़ी समस्या है और दोनों यों ही मौन बैठे हैं। स्थिति की गम्भीरता को दोनों ही महसूस कर रहे थे, पर लग रहा था जैसे उसका नाम लेने-भर से वह और विकट हो जाएगी। पापा शायद सोच रहे थे कि दोनों बच्चे कितने असहाय महसूस करने लगेंगे! और कुन्ती सोच रही थी कि बात करने से ही पापा के मन में जीवन के प्रति कैसी घातक निराशा छा जाएगी। दोनों बच्चों के अनिश्चित भविष्य की चिन्ता उन्हें कितना व्यथित बना देगी? पर मौन रहने से ही तो यह सब नहीं सुलझ जाएगा। तब?

तब केवल बात करने-भर के लिए ही कुन्ती ने टुन्नी को इलाहाबाद भेजने की बात कह दी थी। वह जानती थी कि पापा इसका विरोध करेंगे। अपने बच्चों को वे एक दिन के लिए भी अपनी आँखों से दूर नहीं कर सकते। फिर टुन्नी छोटा था, अधिक लाड़ला। पर वे कुछ नहीं बोले थे। धीरे से इतना कहा था, 'भेज देना।' कुन्ती को लगा, जैसे पापा विवश होकर कह रहे हों—मैं कौन होता हूँ कुछ कहने वाला? अब तो तुम्हीं सब कुछ हो, जो चाहो सो करो। मैं क्षय का रोगी····

कुन्ती की आँखें छलछला आई थीं।

थोड़ी देर बाद पापा ने रुकते-रुकते कहा था, "एक बार कोशिश करके इसे चढ़वा तो दे; तेरी हेडमास्टर साहब से अच्छी जान-पहचान है····वहाँ भी जाए तो एक साल तो बच जाए।"

ज़हर की तरह कुन्ती ने चाय का घूँट निगला था और अपने को भरसक संयत करके बोली थी, "पापा, कम-से-कम स्कूलों को तो इन सारी बातों से भ्रष्ट न करवाओ। टुन्नी मेरा अपना विद्यार्थी होता तब भी मैं उसे कभी नहीं चढ़ाती।" उसके स्वर में आवेश नहीं था, पर दृढ़ता थी और पापा चुप हो गए थे।

पर आज टुन्नी का पत्र न जाने क्यों रह-रहकर उसके मन में टीस उठा रहा है। कुन्ती को लगा, जैसे प्यास से उसका गला सूख रहा है। उसने उठकर पानी पिया। आकर लेटी तो नज़र फिर वायलिन पर पहुँच गई। एक बार फिर इच्छा हुई कि वायलिन् लेकर छत पर चली जाए। पर उसने अपनी आँखें बन्द कर लीं।

सावित्री की ट्यूशन वह निभा सकेगी? अब तो जैसे भी हो, निभाना ही होगा। वह स्कूल में छः घण्टे काम करती है, तब जाकर उसे दो सौ रुपए मिलते हैं और कहीं डेढ़ घण्टे के ही दो सौ! फिर एक महीने खुशामद की उसकी माँ ने। चार चक्कर तो घर के ही लगाए, पर फिर भी····और उसकी आँखों के सामने मकान-मालिक के मास्टरजी फिर घूम गए····वे मास्टरजी हैं, पर कभी रिक्शा में सामान लदवाकर लाते हैं, तो कभी सेठानी का हिसाब लिखते हैं। हुं! वह तो जिस दिन भी देखेगी कि उसके सारे परिश्रम के बावजूद सावित्री नहीं सुधर रही, कुछ भी नहीं सीख रही, उसी दिन छोड़ देगी, चाहे कितनी ही मुसीबत क्यों न सहनी पड़े। सावित्री को पढ़ाना कोई सरल काम नहीं है। जो आठवीं के भी लायक नहीं है उसे नवीं में पास करवाना····

एक महीने में ही बैंक से पापा के हज़ार से अधिक रुपए निकल चुके थे। वह

नहीं चाहती है कि अब और निकलें। पूँजी के नाम पर उनके पास कुल पाँच हज़ार ही तो थे जिनके प्रति उनका मोह उम्र के साथ-ही-साथ बढ़ता जा रहा था। लगता था, जैसे यह रुपया ही उनका एकमात्र सहारा है। उसे वे कभी कुन्ती के ब्याह के लिए बताकर एक उत्तरदायी बाप होने का सन्तोष प्राप्त करते थे, तो कभी टुन्नी की पढ़ाई के लिए बताकर उसके उज्ज्वल भविष्य की कल्पना का सुख लेते थे। उसमें से भी अब खर्च होने लगा। कुन्ती भी क्या करती? यों तो पापा की पेंशन, अपनी तनख्वाह और गाँव के मकान के किराए से वह अच्छी तरह काम चलाती आ रही थी, पर बीमारी का यह अतिरिक्त खर्च····और बीमारी भी अनिश्चित अवधि तक की····

दूर कहीं मुर्गा बोला। यह क्या सवेरा होने आया? तो वह आज बिल्कुल नहीं सोने पाई। कल सवेरे से ही फिर जुट जाना है····बाज़ार, स्कूल, सावित्री, पापा की परिचर्या····उसका सिर भारी होने लगा।

अपना क्लास लेकर कुन्ती स्टाफ-रूम में पहुँची और चुपचाप कुर्सी पर बैठकर बाहर देखने लगी। बहुत-सी कापियाँ देखने को जमा हो गई थीं, पर मन ही नहीं कर रहा था कुछ करने को। सिर बेहद भारी हो रहा था और नींद आँखों में घुल रही थी। तभी मिसेज़ नाथ अपने भारी-भरकम कंधों पर कापियों के दो गट्ठर लादे घुसीं। उसने देखकर भी नहीं देखा। नाथ भी कुछ नहीं बोलीं, चुपचाप कापियाँ देखने बैठ गईं। कुन्ती ने सोचा, क्या इन्हें मालूम नहीं हुआ है कि मैंने सावित्री के यहाँ ट्यूशन कर ली है? हो सकता है, आज न हुआ हो, पर कल तो होगा ही, तब····

फड़फड़ाती हुई एक कापी फर्श पर गिरी तो कुन्ती ने चौंककर पीछे देखा। नाथ ने गुस्से में आकर किसी लड़की की कापी ही उछाल दी थी और हड़बड़ा रही थीं, "दिमाग में गोबर भरा है और पढ़ने का शौक चर्राया है। अपने घर बैठो, खाओ-पियो और मौज करो। न जाने कहाँ-कहाँ से दिमाग चाटने आ जाती हैं!····"

कुन्ती फिर बाहर देखने लगी। यों वह इस एक साल में इन सब बातों की काफी अभ्यस्त हो चुकी थी, फिर भी लड़कियों पर यों झुँझलाना, ऐसे अपशब्द कहना उसे कभी अच्छा नहीं लगता। फिर पढ़ी-लिखी, सभ्य-सुसंस्कृत महिलाओं के मुँह से निकले हुए ऐसे शब्द, जो इतनी छात्राओं की अध्यापिकाएँ हैं, उनकी आदर्श हैं।

उसे याद आया, जब पहली बार उसने इन्हीं नाथ को डाँटते हुए सुना था, तो आश्चर्य और गुस्से के साथ-साथ उसे बेहद हँसी भी आई थी। वे गुस्से से काँपती हुई ज़ोर-ज़ोर से स्केल को मेज़ पर पटककर सामने खड़ी थर-थर काँपती किसी लड़की को कह रही थीं, 'कल यदि पाठ याद करके नहीं आई तो इस चलते हुए पंखे में लटका दूँगी!' और कुन्ती को पंखे से लटकी हुई लड़की की कल्पना ने बेहद हँसाया था।

एक वह थी जो अपनी कमज़ोर छात्राओं को सवेरे जल्दी आकर पढ़ाया करती या देर तक ठहरकर पढ़ाती; स्नेह और सहानुभूतिपूर्ण व्यवहार से उनके खोए आत्मविश्वास को जगाती। पढ़ाई के अतिरिक्त विभिन्न रुचियों के विकास के लिए नई योजनाएँ

बनाया करती थी। इस सबका परिणाम यह हुआ कि थोड़े ही दिनों में वह अपनी सहकर्मिणियों के बीच व्यंग्य और उपहास की पात्री और छात्राओं की 'परम प्रिय बहनजी' बन गई थी। पर साल-भर बीतते-बीतते उसका भी उत्साह बहुत कम हो गया था। कापियाँ देखते समय उसने कई बार अपने परिश्रम की व्यर्थता महसूस की थी। पर फिर भी ऐसे अपशब्द····इस तरह झल्लाना···

"सुना है, सावित्री की माँ ने उसे किसी दूसरे स्कूल में नवीं कक्षा में भरती करवा दिया है और शायद तुमने उसे घर पर पढ़ाना मंज़ूर कर लिया है ?"

बात कुन्ती से ही कही गई थी, पर कुन्ती ने न मुड़कर उधर देखा, न जवाब ही दिया।

"पैसे के ज़ोर से नवीं कक्षा क्या, मैट्रिक का सर्टिफिकेट भी मिल सकता है। और भई, हमने तो पहले ही कहा था कि ऐसी अच्छी ट्यूशन भाग्य से ही मिलती है। जब सामनेवाला खुशामद कर रहा है तो हमें क्या, सीखे न सीखे, हमारी बला से ! हम तो, जितना समय तय हुआ है, पढ़ाकर आ जाते हैं। अच्छा कुन्ती कितना लोगी ?"

नाथ के शब्द कुन्ती को बुरी तरह बेध रहे थे। बिना मुड़े ही उसने जवाब दिया, "मैंने लेन-देन की कोई बात नहीं की। एक महीने में यदि वह कुछ सीखेगी तो पढ़ाऊँगी, नहीं तो छोड़ दूँगी।" और उसे लगा कि नाथ के चेहरे पर फिर वही व्यंग्यात्मक मुस्कराहट फैल गई है, मानो कह रही हो, अभी नई-नई हो, इसलिए यह सब कह रही हो, धीरे-धीरे अपने-आप रास्ते पर आ जाओगी।

क्या सचमुच कुन्ती भी एक दिन नाथ जैसी हो जाएगी ?····घर जाकर कुन्ती ने चाय पी और सावित्री के यहाँ चलने की तैयारी करने लगी। चाय वह हमेशा पापा के साथ बैठकर ही पीती थी और उनकी तबीयत का हाल भी जान लेती थी। यों नौकर अच्छा है, फिर भी उसने रमा बुआ को लिख दिया है कि वे गाँव से आ जाएँ। उसका तो बहुत-सा समय बाहर निकल जाता है। घर का कोई आदमी पापा के पास होना ही चाहिए। वह उठने लगी तो पापा ने कहा, "अभी तो स्कूल से आई है, थोड़ी देर आराम कर ले।"

वह बैठ गई। वह जानती है कि देर कर देने से ट्राम-बस में ऑफिस की भीड़ हो जाती है, घुसना असम्भव हो जाता है, फिर भी पापा की बात टालना नहीं चाहती। उसके इस दोहरे परिश्रम से पापा यों ही काफी दुःखी हैं। इस सबके लिए वे अपने को ही उत्तरदायी समझते हैं। कुन्ती उनके दुःख को किसी प्रकार भी नहीं बढ़ाना चाहती। इस बीमारी ने कितना विवश, कितना निरीह बना दिया है पापा को !

एक महीना पढ़ाकर ही कुन्ती को लगा कि सावित्री को वह अब नहीं पढ़ा सकेगी। डेढ़ घंटा पढ़ाने के लिए, पूरा डेढ़ घंटा और उसे बस में बिगाड़ना पड़ता है। और इस प्रकार स्कूल के बाद पूरे तीन घंटे सावित्री के नाम अर्पण हो जाते हैं। उसके बाद वह इतनी थक जाती है कि किसी पत्रिका की दो पंक्तियाँ भी उससे नहीं पढ़ी

जातीं। कल जब वह लेटी थी तो उसने देखा था कि वायलिन पर धूल की हल्की-सी परत जम गई है। उसका मन टीस उठा था। उसने धूल पोंछी, पर चाहकर भी बजाने के लिए वह ऊपर नहीं जा सकी थी। बस, एकटक उसे देखती रही थी, और उसे लग रहा था कि यदि ज़िन्दगी का यही रवैया रहा तो वह शायद फिर कभी वायलिन नहीं बजा सकेगी। इस कल्पना से उसकी आँखें छलछला आई थीं। नहीं-नहीं, जो भी होगा वह सहन कर लेगी, पर कल ही सावित्री की माँ से कह देगी कि वह अब पढ़ा नहीं सकेगी। और सचमुच वह दूसरे दिन कुन्ती ने जाकर सावित्री की माँ से कहा, "देखिए, मैंने अपनी ओर से भरसक प्रयत्न किया, पर लगता है, सावित्री को पढ़ाना मेरे लिए सम्भव नहीं होगा।" सारे रास्ते वह संकल्प-विकल्प करती रही थी। एक महीने के मिले हुए दो सौ रुपयों से घर की आर्थिक स्थिति कितनी सँभल जाएगी, यह भी उसके सामने था, पर फिर भी उसने कह ही दिया।

"यह क्या बहनजी! आपके भरोसे तो हमने नया स्कूल शुरू करवाया। आपके पास पढ़कर इसका मन कुछ-कुछ लगने लगा था....ऐसा तो मत करिए। एक बार बस किसी तरह दसवीं में पहुँचा दीजिए।"

"मैं बेहद थक जाती हूँ। दूर भी तो बहुत आना पड़ता है, फिर पापा बीमार हैं, उनकी देखभाल, दवा-दारू करने के लिए भी तो मैं ही हूँ।" पर कुन्ती को स्वयं लगा कि बात के अन्त तक आते-आते उसके स्वर की दृढ़ता जाती रही है।

"दूर तो है," कलाई में हीरे की चूड़ी नचाती हुई सावित्री की माँ बोली, "पर एक साल तो अब आप निभा ही दीजिए।" फिर कुछ रुकते-रुकते बोली, "न हो, मैं गाड़ी का प्रबन्ध कर दूँगी; और क्या कर सकती हूँ?"

कुन्ती अवाक्-सी माँ का चेहरा देख रही थी....दो सौ रुपए और गाड़ी!

"बात यह है बहनजी, कि सावित्री की बात एक बहुत बड़े घर में चल रही है। उन लोगों की एक ही ज़िद है कि लड़की दसवीं हो जाएगी तो शादी करेंगे। आप किसी न किसी तरह दसवीं में पहुँचवा दीजिए, फिर वो सँभाल लेंगे। अब आजकल के लड़कों को भी क्या कहें, और यह सावित्री भी है कि आपके सिवा किसी से पढ़ने को राज़ी ही नहीं होती। आप आइए, गाड़ी का प्रबन्ध मैं कर दूँगी।"

उस दिन कुन्ती गाड़ी में बैठकर घर लौटी। जैसे ही गाड़ी कोठी के फाटक में घुसी, उसने देखा, मकान-मालिक के यहाँ वाले मास्टर साहब रिक्शा में सामान लदवाए चले आ रहे हैं। अपने को गाड़ी में पाकर उसका मन गर्व और आत्मसन्तोष से भर गया। उसने ट्यूशन भी की तो आत्मसम्मान के साथ की। बड़ी कोठी को पार करके वह अपने घर के सामने उतरी। पापा ने सुना तो वे भी प्रसन्न हुए।

दूसरे दिन संध्या को जब वह गाड़ी में बैठकर सावित्री के यहाँ जा रही थी तो उसने पहली बार देखा कि वह रास्ता कितना सुन्दर है। ठसाठस भरी हुई बस में धक्के खाते समय शायद अपने को सँभालने की चिन्ता ही अधिक रहती थी, और काम से लौटे

हुए, सट-सटकर खड़े प्राणियों के पसीने की दुर्गन्ध से सिर भन्नाता रहता था। उस सबको पार करके रास्ते का सौन्दर्य देख पाना क्या कोई सरल काम था? थोड़े दिनों में तो उसे लगने लगा, काश, वह स्कूल भी गाड़ी में ही जा पाती!

टुन्नी का मन अब लग गया था। मामा ने खबर दी थी कि वह पढ़ाई में भी अच्छा चल रहा है। पापा की तबीयत कभी ठीक, कभी खराब ऐसे ही चलती। बोलना उन्होंने एक प्रकार से बन्द ही कर दिया था। उनकी देखभाल के लिए रमा बुआ आ गई थीं। कुन्ती के लिए वही स्कूल, घर, सावित्री····सारा घर जैसे एक ढर्रे पर चल रहा था। मन जब बहुत उबलता तो रात में ऊपर जाकर घंटों वायलिन बजाती, यही तो उसके नीरस जीवन का एक आधार था।

उस दिन कुन्ती सावित्री को पढ़ाकर घर के लिए काम दे रही थी कि सावित्री की माँ ने एक बच्चे के साथ प्रवेश किया, "बहनजी, यह सावित्री का भानजा है। अब से मेरे पास ही रहेगा। इसे कल ही स्कूल में डाला है। सावित्री के बाद थोड़ी देर तक इसे भी देख लिया करिए।" कुन्ती को बोलने का अवसर दिए बिना ही वह बोले चली जा रही था, "बड़ा प्यारा बच्चा है। मीठी-मीठी बातें करके आपका मन मोह लेगा। नमस्ते करो मुन्नू! और उस बच्चे ने छोटे-छोटे हाथ जोड़ दिए।

कुन्ती न हाँ कह सकी, न ना। अब सावित्री के बाद आधे घंटे के करीब वह बच्चे को भी पढ़ाने लगी। सन्तोष और तसल्ली यही थी कि उसके बाद उसे गाड़ी घर तक छोड़ने आती थी और गाड़ी में बैठकर जब ठंडी हवा का झोंका उसके बदन को सहलाता था, तो उसे बहुत अच्छा लगता था।

धीरे-धीरे यह सिलसिला बढ़ता गया। सावित्री के छोटे भाई-वहन में से कोई न कोई अब आता ही रहता। कभी किसी को घर का काम पूछना रहता था, तो किसी को टेस्ट की तैयारी करनी रहती थी। माँ बस इसी बात का ध्यान रखती थी कि सावित्री जब तक पढ़े, कोई बच्चा कमरे में न जा पाए। कभी-कभी तो स्वयं उसके पास आकर बैठती, सावित्री की पढ़ाई की बात पूछती, पापा की तबीयत के बारे में पूछती, घर की और बातें पूछती और फिर कुन्ती के धैर्य की, उसके साहस की तारीफ करती हुई चली जाती। शुरू-शुरू में कुन्ती को यह सब बहुत अटपटा लगता था, फिर धीरे-धीरे वह इस सबकी अभ्यस्त हो गई।

रात को जब वह लेटी तो टुन्नी की बड़ी याद आ रही थी। आज स्टाफ-रूम में देखे हुए एक सिनेमा पर बड़ी बातें होती रही थीं। टुन्नी के जाने के बाद कितना नीरस हो गया है उसका जीवन। बिस्तर पर लेटे हुए पापा और काम में व्यस्त बुआजी। उसके बराबर की और लड़कियाँ कितनी मौज करती हैं। घूमना-फिरना, सैर-स्पाटे, हँसी-मज़ाक उसके जीवन में तो यह सब दूर-दूर तक भी नहीं है····क्या कहीं भी नहीं होगा? क्या उसका सारा जीवन यों ही निकल जाएगा? जितना रुपया वह कमाती है, उसमें कितने ठाठ से वह रह सकती है। पर वह जानती ही नहीं कि ठाठ क्या होता है, मौज क्या होती

है ? पापा क्या अब कभी अच्छे नहीं होंगे ? कितने दिन वह इस तरह पड़े रहेंगे ? टुन्नी होता तो वह कल ही उसके साथ सिनेमा जाती। कब टुन्नी बड़ा होगा और उसके कन्धों का भार हल्का करेगा ? सच, अब तो वह ऊब गई है।

सामने वायलिन लटका था। अब वह बजा नहीं पाती, उसे देखती रहती है। उसे एकटक देखते रहना भी सान्त्वना देता है। कितना कम हो गया है उसका वायलिन बजाना ! जब-तब समय मिलता है तो उसकी धूल पोंछ देती है। कभी-कभी तो उसका मन करता है कि स्कूल, घर सब छोड़कर अपना वायलिन लेकर कहीं चली जाए और इतना बजाए, इतना बजाए कि उसका अस्तित्व ही मिट जाए। वह कुन्ती न रहे, बस संगीत की एक स्वर-लहरी बन जाए, उसमें मिल जाए !

दिसम्बर की छुट्टियों में टुन्नी आया। उसके आने से ही जैसे घर चहक उठा। पापा प्रसन्न, कुन्ती प्रसन्न। घर की एकरसता टूट गई। आते ही उसने फरमाइश की कि क्रिकेट का टेस्ट-मैच देखेंगे। अभी भी क्रिकेट के लिए उसका पागलपना जैसे का तैसा बना हुआ था। पिछले साल सारे दिन क्रिकेट खेल-खेलकर ही तो फेल हुआ था। पर इस बार कुन्ती ने टिकट का प्रबन्ध करने के लिए ज़मीन-आसमान एक कर डाला। उसकी बड़ी इच्छा थी कि जैसे भी हो, टुन्नी को वह मैच देखने के लिए भेज दे। इसी बहाने वह अपने परिचितों के घर भी हो आई, वरना आजकल तो मिलना-जुलना भी छूट गया था।

पर किसी तरह भी टिकट का प्रबन्ध नहीं हो सका। वह समझ नहीं पा रही थी कि लोगों पर ऐसा पागलपन कैसे सवार हो जाता है इस खेल को लेकर? किसी चीज़ का नशा भी होता है, यह सब वह जैसे धीरे-धीरे भूलती जा रही थी। उसने टुन्नी को समझा दिया कि कमेंट्री सुनकर ही सन्तोष कर लेना।

सावित्री के यहाँ पढ़ाने गई तो सावित्री ने डरते-डरते कहा, "बहनजी कल मत आइए, हम मैच देखने जाएँगे।"

"अच्छा, तुम लोगों को टिकट मिल गए? मेरा छोटा भाई भी आया हुआ है इलाहाबाद से, पागल हो रहा है, पर किसी तरह टिकट का इंतज़ाम नहीं हो सका।"

"माँ से पूछूँ, शायद एकाध ज़्यादा हो।" और सावित्री दौड़ गई।

कुन्ती सोच रही थी, उसे इन लोगों का ख्याल क्यों नहीं आया अभी तक ?

माँ आई, टेलीफोन किया और कहा, "आप उसे तैयार रखिए नौ बजे। बच्चे गाड़ी में उधर से ही उसे लेते जाएँगे।"

कुन्ती प्रसन्न हो गई। टुन्नी सुनेगा तो कितना प्रसन्न होगा ! वह ज़बरदस्ती इन लोगों से खिंची-खिंची रहती है। कितना अपनापन रखती है बेचारी ! पापा के बारे में भी हमेशा पूछती रहती है, कहती रहती है, किसी भी तरह की ज़रूरत हो तो कहिएगा। वह व्यवहार में क्यों ज़रूरत से ज़्यादा रूखी है ?

टुन्नी इलाहाबाद लौट गया। उसी सप्ताह दो बार पापा की तबीयत बहुत खराब

हुई। कई दवाइयाँ बदलीं, विशेषज्ञ को भी बुलाना पड़ा और न चाहकर भी कुन्ती को फिर बैंक से पाँच सौ रुपए निकालने पड़े। आखिर वह क्या करे? अब बचे ही कितने हैं, वे भी समाप्त हो जाएँगे, तब? कुन्ती नहीं जानती कि तब वह क्या करेगी!

सावित्री के छमाही इम्तिहान का फल निकलने वाला है। वह पहले से कुछ सुधरी है, पर नवीं में वह पास नहीं हो सकती, यह कुन्ती जानती है। उसने तो पहले भी कहा था पर माँ को एक ही ज़िद है कि जैसे भी हो, उसे दसवीं में भेजना है। तो वह क्या करे? वह पूरा परिश्रम करती है, जी-जान लगाकर पढ़ाती है। परीक्षाफल अच्छा नहीं निकला तो माँ क्या कहेगी?

वह पहुँची तो पहले माँ से ही मुलाकात हुई, "लीजिए आपकी ही बात कर रही थी। इस बार मेरा एक काम आपको करना होगा।"

कुन्ती की जिज्ञासु आँखें माँ के चेहरे पर टिक गईं। मेज़ की दराज़ में से एक थैला निकालकर वह बोली, "उस दिन आपका भाई जैसा स्वेटर पहने था, वैसा एक मेरे लिए भी बना दीजिए। मैं तो यह काम जानती नहीं। उसका स्वेटर मुझे बहुत ही पसन्द आया।" बाहर से किसी के बुलाने पर माँ थैला मेज़ पर छोड़कर चली गई, और फिर लौटकर आई ही नहीं।

कुन्ती लौटी तो उसके हाथ में ऊन का थैला था। घर आते ही बुआ ने बताया, "डॉक्टर साहब आए थे, एक नुस्खा दे गए हैं।" उसने बिना देखे ही नुस्खा पर्स में पटक दिया। पापा के पास पहुँची तो वे आँखें बन्द किये सो रहे थे। एक क्षण वह उनके मुरझाए ज़र्द चेहरे को देखती रही, फिर भारी मन से लौट आई। उस रात उसने खाना भी नहीं खाया। चुपचाप पड़ी-पड़ी वायलिन को ही देखती रही। फिर आँखें मूँदीं, तो कोरों से आँसू ढुलक पड़े।

आखिर जिस बात का डर था, वही हुआ। सावित्री छमाही इम्तिहान में फेल हो गई। कुन्ती पहुँची तो देखा सावित्री रो रही थी और माँ का पारा चढ़ा हुआ था। कुन्ती को देखते ही बोली, "यह देखिए, यह निकला रिज़ल्ट! आप तो कहती थीं कि अब सुधर रही है, निकल जाएगी। सभी में तो फेल है। नहीं बहनजी, अब तो यह पढ़ाई छुड़ानी ही पड़ेगी····पढ़ना-लिखना इसके बस का नहीं। फिर वह सगाई की बात भी खत्म हुई, अब कौन पानी की तरह रुपया बहाए!"

"देखूँ," कुन्ती ने रिपोर्ट हाथ में लेते हुए कहा, "पेपर्स इतने खराब नहीं किए थे कि सभी में फेल हो जाती।" पर उसे रिपोर्ट में लाल धब्बे के सिवा कुछ भी नहीं दिखाई दे रहा था। सावित्री की रिपोर्ट के लाल धब्बे, पापा के कफ में खून के लाल धब्बे····सब जगह बस लाल····लाल····

"मैं तो अभी भी कहती हूँ कि आप एक बार इसके स्कूल जाइए, इसकी टीचरों से मिलिए। स्कूल जाने से बात ही दूसरी हो जाती है। कुछ उम्मीद हो तो पढ़ाई जारी रखें, नहीं तो किस्सा खत्म करें।"

और कुन्ती सोच रही थी, उसके घर आकर उसकी खुशामद करने वाली माँ और यह माँ क्या एक ही हैं ?

"मैं स्कूल जाकर पता लगाऊँगी, बात करूँगी। वार्षिक परीक्षा में तो इसे पास करवाना ही है।"

"अब आप ज़िम्मा लें तभी पढ़ाऊँगी। जैसे भी हो, पास करवा दीजिए।"

कुन्ती जानती है कि ऐसा ज़िम्मा कोई नहीं ले सकता, और ले तो निभा नहीं सकता। फिर भी उसने कहा कि वह पूरी कोशिश करेगी।

और सचमुच कुन्ती सावित्री के स्कूल गई। सौभाग्य से वहाँ की अध्यापिकाओं में एक पुरानी परिचिता मिल गईं। पर वहाँ वह पूछताछ के अतिरिक्त कर ही क्या सकती थीं।

वह सावित्री को और ज्यादा मेहनत से और अधिक समय देकर पढ़ाने लगी····अभी सावित्री का पढ़ना बन्द हो जाए तो ? इस 'तो' के बारे में तो वह सोच ही नहीं सकती।

गरमियाँ आईं तो कुन्ती के नीरस, बोझिल, उदास दिन और भी लम्बे हो गए। अब उसे न पापा की बीमारी की चिन्ता थी, न स्कूल के काम में कोई दिलचस्पी थी, और न सावित्री को पढ़ाने में, फिर भी वह मशीन की तरह सब करती थी। अब सावित्री की माँ की कोई भी बात उसे बुरी नहीं लगती। लौटते समय कभी कोई बच्चा साथ हो जाता, और माँ आजकल के ज़िद्दी बच्चों को कोसती हुई कह देती, "बहनजी, ज़रा दो मिनट को उतरकर इसे जूता दिलवा दीजिएगा। ये ड्राइवर लोग तो ठगा लाते हैं····बच्चे भी क्या हैं, बात मुँह से पीछे निकलती है, चीज़ पहले चाहिए !"

कुन्ती दिलवा देती।

अब टुन्नी आ जाएगा। वह बेसब्री से टुन्नी की प्रतीक्षा कर रही थी। उसके आने से स्थिति में किसी तरह का भी अन्तर पड़ने वाला नहीं था, फिर भी वह उसकी प्रतीक्षा कर रही थी। कितनी ही बार उसने पड़े-पड़े सोचा कि टुन्नी के आते ही वह कहेगी, "टुन्नी, ले, अब तू सँभाल। मैं नहीं जानती, तू छोटा है या बड़ा····जो तेरी समझ में आए कर। मैं कहीं जाती हूँ। पापा का ठेका मैंने अकेले तो नहीं लिया। जब तक मुझमें दम रहा, मैंने सँभाला····अब एक दिन भी मुझसे नहीं सँभलता····और जब-जब उसने ऐसा सोचा, वह घण्टों रोयी। पापा से वह क्यों ऊब गई थी ?····क्यों जाने-अनजाने मनाने लगी थी कि या तो पापा अच्छे हो जाएँ या फिर····

सावित्री को पास कराने के लिए उसने रात में देर-देर तक जागकर प्रश्नों के उत्तर लिखे और रटवाए। इम्तिहान के दिनों में वह सवेरे-शाम, दोनों समय पढ़ाने गई। इतना सब करने पर भी पता नहीं यह पास होगी या नहीं।

अचानक एक दिन पापा को ज़ोर की कै हुई और सारा फर्श खून से भर गया। कुन्ती सकते में आ गई, बुआजी ने रो-रोकर घर भर दिया। डॉक्टर, दवाई, इंजेक्शन,

भाग-दौड़····पागलों की तरह कुन्ती ने सब किया···वह खुद नहीं जानती, उसमें इतनी शक्ति कहाँ से आ गई।

विशेषज्ञ के कहने पर पापा अस्पताल में भरती करवा दिए गए। कुन्ती अस्पताल से लौटी तो बुआ ने सारा घर धो रखा था। घर में पैर रखते ही उसे एक विचित्र-सी अनुभूति हुई। लगा जैसे वह उन्हें कुछ दिनों के लिए अस्पताल में नहीं छोड़कर आई है, वरन् हमेशा-हमेशा के लिए कहीं छोड़कर आई है—जहाँ से वे अब कभी नहीं लौटेंगे···वह सिहर गई।

टुन्नी को तार देकर बुला ले? नहीं····दो दिन बाद उसकी परीक्षा समाप्त होगी, तभी बुलाएगी। कहीं बीच में ही आ गया तो यह साल फिर खराब हो जाएगा। एक साल तो पहले ही खराब हो चुका है।

दो दिन बाद ही कुन्ती को सावित्री की माँ से जाकर पाँच सौ रुपए माँगने पड़े। माँ ने रुपए दे दिए। उसने जल्दी से उन्हें लौटाने का आश्वासन दिया। इम्तिहान हो चुके थे, पढ़ाने का काम इतना नहीं था, यों ही इधर-उधर का कुछ करवाकर कुन्ती लौटी, तो माँ ने कहा, "बहनजी, अब तो सावित्री का रिज़ल्ट निकलने वाला है। आप एक बार ज़रा स्कूल में देख आइए न। ऊँच-नीच हो तो अभी कुछ करवा डालिए, रिज़ल्ट निकलने के बाद बड़ी मुश्किल हो जाती है। अभी जाना चाहें तो गाड़ी नीचे खड़ी है।"

"जी, इस समय तो अस्पताल जाना है। फिर मैं सोचती हूँ, इस बार वह वैसे ही पास हो जाएगी।"

"कोई भरोसा नहीं बहनजी, कल आप स्कूल के समय आकर चली जाइए। यह सब करवाने का ज़िम्मा अब तो आपका ही है। कुछ देने-लेने की बात हो तो भी कोई चिन्ता नहीं। उस स्कूल में सब चलता है। बस, ज़रा बात करने का ढंग चाहिए।"

"जी, कल जाकर देखूँगी। मैं तो सोचती हूँ कि वह यों ही पास हो जाएगी।"

"सोचिए-वोचिए मत, आप चली ही जाइए!" उतरते-उतरते कुन्ती ने सुना।

रात में सोई तो सोच रही थी कि ये पाँच सौ रुपए कैसे चुकाएगी? मामा को लिख दे कि गाँव का मकान बेच दें?····मामा को एक बार कम-से-कम आकर तो देखना चाहिए था···आज कितना असहाय वह अपने को महसूस कर रही थी। इतनी बड़ी दुनिया में क्या कोई भी ऐसा नहीं है जो इसकी पीठ पर आश्वासन-भरा हाथ रखकर दो शब्द सान्त्वना के ही कह दे? रोते-रोते उसकी हिचकियाँ बँध गईं। अचानक ही उसके मुँह से निकला, "हे भगवान्! अब तो तू पापा को उठा ले! मुझसे बर्दाश्त नहीं होता! मैं टूट चुकी हूँ····" और फिर उसने दोनों हाथ कसकर मुँह पर रख लिए, मानो मुँह से निकली हुई इस बात को वापस धकेल देना चाहती हो।

सामने वायलिन लटका था, उस पर धूल की मोटी-सी परत जम गई थी। वायलिन बजाना तो उसका कभी का छूट चुका था, जब-तब उसकी धूल पोंछ दिया करती थी, सो वह भी छूट गया। कितने दिनों से उसने धूल नहीं पोंछी। आज भी उससे

नहीं उठा जा रहा है। क्या होगा केवल धूल पोंछकर? अब क्या वह कभी वायलिन बजा पाएगी?

टेलीफोन करके, इधर-उधर से कोशिश करके, सावित्री की माँ ने पता लगा लिया कि सावित्री दो विषयों में फेल है। एक विषय में फेल होती तो उसे चढ़ा दिया जाता, पर अब उसे नहीं चढ़ाया जाएगा। एक विषय में जैसे भी हो उसे पास करवाना ही है। कुन्ती जब पहुँची तो माँ ने उसे बैठने भी नहीं दिया, "बहनजी, यह मैंने पता लगा लिया, वरना सावित्री तो फेल ही हो जाती। आपने तो कह दिया, पास हो जाएगी। आप तुरन्त ही गाड़ी लेकर जाइए, अपनी पहचानवाली बहनजी से, बड़ी बहनजी से बात करिए, इधर-उधर कोशिश करके पास करवाकर आइए; नहीं तो हमारे इतने रुपयों पर पानी फिर जाएगा, साल खराब हुआ सो अलग।"

"किन दो विषयों में फेल हो गई?"

"वहाँ जाकर पता लगाइए। फेल हुई है, यह तय बात है। आपने ज़िम्मा लिया था, अब तो पूरा करना ही पड़ेगा! आखिर…"

कुन्ती से कोशिश करके भी कुछ नहीं बोला गया।

"गाड़ी नीचे खड़ी है। देर करने से अब काम नहीं चलेगा। दो दिन बाद तो रिज़ल्ट ही निकल जाएगा। फिर कितनी मुश्किल होगी कुछ करवाने में! और हाँ, न हो तो कुछ रुपए लेकर जाइए, ढंग से बात करने से सब कुछ हो जाता है इस स्कूल में…हमने नवीं में भरती करवा ही दिया था, आप अब चढ़वा दीजिए!"

कुन्ती बिना बोले चुपचाप नीचे उतर गई। सबसे पहले वह अपनी परिचिता के पास गई। पर वह समझ ही नहीं पा रही थी, कि क्या कहे, कैसे कहे! उसकी मित्र काम करते हुए भी इधर-उधर की बातें कर रही थी—तुम बहुत दुबली दिखाई दे रही हो…पापा कैसे हैं…आदि-आदि।

कुन्ती स्वयं नहीं जानती, उसने क्या कहा, कैसे कहा। बस इतना ही उसे याद है कि वह एक अध्यापिका से और मिली थी, प्रधानाध्यापिका से भी मिली थी। उनसे मिलने के लिए काफी देर तक उसे बाहर प्रतीक्षा करनी पड़ी थी। वह बैठी भी रही थी। उसे याद नहीं कि उसे उनसे कुछ आश्वासन भी मिला था या नहीं। उसे यह भी पता नहीं था कि लौटकर माँ से क्या कहेगी।

नीचे उतरी तो प्यास से उसका गला बुरी तरह सूख रहा था। मई की गर्मी भी कितनी भयंकर होती है! उसने चपरासी से पानी माँगा। उधर से एक भारी-भरकम महिला हँसती हुई पेपर्स का बण्डल लिए गुज़री। कुन्ती को लगा, महिला मिसेज़ नाथ से कितनी मिलती-जुलती है।

चपरासी ने पानी लाकर दिया तो एक साँस में ही वह सारा गिलास खाली कर गई। पता नहीं, जल्दी पीने के कारण या क्यों, उसे बड़े ज़ोर की खाँसी आई। वह खाँसती ही चली गई—खों-खों-खों…यहाँ तक कि उसका मुँह लाल हो गया और

आँखों से पानी निकलने लगा। एक हाथ से छाती दबाए और दूसरे से रूमाल मुँह पर रखे वह गाड़ी की ओर बढ़ी, खाँसी बन्द हुई, पर फिर भी उसके कानों में जैसे वही आवाज़ गूँजती रही—खों-खों-खों···

एकाएक कुन्ती को लगा कि उसकी यह खाँसी, यह खोखली-खोखली आवाज़, पापा की खाँसी से कितनी मिलती-जुलती है···हू-ब-हू वैसी ही तो है !···सहमकर उसने गाड़ी के शीशे में देखा, कहीं उसके चेहरे पर भी तो वैसा कुछ नहीं जो उसके पापा के चेहरे पर···

# तीसरा हिस्सा

शेरा बाबू हवा में मुट्ठियाँ उछाल-उछालकर भन्नाते हुए कमरे में इधर से उधर घूम रहे हैं—"नहीं, अब और नहीं चलेगा। बहुत बर्दाश्त कर लिया मैंने। इन लोगों ने समझ क्या रखा है...."

वास्तव में इनका नाम शेरा बाबू नहीं। 1962 में चुनाव के दौरान इन्होंने एक पाक्षिक पत्रिका निकाली थी। बहुत बड़ा रिस्क लिया था। लगी लगाई नौकरी छोड़ दी। पत्रिका के लिए जमा पूँजी थी, पी० एफ० का थोड़ा-सा पैसा और मित्रों के बड़े-बड़े आश्वासन। पत्रिका क्या थी एकदम आग का गोला। ऐसे बेलाग और दहाड़ते हुए सम्पादकीय लिखे कि दोस्तों और पाठकों ने पीठ थपथपाकर दाद दी, 'वाह रे शेर!' और बस, तब से ही वे शेरा बाबू हो गए।

पर पैसे के अभाव में शेरा बाबू की सारी गर्जना-तर्जना और दहाड़ भी पत्रिका को बारह अंकों से ज़्यादा ज़िन्दा नहीं रख पाई। बन्द हो गई। परिणाम—ढेर-सा कर्ज़!

मित्रों का द्वेष।

पूरे अस्तित्व के टुकड़े-टुकड़े! बीवी की जीभ में छुरी-कैंचियों की पैदाइश बोलती है तो शेरा बाबू को लहू-लुहान करके छोड़ती है।

"ग्यारह बज रहे हैं, अभी तक साहब-ज़ादे का पता नहीं है। आने दो, आज साफ़-साफ़ ही कहूँगा। घर को तो होटल समझ रखा है नालायक ने। सवेरे जो कुछ मिला पेट में ठूँसा और निकल गए मटरगश्ती को। सारे दिन आवारागर्दी करना, रात को देर-सवेर जब भी मन हुआ आ गए टाँग फैलाकर सोने के लिए।....और वे माँ हैं, नौ बजे से ही भैंस जैसी पसरी पड़ी हैं। उन्हें चिन्ता ही नहीं कि सपूत साहब कहाँ कबड्डी खेल रहे हैं।"

गुस्सा शेर बाबू के मन में लावे की तरह खौल रहा है। ठीक है, सारी कोशिशों के बावजूद पत्रिका वे फिर से नहीं निकाल पा रहे हैं। पर इसका यह मतलब तो नहीं कि शेरा बाबू लेबिल के नीचे एकदम गीदड़ी ज़िन्दगी जिएँ। कोई गिनता ही नहीं उनको घर में, जैसे वे मिट्टी का लौंदा हों।

घूम-घूमकर उन्होंने उन सारे वाक्यों को कई बार दोहरा लिया जिनकी बौछार करके आज वे अपने बेटे को पस्त करेंगे। एक बार तो उन्होंने ज़ोर से बोल-बोलकर भी देख लिया। नहीं, आवाज़ में कड़क है। आखिर जाएगी कहाँ? इस आवाज़ के सामने न उसकी टाँगें थरथरा जाएँ तो! और क्षणांश को उनकी आँखों के आगे वह दृश्य कौंध गया जब भरी सभा में उन्होंने नेहरू सरकार की धज्जियाँ बिखेरकर रख दी थीं। क्या

बुलन्दी थी आवाज़ में। अपने को ही भाषण देते देखकर एक हल्की-सी मुग्ध मुस्कान उनके होंठों पर थिरक गई।

कितना लम्बा अर्सा बीत गया। पूरे पन्द्रह साल। उसके बाद से तो बस—गुस्सा, नफरत, हिकारत, धिक्कार सब कुछ मन में ही खदबदाता रहता है।

दरवाज़े पर साइकिल की खड़खड़ाहट सुनकर ही वे चौकस हुए। "आ गया लगता है।" वे तनकर दरवाज़े पर आ खड़े हुए। उनकी मुद्रा देखकर ही वह अपने को सँभाल ले और थोड़ा सहम जाए तो अच्छा है।

पर अँधेरे की वजह से या तो लड़के ने उन्हें देखा ही नहीं या फिर देखने के बाद भी उनके हाव-भाव और तेवर का उस पर कोई असर नहीं हुआ। निहायत लापरवाही से उसने स्टैण्ड नीचे गिराया और साइकिल खड़ी करके सीटी बजाते हुए···

"सुधीर!" अपने हिसाब से उन्होंने आवाज़ को काफी कड़क बनाकर ही कहा। उधर से मौन।

"जानते हो कितने बजे हैं?"

"ग्याऽरहऽ!" झिझक और संकोच का लेश नहीं। एक-एक अक्षर पर ज़ोर और आवाज़ में शेरा बाबू से भी कहीं ज़्यादा कड़क।

हो गई शेरा बाबू की तो ऐसी की तैसी। इतनी बार की दोहराई बातें भीतर ही भीतर गड्डमड्ड होने लगीं और जीभ तो जैसे लटपटाने लगी। फिर भी उन्होंने अपने को समेटा और पूरी हिम्मत के साथ प्रश्न दागा :

"यह टाइम है घर लौटने का?"

"टाइम। अरे घर लौटने के टाइम का नियम तो एमरजेंसी के दौरान भी नहीं बना था। जाइए, जाकर सो रहिए।" और सारी बात से बेअसर वह कमरे में दाखिल हो गया।

लड़के के पैर तो नहीं थरथराए पर गुस्से और आवेश से शेरा बाबू के पैर लड़खड़ाने लगे।

"नालायक···बदतमीज़···हरामी···" एक के बाद एक गालियाँ उभरने लगीं, पर मन में आवाज़ तो जैसे कुन्द हो गई।

"मैं इस स्साले का बाप हूँ। लानत है मुझ पर।"

और उनके सामने अपने बाप की तस्वीर घूम गई। लम्बा-चौड़ा क़द्दावर जिस्म। ऐंठी हुई मूँछें। जब बोलते थे तो आदमी तो क्या, घर की दीवारें भी थरथराने लगती थीं। मजाल है जो उलटकर कोई जवाब दे दे। उनके मुँह से निकली हुई बात, अन्तिम बात। न उसके इधर कुछ हो सकता है, न उधर। घर का नियम ही बन गया था, शाम को जैसे ही वे घर आते तो सबकी ज़बानें अपने-आप कटकर उनकी जेब के हवाले हो जातीं। बस अब केवल सुनो। सवेरे काम पर जाते तो सबकी ज़बानें वापस लगा दी जातीं। अब कुछ देर बोल लो। कई बार बड़ी घुटन होती थी। हुआ करे—पर एक शब्द

तक बोलने की ज़ुर्रत नहीं कर सकता था कोई।

एक स्साला मैं हूँ। बाप होकर भी आप कुछ कह नहीं सकता। एक कहिए दस सुनिए।

बस खुलकर कहने का मौका तो उन्हें तब मिला था, जब उन्होंने पत्रिका निकाली थी। जहाँ कुछ अनुचित देखा, गलत सुना, धज्जियाँ बिखेर कर रख दीं। न किसी का डर, न खौफ।

पत्रिका का ख्याल आते ही वे घर की चहारदीवारी से मुक्त होकर जैसे आसमान में तैरने लगे—व्यापक, विस्तृत। छी, कितनी छोटी बात पर वे दुखी हो रहे हैं। बात अकेले सुधीर की तो नहीं है। आज हर तीसरे घर में एक सुधीर मौजूद है—निष्क्रिय, आवारा और भटका हुआ। कितनी बड़ी समस्या है और वे सुधीर को लेकर बिलबिला रहे हैं। एकाएक दिमाग में कौंधा—कितना मौजूँ विषय है। मौजूँ और महत्त्वपूर्ण। एक पूरा विशेषांक निकाला जा सकता है। और देखते-ही-देखते उनकी आँखों के सामने बड़े-बड़े अक्षरों में लिखा—'दिग्भ्रमित युवा पीढ़ी' कौंध गया।

बेटे के व्यवहार से निर्जीव हो आए शरीर में दिपदिपाते इस शीर्षक ने बिजली की-सी फुर्ती भर दी। लपककर उठे और अपनी अलमारी खोली। पत्रिका के बारह अंकों को जिल्द में बँधवाकर कोई बीस प्रतियाँ उन्होंने बड़े करीने से सजा रखी हैं। एक क्षण वे उन्हें देखते रहे। फिर बड़ी ममता से उन पर हाथ फेरा, सहलाया। इस स्पर्श से ही थोड़ी देर पहले के सारे तनाव ढीले हो गए। एक नया आत्मविश्वास जागा।

नीचे के खाने से एक मोटी-सी फाइल निकालकर वे कुर्सी पर आ गए।

एक पाक्षिक पत्रिका निकालने की पूरी योजना मय बजट के नत्थी की हुई है। कितनी मेहनत से यह योजना उन्होंने तैयार की है। दस साल पहले बजट पैंतालीस हज़ार था, आज एक लाख हो गया। उसके बाद टाइप की हुई एक लम्बी सूची है उन सब नामों की, जिन्होंने कभी आश्वासन दिया था कि पत्रिका निकालने पर वे विज्ञापन देंगे। फिर कुछ विशेषांकों की विस्तृत योजना।

बड़ी अजीबोगरीब स्थितियों में इन विशेषांकों की योजना शेरा बाबू के दिमाग में आई थी। योजना कभी भी बनाई हो, कैसी भी स्थिति में बनाई हो, पर ये विषय कभी पुराने नहीं पड़ेंगे। पहला विशेषांक था :

'देश का नया जन्म ? भ्रष्ट नौकरशाही का अन्त।' बड़े-बड़े अक्षरों में लिखा था।

मन में फिर कुछ रड़कने लगा। तीन साल हो गए पर आज भी सारी बात इस तरह मन में खुदी हुई है जैसे कल ही घटी हो। कितना अपमान किया था उस दिन स्साले मल्होत्रा ने और वह भी, मिस दास के सामने। बिना एक भी शब्द बोले, भीतर ही भीतर सौ-सौ ज़ख्मों का दर्द लिए कैसे वह घिसटते हुए अपनी कुर्सी तक आए थे। हरामी कहीं का। सारे दिन मिस दास की साड़ी में घुसा रहता है। बीवी तो बना नहीं सकता अपनी, उस बारह मन की धोबन के रहते, असिस्टेंट मैनेजर बनाकर बिठा लिया

अपनी गोद में। एक वो मिस दास हैं, पूछो भला, क्या तुम्हारा अनुभव, क्या तुम्हारी लियाकत। डेबिट-क्रेडिट का मतलब तक तो आता नहीं तुमको····अकाउंट्स डिपार्टमेंट की मैनेजरी करने आ गई। पर करना क्या है लियाकत का। ऊँचे ओहदों पर पहुँचने के लिए दो ही लियाकत होनी चाहिए औरत में—बड़े बाप की बेटी, या अफसर संग लेटी।

और फोहश गालियों का फव्वारा छूट पड़ा। सारे भ्रष्ट अफसरों के नाम····उनकी रखेलों के नाम। एक से एक वज़नदार गाली। पर आखिरी गाली शेरा बाबू ने अपने ही नाम दागी। लानत है इस ज़बान पर। लेकिन क्या करे। इन घिनौने और ज़लील लोगों की बात सोचते ही उनकी अपनी ज़बान कैसी ज़लालत में लिपट जाती है। थूऽऽ! ज़बान साफ करने के चक्कर में धड़ाक से थूक कर उन्होंने अपना ही कमरा गन्दा कर दिया।

इस भ्रष्ट नौकरशाही को जड़ से उखाड़ देने की भयंकर ललक और इसे तिल भर भी हिला न पा सकने की मजबूरी के बीच शेरा बाबू का मन कुछ इस तरह ऐंठा कि उन्होंने वह फाइल ही बन्द कर दी।

सामने एक नया कागज़ फैलाया। खाली और साफ। मन को भी सारी कटुता से खाली किया और कलम पकड़कर एक क्षण को आँखें बन्द कीं। लिखने को वे पूजा की तरह पवित्र मानते हैं।

रात दो बजे तक इन्होंने इस नए विशेषांक की विस्तृत योजना बनाई। विभिन्न लेखों के शीर्षक····परिचर्या का विषय····अलग-अलग क्षेत्रों के महारथियों के इस समस्या पर विचार और फिर अपना लम्बा, विचारोत्तेजक सम्पादकीय।

मन में एक गहरा आत्मतोष और शरीर में हल्की-सी थकान लेकर वे सोए तो सारी रात उन्हें सपने ही आते रहे। चारों ओर से लड़के-लड़कियाँ चले आ रहे हैं—थके-हारे, पस्त। धीरे-धीरे सारी भीड़ एक जलूस में बदल गई। संयत और अनुशासित। शेरा बाबू नेतृत्व कर रहे हैं। कहीं से सुधीर आता है, हाथ में पानी का गिलास लिए—'पापा पानी पीजिए, आप थक गए होंगे।'

"जिस आदमी की खोपड़ी पर कोई ज़िम्मेदारी नहीं, वही आठ-आठ बजे तक सो सकता है।" बीवी की लताड़ ने नींद को ही नहीं, शेरा बाबू को ही चीरकर खड़ा कर दिया। आठ बज गए, पता ही नहीं चला।

"मैं जा रही हूँ। महरी तो आज भी नहीं आई। सब्ज़ी बनाकर रख दी है। मुझे देर हो रही है, रोटी खुद सेंक लेना।" और कूल्हे मटकाती हुए वह निकल गई।

अच्छा तमाशा है। जहाँ तीन रोटी अपनी सेंकीं, मेरी भी सेंक सकती थी, पर नहीं सेंकेगी। कमाऊ बीवी को रौब कैसे पिलाए। और इस महरी को भी पता नहीं क्या हुआ है।

जल्दी-जल्दी शेरा बाबू ने अपना निजी काम निपटाया। एक बार बीवी के कमरे

में झाँका—पलंग पर पड़ा अस्तव्यस्त ओढ़ना, बिछौना, आधी कुर्सी और आधी ज़मीन पर फैली बीवी की उतरी हुई साड़ी। कोने में उतरे हुए पजामे के दो गोले। तो सपूत साहब माँ से भी पहले सटक लिए। यह घर है या स्साला घूरा। हज़ार बार कहा कि सवेरे और कुछ नहीं तो अपना कमरा ही थोड़ा ठीक कर लिया करो। पर नहीं, सवेरे तो उन्हें तगण-मगण-भगण का तर्पन जो करना रहता है। पूछो भला—इस तगण-मगण-भगण से किसका कल्याण होने जा रहा है आज? क्यों अपनी और बच्चों की ज़िन्दगी ख़राब करने में लगे हो। पर इन भैंसिया अक्ल वाले हिन्दी के पंडितों को कौन समझाए?

और शेरा बाबू की दुनाली हिन्दी वालों की ओर घूम गई। 'देस स्साला रसातल को जा रहा है, पर इन गधों को कोई चिन्ता नहीं। लगे हुए हैं रासो की जान को। रासो प्रामाणिक है या नहीं? मान लो तुमने प्रामाणिक सिद्ध कर ही दिया तो कौन तुम्हें कलक्टरी मिल जाएगी। जहाँ हो, वहीं सड़ते रहोगे। तुम बस हो ही इस लायक कि दण्ड पेलो और गधों की जमात पैदा करते जाओ।'

समय ने लंगी लगाई तो शेरा बाबू चारों खाने चित। बाप रे, नौ बज गए। उन्होंने दोनों गालों पर चपत लगाई····असली गधे तो शेरा बाबू तुम खुद हो। यह स्साला दिमाग है या चूँ-चूँ का मुरब्बा। अब न खाने का समय न पकाने का। अब भूखे ही दण्ड पेलना आफिस में।

बस में लद-फद कर ऑफिस पहुँचे। वही परिचित चेहरे, परिचित गंध, परिचित माहौल। नया कुछ भी नहीं जो मन को बाँध सके और इसीलिए कुर्सी पर बैठने के थोड़ी देर बाद ही भूख ने सताना शुरू कर दिया। उन्होंने अपने पर ही तरस खाते हुए कहा····शेर-शेर बनकर ही दूसरों को खा जाता है····गीदड़ बनकर तो ससुरा अपने को ही खाएगा।

तभी जगत दिखाई पड़ गया—ऑफिस का चपरासी। पाँच-छः दिन से नहीं आ रहा था।

"अरे जगत, कैसे हो भइया?" बड़ी आत्मीयता से उन्होंने पूछा।

"बुखार तो टूट गया पर कमज़ोरी बड़ी है!" जगत सामने हाथ जोड़कर खड़ा हो गया।

"तो और दो दिन आराम करके आते।" उन्होंने स्नेह से जगत के जुड़े हुए हाथ अपने हाथ में ले लिए।

"अरे साब, यों ही दो दिन की छुट्टी ज़्यादा हो गई है। हम लोगों के लिए क्या काम, क्या आराम! बस पेट में दो जून डालने के लिए रोटी का जुगाड़ हो जाए, यही सबसे बड़ा आराम है साब!"

"जानते हो, मैं परसों तुम्हारे घर की तरफ गया, सोचा, देख आऊँ कैसे हो? पर तुम्हारा घर ही नहीं मिला।"

कृतज्ञता के मारे जगत की आँखों में तराइयाँ आ गईं। "अरे आपने बेकार में तकलीफ की साब।"

पर तभी चारों ओर से जगत पर तरह-तरह के आदेशों की मार पड़ने लगी और वह दौड़ पड़ा।

कोई इतनी-सी बात भी नहीं सोचेगा कि बेचारा बीमारी से उठकर आया है तो थोड़ा-सा ख्याल ही रख लें। ये घिस्सू क्लर्क। चपरासियों को पेल-पेलकर ही तो इन्हें कुर्सी पर बैठने का अहसास होता है। अफसरों से झड़ो, चपरासियों को झाड़ो। शेरा बाबू का तो तजुर्बा है कि इस तबके के आदमी को तुम बस आदमी समझो, बदले में ये तुम्हें खुदा समझेंगे।

पर शेरा बाबू के तजुर्बे का कोई मोल रह गया है आजकल। टके को नहीं पूछता कोई। सब उन्हें सिनिक कहते हैं, कहो! इस चहुँ-तरफे सड़ाँध के देखकर हर समय जिसके दिमाग की नसें फटती रहती हों, खून खौलता रहता हो, वह सिनिक तो हो ही जाएगा।

जो ज़िन्दा है, वही सिनिक है। एकाएक उनके मन में उभरा और अपनी इस उक्ति पर वे खुद मुग्ध हो गए। वाह रे शेरा, क्या दिमाग पाया है···कुछ उपयोग कर पाता इस दिमाग का तो बात भी थी, वरना तो भेजे के भीतर ही स्साले का सिरका बन रहा है।

शाम को ऑफिस से निकलकर वे सीधे लाइब्रेरी पहुँचे। उनकी दिनचर्या का सबसे सुखद समय। अखबार और पत्रिकाएँ पढ़ने के बाद थोड़ी देर मिश्राजी से गप्प कर लेते हैं। दिन-भर ऑफिस में बैठकर छाती में धुआँ-सा भर जाता है। किसी के सामने निकाल लें तो जी हल्का हो जाता है, वरना घर··· । उन्होंने दिमाग से घर को परे सरकाया और एक साप्ताहिक खोल लिया।

'जनता पार्टी के मंत्रियों की तस्वीरें···उनकी जीवनियाँ···उनके इंटरव्यूज़···उनकी प्रशंसा···प्रशस्ति···'

"लानत है स्साले इन सम्पादकों पर। दोगले और बेपेंदी के। अच्छा है बेटा, तुम यही करो। जो शक्तिस्थान पर बैठा है उसके चरण चापो और अपनी सात पुश्तों को तार लेने का सिलसिला बिठा लो। अरे, कम से कम कुछ करके चरण थकने तो देते इनके, फिर चाँपते। पर इतना सबर किसको? लेखक, सम्पादक, अध्यापक, सबके सब चले जा रहे हैं लाइन लगाकर। जय कुर्सी मैया। यह तो शेरा बाबू ही स्साला उल्लू का पट्ठा है जो सिद्धान्तों की दुम पकड़े-पकड़े सबका लतियाव सहता रहता है। एक दिन ऐसे ही दफा भी हो जाएगा···कोई दो आँसू बहाने भी नहीं आएगा।

सौ-सौ धिक्कार फूटने लगे इन गिरगिटए चरण-चाँपियों पर। "अरे शेरा बाबू, आप कब आकर बैठ गए। मैं तो आपके लिए जेब में खुशखबरी लिए घूम रहा हूँ।"

शेरा बाबू को देखकर लाइब्रेरियन मिश्रा अपने कठघरे में से बाहर निकल आया।

'खुशखबरी ?' शेरा बाबू के लिए तो यह शब्द ही अपरिचित हो उठा है।

"गुप्ताजी का जवाब आ गया। अगले महीने वे खुद भी आने वाले हैं।" और मिश्राजी ने एक चिट्ठी शेरा बाबू के सामने फैला दी—"इनके साथ अगर बात बन गई तो जैसा आप चाहते हैं, वह हो जाएगा।"

चिट्ठी पढ़ते-पढ़ते शेरा बाबू के हाथ काँपने लगे।

"आप कल ही अपनी योजना मय-बजट इनके पास भेज दीजिए। आने से पहले वे भी एक-दो लोगों को देख-दिखा लें। वैसे आदमी बहुत खरे हैं गुप्ताजी।"

घर लौटे तो पैदल चलते हुए ही उन्हें लग रहा था जैसे मोटर पर सवार हैं। फाइल में नत्थी किए हुए विशेषांक छप-छपकर उनके आगे-पीछे तैरने लगे। एक विशेषांक और उसकी होने वाली प्रतिक्रिया के सैकड़ों दृश्य उनकी आँखों के सामने गुज़रने लगे। एकाएक ही उन्हें लगा जैसे वे कुछ विशिष्ट हो गए हैं····कुछ ऊपर उठ गए हैं····ज़मीन से डेढ़-इंच ऊपर।

घर में घुसते ही देखा—चिल्ल-पों। बीवी अपनी धाड़-फाड़ आवाज़ में महरी पर जुटी हुई थीं और वह सफाई पेश कर रही थी "····क्या करती बीबीजी, घर का एक-एक आदमी बीमार। मरे इस मलेरिया ने छोड़ा भी है किसी को इस बार ?"

"ठीक है, मलेरिया ने नहीं छोड़ा तो मैं भी नहीं छोड़ने की इस बार ?" आठ नागा हुई हैं इस महीने में, तनख्वाह कटेगी। यहाँ भी कोई मुफ्त का····"

"क्या कोहराम मचा रखा है घर में ?" डेढ़ इंच ऊपर से ही शेरा बाबू ललकारे।

बीवी ने बड़ी पैनी नज़रों से शेरा बाबू के इस तेवर को देखा।

"ठीक तो है। बीमारी तो किसी के बस की नहीं। इसके लिए पैसा काटना कोई इन्सानियत है····"

"एऽहेंऽ। चार सौ रुपल्ली पाने वाला आदमी पहले खुद तो इन्सान बनकर दिखा दें···इन्सानियत की बातें करेंगे····" शटाक् से छुरी चली और शेरा बाबू टुकड़े-टुकड़े होकर धड़ाम से ज़मीन पर।

"यहाँ काम करते-करते हड्डियाँ चटक गईं और ये ऑफिस के बाद मटरगश्ती करके आए हैं इन्सानियत का पाठ पढ़ाने। ऐसे निखद्द····"

और फिर छुरी-कैंची का एल० पी० चला तो शेरा बाबू की धज्जी-धज्जी बिखेर कर रख दी।

हवा निकले गुब्बारे की तरह किसी तरह अपना किरचा-किरचा समेटकर भीतर आए और धम्म से कुर्सी पर बैठ गए।

"ये स्साली बीवी है। बीवी और औरत के नाम पर कैसी-कैसी लफ्फाज़ियाँ झाड़ रखी हैं—सब बकवास। एक वो प्रसादजी हो गए····ऐसी एक भी घुड़की खा लेते तो सारी श्रद्धा-वद्धा पीछे के रास्ते निकल जाती।"

कोई विश्वास करेगा कि शा़दी के बाद यही औरत कैसे आगे-पीछे घूमा करती थी उनके। शेरा बाबू की छोटी-सी इच्छा सीधा आदेश बन जाती थी इसके लिए। पहली तारीख को हज़ार रुपए पकड़ाते थे और वह हज़ार जान से कुर्बान रहती थी उन पर। कर्ज़ा न चुका पाने के कारण जब कुर्की आई तो बिना चेहरे पर शिकन लाए अपना दस तोले का सतलड़ा हार निकालकर दे दिया था। हालाँकि वह हार उनके पिताजी का ही दिया हुआ था, फिर भी शेरा बाबू तो एकदम बिक गए। यह तो बाद में मालूम पड़ा कि शेरा बाबू को खरीदने के लिए ही उसने यह हार दिया था। उसके बाद शेरा बाबू—बीवी के ज़रखरीद गुलाम।

सचमुच अपने व्यक्तित्व के एक हिस्से पर उन्होंने 'सोल्ड' की चिप्पी लगाई और बीवी के हाथों में सौंप दिया—ले घिस, छील, काट····

वितृष्णा का ज्वार कुछ ऐसे ज़ोर से उमड़ा कि ऊपर से नीचे तक सराबोर। दो-तीन डुबकियाँ लगाकर ऊपर आए तो एकदम दार्शनिकी मुद्रा में।

'कुऽऽच्छ नहीं····सब बेकार। कोई किसी का नहीं—न बीवी, न बच्चे। सब मन भरमाने के चोंचले हैं।"

अभी कुछ देर पहले मिश्रा की बात से जिस उत्साह और उमंग के पंख लगाकर वे उड़ते हुए घर आए थे, वे भी झाड़कर फेंक दिए।

नहीं, कुछ नहीं होगा। पहले की अनेक बातों की तरह यह बात भी ढिस्स होकर रह जाएगी। जब-जब कहीं से जरा-सी बात का सुराग भी मिला है····किसी ने कोई आश्वासन दिया है····उन्होंने ज़मीन-आसमान एक कर दिया है। महीनों भाग-दौड़ की कि बात बन जाए····हफ्तों सपने देखे कि बात जमने पर वे क्या-क्या करेंगे।

पर हुआ कुछ आज तक?

एक वो पटेल साहब आए थे। उनको पत्रिका की पॉलिसी समझाओ····उद्देश्य समझाओ टेक की तरह बस एक बात दोहराते थे—"यह तो ठीक है जी, पर इसका व्यावसायिक पक्ष तो समझाओ। हम व्यापारी आदमी ठहरे, वहीं पैसा लगाएँगे जहाँ दो की जगह चार होकर मिलें।"

"बैठ स्साले सट्टे बाज़ार में। व्यापारी की····" सँभलते-सँभलते भी एक मोटी-सी गाली उनके दार्शनिक चोले में से फूटकर बाहर आ ही गई।

एक वो पनिकर साहब। "देखिए मिस्टर शेरा बाबू, आपकी बोल्डनेस ने हमें एकदम फ्लैट कर दिया। ऐसी ही बोल्डनेस हम चाहते हैं। पैसा भी इतनी बड़ी प्रॉब्लम नहीं होगा। बस एक बात है····मैगज़ीन में आपको पार्टी का लैंस ज़रूर लगाना होगा। हर चीज़ पार्टी के एंगिल से आए।"

"शेरा बाबू से बात कर रहा है पार्टी के एंगिल की। लैंस लगा लेअपने पैंदे में। रोज़ सवेरे पेट साफ करने के बाद देखा करना कि कीड़े कितने बढ़ गए कि दिमाग तक झड़ गया स्साले का।"

शेरा बाबू को समझौता ही करना होता या किसी के आदेश पर ही चलना होता तो अखबारी नौकरियों की कमी थी उस समय कोई। पत्रिका बन्द होते ही आफर आए थे उनके पास। पर नहीं, उन्होंने ढाई सौ रुपल्ली की नौकरी चुनी। नौकरी थी गीदड़ की और उन्होंने शेरा बाबू वाले तेवर में शुरू की। शुरू-शुरू के दिन थे। अपने को मारने में समय तो लगता है न। हो गई एक दिन सेक्रेटरी से झड़प। स्साले की ऐसी की तैसी कर दी। आज भी शेरा बाबू को याद है, उसने बिना आदेश के पत्थर जैसी जमी हुई कठोर आवाज़ में कहा था—"गेट आउट ऑफ दी रूम।" और दूसरे दिन ही ऑफिस से भी गेट आउट होने का नोटिस थमा दिया गया था उन्हें।

तब उन्होंने अपने एक हिस्से को मारकर, घिस-घिस कर गैंडे की खाल चढ़ाकर नौकरी के लिए तैयार कर लिया। जब नई नौकरी की तो इस हिस्से को मल्होत्रा को सौंप दिया था—मार, पीट, छील।

उसके बाद की ज़िन्दगी—ज़लालत का इतिहास।

उन्होंने बीवी से समझौता कर लिया····नौकरी से समझौता कर लिया। पर पत्रिका। नहीं, वहाँ वे कोई समझौता नहीं करेंगे—किसी भी कीमत पर नहीं। एक यही तो जगह है जहाँ वे शेरा बाबू होकर जी सकते हैं। यहीं तो खुलकर अपनी बात कहने की आस रख सकते हैं। डटकर विरोध करने का हौसला रखते हैं····बड़े-से-बड़े की धज्जियाँ बिखेरने का साहस रखते हैं। यहाँ वे शेरा बाबू होकर ही जिएँगे····शेरा बाबू होकर ही लिखेंगे। इस एक-तिहाई हिस्से को लेकर ही तो लगता है कि वे भी ज़िन्दा हैं, इतना सब होने पर भी अपने पूरे वजूद के साथ ज़िन्दा हैं। वरना तो इस ज़िन्दगी में रह ही क्या गया है।

भावुकता और आवेश के मारे उनका सारा बदन जैसे थरथराने लगा। हर किसी के नाम फूटती गालियों की बौछार न जाने कहाँ बिला गई। थोड़ी देर पहले की दार्शनिक मुद्रा पर कुछ-कुछ आध्यात्मिक पवित्रता का-सा लेप चढ़ गया और वे सिद्धावस्था को पहुँच गए। पर भूखे पेट बहुत देर तक सिद्धावस्था में भी तो नहीं रहा जा सकता। सो जल्दी ही नीचे उतर आए।

ख्याल आया, आज सवेरे भी तो कुछ नहीं खाया था। पर अभी तो तुरंत की खाई हुई चोट से खून रिसना भी बन्द नहीं हुआ है। कैसे खाने पहुँच जाएँ। ठीक है आज वे नहीं खाएँगे। जहाँ मन को इतना मारा, वहाँ पेट को भी मार सकते हैं। पर पेट स्साला बवंडर कुछ ज़्यादा ही मचाता है। अँतड़ियाँ कैसी कुलबुला रही हैं। यह कुलबुलाहट दिमाग को भी ऐंठने लगी। उन्होंने कसकर अपने दोनों गालों को चपतियाया।

कुछ नहीं शेरा बाबू, तुमसे कुछ नहीं होने का। यह पत्रिका की बात दिमाग को स्साले आसमान पर ले जाकर बिठा देती है। भूल ही जाते हो कि खड़ा तो ज़मीन पर होना है। और जब औंधे मुँह गिरते हो तो इसी तरह लहू-लुहान। पकड़ो कान और खाओ कसम कि पत्रिका की बात सोचना भी छोड़ दोगे। ज़मीन पर रहोगे तो ज़मीन की

ज़िन्दगी जिओगे। अपने दिमागी फितूर छोड़ो और अपने वजूद का तीसरा हिस्सा ज़मीन के ही नाम लिख दो। यह रस्समकश ही खत्म हो।

और भूखे पेट में कसम के दो कौर डालकर शेरा बाबू अपनी खटिया पर लेट गए, लेटे रहे····लेटे रहे। कभी इस करवट, कभी उस करवट। पता नहीं पेट की कुलबुलाहट थी या कि गुप्ताजी के पत्र की पंक्तियाँ कि नींद ही नहीं आ रही थी। मन के चारों ओर अच्छी तरह नाकेबन्दी करने के बावजूद गुप्ताजी के पत्र की पंक्तियाँ सपनों के छोटे-छोटे टुकड़ों के रूप में लपक-लपक उनकी आँखों के सामने कौंध जातीं। तब वे हताश से, सफाई देते हुए जैसे अपने को ही समझाते····क्या हर्ज है, जीने का एक बहाना ही मिल जाता है।

आज शनिवार है। ऑफिस एक बजे बन्द हो जाएगा। पर मल्होत्रा साहब की इच्छा है कि चार बजे सब लोग यहीं इकट्ठा हों। कारण—मंत्री महोदय के निवास-स्थान पर जाकर उन्हें जन्मदिन की बधाई देना। मल्होत्रा साहब की इच्छा है यानी बाकी सब लोगों के लिए आदेश। ऐसा आदेश जिसे टालना जुर्म है। भारी जुर्म····माफी के परे का जुर्म।

मल्होत्रा साहब आते ही मिस दास को लेकर बुके और फूलमालाओं का ऑर्डर देने निकल गए। मंत्री महोदय के चरणों में अर्पित होने वाला बुके बहुत नफीस होना चाहिए। नफीस और लाजवाब। वे कलम-घिस्सू क्लर्क नफासत क्या समझें! इसलिए आफिस की सबसे नफीस चीज़ को बगल में बिठाकर खुद गए हैं।

उनके जाते ही कलम-घिस्सू क्लर्क जीभ-घिस्सू हो गए। बढ़ते दामों से लेकर जनता पार्टी, कांग्रेस सबका ही तर्पण कर डाला। वही नंगी भाषा—वही ज़हर घुले वाक्य। भारी-भरकम गालियों के कन्धे पर चढ़ा दो-तीन बार मल्होत्रा का जनाज़ा भी निकाल डाला। सबसे बड़ा गम तो इस बात का कि इस मंत्री के चक्कर में आधे दिन की छुट्टी की छुट्टी हो गई।

काम कर रहा है तो केवल तापस। कोई दस दिन पहले ही दूसरे विभाग से बदली होकर आया है। शेरा बाबू की मेज़ पर बैठता है। दुबला-पतला निरीह-सा बंगाली लड़का। बुझा हुआ चेहरा। मल्होत्रा के केबिन में जाएगा तो पैर थरथराते रहते हैं····लौटता है तो आँखें छलछलाई रहती हैं। लगता है जैसे किसी बहुत अपने को दफन कर आ रहा हो। शेरा बाबू को पहले ही दिन से इस लड़के से कुछ ममता-सी हो गई है। वरना आज तक जगत के सिवाय उनका और किसी से तालमेल ही नहीं बैठा। इसे देखकर जब-तब दिमाग में सुधीर टकराता रहता है। पर अजीब बात है—सुधीर की आवारागर्दी और गैर-ज़िम्मेदारी को लेकर जितना गुस्सा उनके मन में है····तापस को देखकर वह सब छँट जाता है। केवल छँटता ही नहीं, एक सुकून-सा मिलता है। इस कुर्सी पर बैठने से तो आवारागर्दी करना कहीं ज़्यादा अच्छा है।

खटाक से जैसे माइक पर बजते रिकार्ड का स्विच किसी ने बन्द कर दिया हो।

यहाँ से वहाँ तक सुई-पटक सन्नाटा। साहब केबिन में—सबके सिर फाइलों में।

थोड़ी देर में ही जगत ने फरमान पेश किया—"तापस बाबू, बड़े साहब।"

बड़ी कातर-सी नज़र शेरा बाबू पर डालकर तापस जगत के पीछे घिसट लिया। शेरा बाबू भीतर की आहट लेने को एकदम चौकस होकर बैठ गए।

थोड़ी देर तक भीतर चुप्पी रही फिर एक गुर्राहट।

"पढ़ लिया अपना लिखा नोट ?"

एक अस्पष्ट-सी रिरियाहट।

"तीन दिन के बाद ये नोट तैयार किया है तुमने ?" लानत में लिपटा एक प्रश्न।

रिरियाहट में अब रुआँसापन भी मिल गया।

"नो आर्ग्यूमेंटस।····गो !" एक दहाड़ती हुई दुत्कार।

चुप्पी।

"लाइनों को पढ़ लेना ही पढ़ना नहीं होता। बिटविन दी लाइन्स भी कुछ पढ़ा जाता है, समझे ! जाओ, जाकर शुक्ला से गाइड-लाइन लो और फिर से नोट तैयार करो।"—धिक्कार-भरा आदेश।

दरवाज़ा खोलकर तापस ने पहला कदम बाहर किया ही होगा कि, "तापस, तुम इस तरह घिसट-घिसटकर क्यों चलते हो ? जब देखो ऐसी मुहर्रमी सूरत बनाकर रहते हो ? और सुनो, शाम को ठीक से ड्रेस होकर आना····यों पसीने में चिपचिपाते हुए नहीं। यंगमैन हो····बी स्मार्ट····बी ब्राइट····"—उद्‌बोधन।

शेरा बाबू के भीतर कुछ खौलने लगा। स्मार्टनैस के बच्चे, उपदेश झाड़ रहा है। मोटर-बँगले के साथ तीन हज़ार पाकेट में डाल दे और एअर कंडिशंड कमरे में बिठा दे फिर देख अंग-अंग से कैसी स्मार्टनैस टपकती है। ढाई सौ रुपल्ली में तो पसीना ही टपकेगा। स्साला बिटविन दी लाइन समझा रहा है। अरे, तेरे बिटविन दी लेग्ज जो हैं, वह भी समझ में आता है····खूब समझ में आता है। सीधे से क्यों नहीं कहता कि निगम आकर हलक के नीचे उतर गया है नोटों का बंडल। ठीक है, कौन हमारे बाप की जेब से कुछ जाता है। करो लीपा-पोती। पर उस गरीब को क्यों धुनक दिया नाहक ही।"

तापस घिसटता हुआ आकर धीरे से बैठ गया। वही पनियाली आँखें····लगा अब रोया, तब रोया।

"शेरा बाबू, हमने बहुत ध्यान से सारा फाइल स्टडी किया था····बहुत मेहनत करके नोट तैयार किया था····आपको भी तो दिखाया था।"

शेरा बाबू ने दिलासा देते हुए कन्धा थपथपाया—"अरे, कोई बात नहीं तुम शुक्ला के पास चले जाओ। वह गाइड-लाइन नहीं, लिखा-लिखाया नोट ही तुम्हें दे देगा। बस, लाकर टाइप करो और लगा दो।

तापस उठा तो मन-ही-मन उभरा—शुक्ला स्साला मल्होत्रा की मींगनी। हिकारत से उन्होंने वेस्ट-पेपर बास्केट में ही थूक दिया।

एक बजे ऑफिस से निकल शेरा बाबू लाइब्रेरी चले आए। घर आना-जाना यानी दो घण्टे की बरबादी। यों भी कोई तुक नहीं था घर जाने का।

मिश्रा देखते ही चिल्लाया—"अरे शेरा बाबू, दो दिन से आप आए ही नहीं। मैं तो आपके घर आने वाला था।"

शेरा बाबू सीधे मिश्रा के कठघरे में ही घुस गए।

"गुप्ताजी की चिट्ठी आई है। चिट्ठी नहीं, बस समझ लीजिए पत्रिका शुरू करने का आदेश। आपके भेजे हुए प्रोजेक्ट को उन्होंने एकदम पास कर दिया। अगले सप्ताह वे खुद आ रहे हैं। सारी बात को अन्तिम रूप देने के लिए।"

पत्र पढ़कर शेरा बाबू के रोम-रोम में जैसे भूचाल-सा उठ पड़ा समझ ही नहीं पा रहे थे कि इस आवेग को कैसे सँभालें। मिश्रा पर ही एक के बाद एक प्रश्नों की बौछार कर दी।

काम में डूबा मिश्रा इस बिन बादल की बौछार से हड़बड़ा गया। कन्नी काटते हुए बोला—"गुप्ताजी आएँ, तब सब बात हो ही जाएगी। इस समय मैं ज़रा इन किताबों को दर्ज कर लूँ।"

"हाँ⋯हाँ, ठीक तो है⋯" अपने आवेग को अपने में ही समेटे वे बाहर निकल आए। बाहर लॉन में पेड़ के नीचे पड़ी बेंच पर लेट गए। उन्हें लगा इस समय शायद शरीर की निष्क्रियता से ही मन की सक्रियता को झेला जा सकता है।

गुप्ताजी को योजना भेजने के बाद उन्होंने दोनों हाथों से दबोचकर अपने भीतर के शेखचिल्ली को चित कर दिया था और खुद उस पर चढ़े थे। नहीं, वे बिल्कुल नहीं सोचेंगे पत्रिका की बात।

पर इस समय⋯लग रहा है कि वे खुद चारों खाने चित पड़े और भीतर का शेखचिल्ली उन पर चढ़ बैठा है⋯पूरे आवेग और आक्रोश के साथ।

इस मल्होत्रा की तो ऐसी की तैसी करके रख दूँगा। स्साले के इतने घपले हैं कि बँधा-बँधा फिरेगा। सबके प्रमाण जुटाकर निकलूँगा यहाँ से, फिर बड़े-बड़े अक्षरों में⋯

"घिघियाता हुआ आएगा तो उतनी ही धाँसू आवाज़ में—"गेट आउट ऑफ दी रूम।"

सौ सुनार की, एक लुहार की। तेरे पत्तों से ही तेरा हिसाब साफ।

फिर तो पूरी रेलगाड़ी चल पड़ी—सम्पादक, नेता, मंत्री, भ्रष्टाचार, बढ़ती महँगाई, पिसती जनता⋯नई सरकार⋯

और तब उन्होंने अपने पर अंकुश लगाया⋯बस करो शेरा बाबू, बस करो⋯

घड़ी देखी तो पौने चार। लो इतनी देर से लन्तरानियाँ ही झाड़ रहे हैं। चार बजे ऑफिस पहुँचना है। पर मल्होत्रा और उस सारे माहौल का ख्याल आते ही मन में भारी कोफ्त उठी⋯कौन जाए स्साले उन जनखों की टोली में। मन्त्री महोदय के सामने तालियाँ बजा-बजाकर नाचना ही तो है। ऐसी की तैसी।

वे उठे। हिकारत के साथ उन्होंने अपने दो-तिहाई हिस्से को बेंच पर ही छोड़ दिया और बड़ी एहतियात के साथ अपने एक-तिहाई हिस्से को पुचकारा, सहलाया, समेटा और चल पड़े। इन दो-तिहाई हिस्सों के चक्कर में कितना अजनबी हो उठा है उनका यह एक तिहाई हिस्सा।

एक बार पत्रिका जम गई तो बीवी से नौकरी छुड़वा दूँगा। असल में पैसे और काम की मार ने ही उसका मिज़ाज खराब कर दिया है। वह भी क्या करे बेचारी····वरना पहले तो····

हाँ, कहीं तापस मिल जाता तो उसे पूरी तरह आश्वस्त कर देते। आज बहुत झुलस गया बेचारा। दूसरे काइयाँ क्लर्कों की तरह अभी गेंडे की खाल नहीं चढ़ी है उस मासूम के····भीतर तक थरथरा जाता है। नहीं-नहीं, और परेशान होने की ज़रूरत नहीं है। बहुत जल्दी ही वे उसे इस सड़ाँध से मुक्त कर देंगे। मेहनती और ईमानदार बच्चा है····प्यार मिलेगा तो कुछ कर दिखाएगा।

उनके सामने तापस का बुझा हुआ मुर्झाया चेहरा घूम गया और उन्होंने कुछ ऊँचाई से उसके सिर पर अपना वरद हस्त रख दिया।

पर अब कहाँ जाएँ? एकाएक ख्याल आया, जगत के घर चलना चाहिए। उस दिन उसने पता दिया था। देखते ही चौंक जाएगा····अरे साब आप यहाँ? आप लोगों को तो मंत्री महोदय के····

उसे भी कह ही दें कि अब सवेरे से शाम तक एक पैर पर नाचने की और बात-बात पर फटकार खाने की ज़रूरत नहीं है। पहली नियुक्ति वे जगत की ही करेंगे। बेचारा कितना ख्याल रखता है—कितना आदर करता है। एक बार वे कोई काम कह दें तो मल्होत्रा साहब की बात भी अनसुनी कर देता है, फिर चाहे उनकी झिड़कियाँ ही खाता रहे।

अब शेरा बाबू के साथ काम करके देखे कि काम करना क्या होता है। अच्छी तनख्वाह, काम की सब सुविधा और सबसे बड़ी बात इन्सानियत का व्यवहार। यहाँ तो बहुत दुखी रहता है बेचारा।

शेरा बाबू के ये आश्वासन तापस और जगत तक तो नहीं पहुँचे पर इनसे वे खुद कहीं बहुत आश्वस्त हो आए।

# त्रिशंकु

"घर की चहारदीवारी आदमी को सुरक्षा देती है, पर साथ ही उसे एक सीमा में बाँधती भी है। स्कूल-कॉलेज जहाँ व्यक्ति के मस्तिष्क का विकास करते हैं, वहीं नियन-कायदे और अनुशासन के नाम पर उसके व्यक्तित्व को कुंठित भी करते हैं···बात यह है बंधु, कि हर बात का विरोध उसके भीतर ही रहता है।"

ये सब मैं किसी किताब के उदाहरण नहीं पेश कर रही। ऐसी भारी-भरकम किताबें पढ़ने का तो मेरा बूता ही नहीं। ये तो उन बातों और बहसों के टुकड़े हैं जो रात-दिन हमारे घर में हुआ करती हैं। हमारा घर, यानी बुद्धिजीवियों का अखाड़ा। यहाँ सिगरेट के धुएँ और कॉफी के प्यालों के बीच बातों के बड़े-बड़े तूमार बाँधे जाते हैं···बड़ी-बड़ी शाब्दिक क्रान्तियाँ की जाती हैं। इस घर में काम कम और बातें ज्यादा होती हैं। मैंने कहीं पढ़ा तो नहीं, पर अपने घर से यह लगता ज़रूर है कि बुद्धिजीवियों के लिए काम करना शायद वर्जित है। मातुश्री अपनी तीन घण्टे की तफरीहनुमा नौकरी बजाने के बाद मुक्त। थोड़ा बहुत पढ़ने-लिखने के बाद जो समय बचता है वह या तो बात-बहस में जाता है या फिर लेट लगाने में। उनका ख्याल है कि शरीर के निष्क्रिय होते ही मन-मस्तिष्क सक्रिय हो उठते हैं और वे दिन के चौबीस घण्टों में से बारह घण्टे अपना मन-मस्तिष्क ही सक्रिय बनाए रखती हैं। पिताश्री और भी दो क़दम आगे! उनका बस चले तो वे नहाएँ भी अपनी मेज़ पर ही।

जिस बात की हमारे यहाँ सबसे अधिक कताई होती है, वह है—आधुनिकता! पर ज़रा ठहरिए, आप आधुनिकता का गलत अर्थ मत लगाइए। यह बाल कटाने और छुरी-काँटे से खाने वाली आधुनिकता कतई नहीं है। यह है ठेठ बुद्धिजीवियों की आधुनिकता। यह क्या होती है सो तो ठीक-ठीक मैं भी नहीं जानती—पर हाँ, इसमें लीक छोड़ने की बात बहुत सुनाई देती है। आप लीक को दुलत्ती झाड़ते आइए, सिर-आँखों पर लीक से चिपककर आइए, दुलत्ती खाइए।

बहसों में यों तो दुनिया-जहान के विषय पीसे जाते हैं पर एक विषय शायद सब लोगों का बहुत प्रिय है और वह है शादी। शादी यानी बर्बादी। हल्के-फुल्के ढंग से शुरू हुई बात एकदम बौद्धिक स्तर पर चली जाती है—विवाह-संस्था एकदम खोखली हो चुकी है···पति-पत्नी का सम्बन्ध बड़ा नकली और ऊपर से थोपा हुआ है···और फिर धुआँधार ढंग से विवाह की धज्जियाँ उड़ाई जाती हैं। इस बहस में अक्सर स्त्रियाँ एक तरफ हो जातीं और पुरुष एक तरफ। और बहस का माहौल कुछ ऐसा गरम हो जाया करता कि मुझे पूरा विश्वास हो जाता कि अब ज़रूर एक-दो लोग तलाक दे बैठेंगे। पर

मैंने देखा कि ऐसा कोई हादसा कभी नहीं हुआ। सारे ही मित्र लोग अपने-अपने ब्याह को खूब अच्छी तरह तह-समेटकर, उस पर जमकर आसन मारे बैठे हैं। हाँ, बहस की रफ्तार और टोन आज भी वही है।

अब सोचिए, ब्याह को कोसेंगे तो फ्री-लव और फ्री-सेक्स को तो पोसना ही पड़ेगा। इसमें पुरुष लोग उछल-उछलकर आगे रहते—कुछ इस भाव से मानो बात करते ही इसका आधा सुख तो वे ले ही लेंगे। पापा खुद बड़े समर्थक! पर हुआ यों कि घर में हमेशा चुप-चुप रहने वाली दूर-दराज़ की एक दिदिया ने बिना कभी इन बहसों में भाग लिए ही इस पर पूरी तरह अमल कर डाला तो पाया कि सारी आधुनिकता अऽऽऽधम्! वह तो फिर ममी ने बड़े सहज ढंग से सारी बात को सँभाला और निरर्थक विवाह के बंधन में बाँधकर दिदिया का जीवन सार्थक किया हालाँकि यह बात बहुत पुरानी है और मैंने तो बड़ी दबी-ढकी ज़ुबान से इसका ज़िक्र ही सुना है।

वैसे पापा-ममी का भी प्रेम विवाह हुआ था। यों यह बात बिल्कुल दूसरी है कि होश सँभालने के बाद मैंने उन्हें प्रेम करते नहीं केवल बहस करते ही देखा है। विवाह के पहले अपने इस निर्णय पर ममी को नाना से भी बहुन बहस करनी पड़ी थी और बहस का यह दौर बहुत लम्बा भी चला था शायद। इसके बावजूद यह बहस-विवाह नहीं, प्रेम-विवाह ही है, जिसका ज़िक्र ममी बड़े गर्व से किया करती हैं। गर्व विवाह को लेकर नहीं, पर इस बात को लेकर है कि किस प्रकार उन्होंने नाना से मोर्चा लिया। अपने और नाना के बीच हुए संवादों को वे इतनी बार दोहरा चुकी हैं कि मुझे वे कंठस्थ-से हो गए हैं। आज भी जब वे उसकी चर्चा करती हैं तो लीक से हटकर कुछ करने का संतोष उनके चेहरे पर झलक उठता है।

बस, ऐसे ही घर में मैं पल रही हूँ—बड़े मुक्त और स्वच्छन्द ढंग से। और पलते-पलते एक दिन अचानक बड़ी हो गई। बड़े होने का यह अहसास मेरे अपने भीतर से इतना नहीं फूटा, जितना बाहर से। इसके साथ भी एक दिलचस्प घटना जुड़ी हुई है। हुआ यों कि घर के ठीक सामने एक बरसाती है—एक कमरा और उसके सामने फैली छत। उसमें हर साल दो-तीन विद्यार्थी आकर रहते⋯छत पर घूम-घूमकर पढ़ते, पर कभी ध्यान ही नहीं गया। शायद ध्यान जाने जैसी मेरी उम्र ही नहीं थी। इस बार देखा, वहाँ दो लड़के आए हैं। थे तो वे दो ही, पर शाम तक उनके मित्रों का एक अच्छा-खासा जमघट हो जाता और सारी छत ही नहीं, सारा मोहल्ला तक गुलज़ार! हँसी-मज़ाक, गाना-बजाना और आसपास की जो भी लड़कियाँ उनकी नज़र के दायरे में आ जातीं, उन पर चुटीली फब्तियाँ। पर उनकी नज़रों का असली केन्द्र हमारा घर⋯और स्पष्ट कहूँ तो मैं ही थी। बरामदे में निकलकर मैं कुछ भी करूँ, उधर से एक न एक रिमार्क हवा में उछलता हुआ टपकता और मैं भीतर तक थरथरा उठती। मुझे पहली बार लगा कि मैं हूँ⋯और केवल हूँ ही नहीं⋯किसी के आकर्षण का केन्द्र हूँ। ईमानदारी से कहूँ तो अपने होने का यह पहला अहसास बड़ा रोमांचक लगा और अपनी ही नज़रों में मैं नयी

हो उठी····नयी और बड़ी !

अजीब-सी स्थिति थी। जब वे फब्तियाँ कसते तो मैं गुस्से से भन्ना जाती—हालाँकि उनकी फब्तियों में अशिष्टता कहीं नहीं थी।····थी तो केवल मन को सहलाने वाली एक चुहल। पर जब वे नहीं होते या होकर भी आपस में ही मशगूल रहते तो मैं प्रतीक्षा करती रहती····एक अनाम-सी बेचैनी भीतर ही भीतर कसमसाती रहती। आलम यह है कि हर हालत में ध्यान वहीं अटका रहता और मैं कमरा छोड़कर बरामदे में ही टँगी रहती।

पर इन लड़कों के इस हल्ले-गुल्ले वाले व्यवहार ने मोहल्ले वालों की नींद ज़रूर हराम कर दी। हमारा मोहल्ला यानी हाथरस। खुरजा के लालाओं की बस्ती। जिनके घरों में किशोरी लड़कियाँ थीं वे बाँहें चढ़ा-चढ़ाकर दाँत और लात तोड़ने की धमकियाँ दे रहे थे क्योंकि सबको अपनी लड़कियों का भविष्य खतरे में जो दिखाई दे रहा था। मोहल्ले में इतनी सरगर्मी और मेरे ममी-पापा को कुछ पता ही नहीं। बात असल में यह है कि इन लोगों ने अपनी स्थिति एक द्वीप जैसी बना रखी है। सबके बीच रहकर भी सबसे अलग।

एक दिन मैंने ममी से कहा—"ममी, ये जो सामने लड़के आए हैं, जब देखो मुझ पर रिमार्क पास करते हैं। मैं चुपचाप नहीं सुनूँगी, मैं भी यहाँ से जवाब दूँगी।"

"कौन लड़के?" ममी ने आश्चर्य से पूछा।

कमाल है, ममी को कुछ पता ही नहीं! मैंने कुछ खीज और कुछ पुलक के मिले-जुले स्वर में सारी बात बतायी। पर ममी पर कोई विशेष प्रतिक्रिया ही नहीं हुई।

"बताना कौन हैं ये लड़के····" बड़े ठण्डे लहजे में उन्होंने कहा और फिर पढ़ने लगीं। अपना छेड़ा जाना मुझे जितना सनसनीखेज लग रहा था, उस पर मामी की ऐसी उदासीनता मुझे अच्छी नहीं लगी। कोई और माँ होती तो फेंटा कसकर निकल जाती और उनकी सात पुश्तों को तार देती। पर माँ पर जैसे कोई असर ही नहीं।

दोपहर ढले लड़कों की मजलिस छत पर जमी तो मैंने ममी को बताया—"देखो, ये लड़के हैं जो सारे समय इधर देखते रहते हैं और मैं कुछ भी करूँ उस पर फब्तियाँ कसते हैं।" पता नहीं मेरे कहने में ऐसा क्या था कि ममी एकटक मेरी ओर देखती रहीं, फिर धीरे से मुस्कराईं। थोड़ी देर तक छत वाले लड़कों का मुआयना करने के बाद बोलीं—"कॉलेज के लड़के मालूम होते हैं पर ये तो एकदम बच्चे हैं।"

मन हुआ कहूँ कि मुझे बच्चे नहीं तो क्या बूढ़े छेड़ेंगे? पर तभी ममी बोलीं—"कल शाम को इन लोगों को चाय पर बुला लेते हैं और तुमसे दोस्ती करवा देते हैं।"

मैं तो अवाक्!

"तुम इन्हें चाय पर बुलाओगी?" मुझे जैसे ममी की बात पर विश्वास ही नहीं आ रहा था।

"हाँ। क्यों, क्या हुआ ? अरे, यह तो हमारे ज़माने में होता था कि मिल तो सकते नहीं, बस दूर से ही फब्तियाँ कस-कसकर तसल्ली करो। अब तो ज़माना बदल गया।"

मैं तो इस विचार-मात्र से ही पुलकित। लगा, माँ सचमुच कोई ऊँची चीज़ हैं। ये लोग हमारे घर आएँगे और मुझसे दोस्ती करेंगे। एकाएक मुझे लगने लगा कि मैं बहुत अकेली हूँ और मुझे किसी की दोस्ती की सख्त आवश्यकता है। इस मोहल्ले में मेरा किसी से विशेष मेल-जोल नहीं और घर में केवल ममी-पापा के दोस्त ही आते हैं।

दूसरा दिन मेरा बहुत ही संशय में बीता। पता नहीं ममी अपनी बात पूरी भी करती हैं या यों ही रौ में कह गईं और बात खतम ! शाम को मैंने याद दिलाने के लिए ही कहा—"ममी, तुम सचमुच ही इन लड़कों को बुलाने जाओगी ?" शब्द मेरे यही थे, वरना भाव तो था कि ममी, जाओ न, प्लीज़ !

और ममी सचमुच ही चली गईं। मुझे याद नहीं, ममी दो-चार बार से अधिक मोहल्ले में किसी के घर गई हों। मैं साँस रोककर उनके लौटने की प्रतीक्षा करती रही। एक विचित्र-सी थिरकन मैं अंग-प्रत्यंग में महसूस कर रही थी। कहीं ममी साथ ही लेती आईं तो ? कहीं वे ममी से बदतमीज़ी से पेश आए तो ? पर नहीं, वे ऐसे लगते तो नहीं हैं। कोई घण्टे-भर बाद ममी लौटीं। बेहद प्रसन्न।

"मुझे देखते ही उनकी तो सिट्टी-पिट्टी ही गुम हो गई। उन्हें अभी तक तो लोग अपने-अपने घरों से ही उनके लात-दाँत तोड़ने की धमकी दे रहे थे, मैं जैसे सीधे घर ही पहुँच गई उनकी हड्डी-पसली एक करने। पर फिर तो इतनी खातिर की बेचारों ने कि बस ! बड़े ही स्वीट बच्चे हैं। बाहर से आए हैं—होस्टल में जगह नहीं मिली इसलिए कमरा लेकर रह रहे हैं। शाम को जब पापा आएँगे तब बुलवा लेंगे !"

प्रतीक्षा में समय इतना बोझिल हो जाता है, यह भी मेरा पहला अनुभव था। पापा आए तो ममी ने बड़े उमंगकर सारी बात बताई। सबसे कुछ अलग करने का सन्तोष और गर्व उनके हर शब्द में से जैसे छलका पड़ रहा था। पापा ही कौन पीछे रहने वाले थे। उन्होंने सुना तो वे भी प्रसन्न।

"बुलाओ लड़कों को ! अरे, खेलने-खाने दो और मस्ती मारने दो बच्चों को।" ममी-पापा को अपनी आधुनिकता तुष्ट करने का एक ज़ोरदार अवसर मिल रहा था।

नौकर को भेजकर उन्हें बुलवाया गया तो अगले ही क्षण सब हाजिर ! ममी ने बड़े कायदे से परिचय करवाया और 'हलो⋯हाई' का आदान-प्रदान हुआ।

"तनु बेटे, अपने दोस्तों के लिए चाय बनाओ !"

धत्तेरे की ! ममी के दोस्त आएँ तब भी तनु बेटा चाय बनाए और उसके दोस्त आएँ तब भी ! पर मन मारकर उठी।

चाय-पानी होता रहा। खूब हँसी-मज़ाक भी चली। वे सफाई पेश करते रहे कि मोहल्ले वाले झूठ-मूठ ही उनके पीछे पड़े रहते हैं⋯वे तो ऐसा कुछ भी नहीं करते। 'जस्ट फॉर फन' कुछ कर दिया वरना इस सबका कोई मतलब नहीं।

पापा ने बढ़ावा देते हुए कहा—"अरे, इस उमर में तो यह सब करना ही चाहिए। हमें मौका मिले तो आज भी करने से बाज़ न आएँ।"

हँसी की एक लहर यहाँ से वहाँ तक दौड़ गई। कोई दो घण्टे बाद वे चलने लगे तो ममी ने कहा—"देखो, इसे अपना ही घर समझो। जब इच्छा हो चले आया करो। हमारी तनु बिटिया को अच्छी कम्पनी मिल जाएगी····कभी तुम लोगों से कुछ पढ़ भी लिया करेगी और देखो, कुछ खाने-पीने का मन हुआ करे तो बता दिया करना, तुम्हारे लिए बनवा दिया करूँगी····" और वे लोग पापा के खुलेपन और ममी की आत्मीयता और स्नेह पर मुग्ध होते हुए चले गए। बस, जिससे दोस्ती करवाने के लिए उन्हें बुलाया गया था वह बेचारी इस तमाशे की मात्र दर्शक-भर ही बनी रही।

उनके जाने के बाद बड़ी देर तक उनको लेकर ही चर्चा होती रही। अपने घर की किशोरी लड़की को छेड़ने वाले लड़कों को घर बुलाकर चाय पिलाई जाए और लड़की से दोस्ती करवाई जाए, यह सारी बात ही बड़ी थ्रिलिंग और रोमांचक लग रही थी। दूसरे दिन से ममी हर आने वाले से इस घटना का उल्लेख करतीं। वर्णन करने में पटु ममी नीरस से नीरस बात को भी ऐसा दिलचस्प बना देती हैं, फिर यह तो बात ही बड़ी दिलचस्प थी। जो सुनता वही कहता—"वाह, यह हुई न कुछ बात! आपका बड़ा स्वस्थ दृष्टिकोण है चीजों के प्रति। वरना लोग बातें तो बड़ी-बड़ी करेंगे पर बच्चों को घोटकर रखेंगे और ज़रा-सा शक-शुबह हो जाए तो बाकायदा जासूसी करेंगे।" और ममी इस प्रशंसा से निहाल होती हुई कहतीं—"और नहीं तो क्या? मुक्त रहो और बच्चों को मुक्त रखो। हम लोगों को बचपन में यह मत करो····यहाँ मत जाओ कह-कहकर कितना बाँधा गया था। हमारे बच्चे तो कम से कम इस घुटन के शिकार न हों!"

पर ममी का बच्चा उस समय एक दूसरी ही घुटन का शिकार हो रहा था और वह यह कि जिस नाटक की हीरोइन उसे बनना था, उसकी हीरोइन ममी बन बैठीं।

खैर, इस सारी घटना का परिणाम यह हुआ कि उन लड़कों का व्यवहार एकदम ही बदल गया। जिस शराफत को ममी ने उन पर लाद दिया, उसके अनुरूप व्यवहार करना उनकी मजबूरी बन गया। अब जब भी वे अपनी छत पर ममी-पापा को देखते तो अदब में लपेटकर एक नमस्कार और मुझे देखते तो मुस्कान में पलटकर एक 'हाऽइ' उछाल देते। फब्तियों की जगह बाकायदा हमारा वार्तालाप शुरू हो गया····बड़ा खुला और बेझिझक वार्तालाप। हमारे बरामदे और छत में इतना ही फासला था कि ज़ोर से बोलने पर बातचीत की जा सकती थी। हाँ, यह बात ज़रूर थी कि हमारी बातचीत सारा मोहल्ला सुन सकता था और काफी दिलचस्पी से सुनता था। जैसे ही हम लोग चालू होते पास-पड़ोस की खिड़कियों में चार-छः सिर और धड़ आकर चिपक जाते। मोहल्ले में लड़कियों के प्रेम-प्रसंग न हों ऐसी बात तो थी नहीं, बाकायदा लड़कियों के भागने तक की घटनाएँ घट चुकी थीं। पर वह सब-कुछ बड़े गुप्त और छिपे ढंग से होता था। और मोहल्ले वाले जब अपनी पैनी नज़रों से ऐसे किसी रहस्य को जान लेते थे तो बड़ा

सन्तोष उन्हें होता था। पुरुष मूँछों पर ताव देकर और स्त्रियाँ हाथ नचा-नचाकर, खूब नमक-मिर्च लगाकर इन घटनाओं का यहाँ से वहाँ तक प्रचार करतीं। कुछ इस भाव से कि अरे, हमने दुनिया देखी है····हमारी आँखों में कोई नहीं धूल झोंक सकता। पर यहाँ स्थिति ही उलट गई थी। हमारा वार्तालाप इतने खुलेआम होता था कि लोगों को खिड़कियों की ओट में छिप-छिपकर देखना-सुनना पड़ता था और सुनकर भी ऐसा कुछ उनके हाथ नहीं लगता था जिससे वे कुछ आत्मिक संतोष पाते।

पर बात को बढ़ना था और बात बढ़ी। हुआ यह कि धीरे-धीरे छत की मजलिस मेरे अपने कमरे में जमने लगी। रोज ही कभी दो, तो कभी तीन या चार लड़के आकर जम जाते और दुनिया-भर के हँसी-मज़ाक और गपशप का दौर चलता। गाना-बजाना भी होता और चाय-पानी भी। शाम को ममी-पापा के मित्र आते तो इन लोगों में से कोई न कोई बैठा ही होता। शुरू में जिन लोगों ने 'मुक्त रहो और मुक्त रखो' की बड़ी प्रशंसा की थी, उन्होंने मुक्त रहने का जो रूप देखा तो उनकी आँखों में भी कुछ अजीब-सी शंकाएँ तैरने लगीं। ममी की एकाध मित्र ने दबी ज़ुबान में कहा भी—'तनु तो बड़ी फास्ट चल रही है।' ममी का अपना सारा उत्साह मन्द पड़ गया था और लीक से हटकर कुछ करने की थ्रिल पूरी तरह झड़ चुकी थी। अब तो उन्हें इस नंगी सच्चाई को झेलना था कि उनकी निहायत कच्ची और नाज़ुक उम्र की लड़की तीन-चार लड़कों के बीच घिरी रहती है। और ममी की स्थिति यह थी कि वे न इस स्थिति को पूरी तरह स्वीकार कर पा रही थीं और न अपने ही द्वारा बड़े जोश में शुरू किए इस सिलसिले को नकार ही पा रही थीं।

आखिर एक दिन उन्होंने मुझे अपने पास बिठाकर कहा—"तनु बेटे, ये लोग रोज़-रोज़ यहाँ आकर जम जाते हैं। आखिर तुमको पढ़ना-लिखना भी तो है। मैं तो देख रही हूँ कि इस दोस्ती के चक्कर में तेरी पढ़ाई-लिखाई सब चौपट हुई जा रही है। इस तरह तो यह सब चलेगा नहीं।"

"रात को पढ़ती तो हूँ।" लापरवाही से मैंने कहा।

"खाक पढ़ती है रात को, समय ही कितना मिलता है? और फिर यह रोज़-रोज़ की धमा-चौकड़ी मुझे वैसे भी पसन्द नहीं। ठीक है, चार-छः दिन में कभी आ गए, गपशप कर ली, पर यहाँ तो एक न एक रोज़ ही डटा रहता है।" ममी के स्वर में आक्रोश का पुट गहराता जा रहा था।

ममी की यह टोन मुझे अच्छी नहीं लगी, पर मैं चुप।

"तू तो उनसे बहुत खुल गई है। कह दे कि वे लोग भी बैठकर पढ़ें और तुझे भी पढ़ने दें। और तुझसे न कहा जाए तो मैं कह दूँगी।"

पर किसी के भी कहने की नौबत नहीं आई। कुछ तो पढ़ाई की मार से, कुछ दिल्ली के दूसरे आकर्षणों से खिंचकर होस्टल वाले लड़कों का आना कम हो गया। पर सामने के कमरे से शेखर रोज़ ही आ जाता····कभी दोपहर में तो कभी शाम को।

तीन-चार लोगों की उपस्थिति में उसकी जिस बात पर मैंने ध्यान नहीं दिया, वही बात अकेले में सबसे अधिक उजागर होकर आई। वह बोलता कम था पर शब्दों के परे बहुत कुछ कहने की कोशिश करता था और एक एक ही मैं उसकी अनकही भाषा समझने लगी थी····केवल समझने ही नहीं लगी थी, प्रत्युत्तर भी देने लगी थी। जल्दी ही मेरी समझ में आ गया कि शेखर और मेरे बीच प्रेम जैसी कोई चीज़ पनपने लगी है। यों तो शायद मैं समझ ही नहीं पाती, पर हिन्दी फिल्में देखने के बाद इसको समझने में खास मुश्किल नहीं हुई।

जब तक मन में कहीं कुछ नहीं था, सब कुछ बड़ा खुला था पर जैसे ही 'कुछ' हुआ तो उसे औरों की नज़र से बचाने की इच्छा भी साथ ही आई। जब कभी दूसरे लड़के आते तो सीढ़ियों से ही शोर करते आते····ज़ोर-ज़ोर से बोलते, लेकिन शेखर जब भी आता रेंगता हुआ आता और फुसफुसाकर हम बातें करते। वैसे बातें बहुत ही साधारण होती थीं—स्कूल की, कॉलेज की। पर फुसफुसाकर करने में ही वे कुछ विशेष लगती थीं। प्रेम को कुछ रहस्यमय, कुछ गुपचुप बना दो तो वह बड़ा थ्रिलिंग हो जाता है वरना तो एकदम सीधा-सपाट! पर ममी के पास घर और घरवालों के हर रहस्य को जान लेने की एक छठी इन्द्रिय है और जिससे पापा भी काफी त्रस्त रहते हैं····उससे उन्हें यह सब समझने में ज़रा भी देर नहीं लगी। शेखर कितना ही दब-छिपकर आता और ममी घर के किसी भी कोने में होतीं····फट् से प्रकट हो जातीं या फिर वहीं से पूछतीं—"तनु, कौन है तुम्हारे कमरे में?"

मैंने देखा कि शेखर के इस रवैये से ममी के चेहरे पर एक अजीब-सी परेशानी झलकने लगी है। पर ममी इस बात को लेकर यों परेशान हो उठेंगी, यह तो मैं सोच भी नहीं सकती थी। जिस घर में रात-दिन तरह-तरह के प्रेम-प्रसंग ही पीसे जाते रहे हों—कुँआरों के प्रेम-प्रसंग, विवाहितों के प्रेम-प्रसंग, दो-तीन प्रेमियों से एक साथ चलने वाले प्रेम-प्रसंग—उस घर के लिए तो यह बात बहुत ही मामूली होनी चाहिए। जब लड़कों से दोस्ती की है तो एकाध से प्रेम भी हो ही सकता है। ममी ने शायद समझ लिया था कि यह सारी स्थिति आजकल की कलात्मक फिल्मों की तरह चलेगी—जिनकी वे बड़ी प्रशंसक और समर्थक हैं—पर जिनमें शुरू से लेकर आखिर तक कुछ भी सनसनीखेज़ घटता ही नहीं।

जो भी हो, ममी की इस परेशानी ने मुझे भी कहीं हल्के से विचलित ज़रूर कर दिया। ममी मेरी माँ ही नहीं, मित्र और साथिन भी हैं। दो घनिष्ठ मित्रों की तरह ही हम दुनिया-जहान की बातें करते हैं—हँसी-मज़ाक करते हैं। मैं चाहती थी कि वे इस बारे में भी कोई बात करें, पर उन्होंने कोई बात नहीं की। बस, जब शेखर आता तो वे अपनी स्वभावगत लापरवाही छोड़कर बड़े सहज भाव से मेरे कमरे के इर्द-गिर्द ही मँडराती रहतीं।

एक दिन ममी के साथ बाहर जाने के लिए मैं नीचे उतरी तो दरवाज़े पर ही

पड़ोस की एक भद्र महिला टकरा गईं। नमस्कार और कुशल-क्षेम के आदान-प्रदान के बाद वे बात के असली मुद्दे पर आईं।

"ये सामने की छत वाले लड़के आपके रिश्तेदार हैं क्या?"

"नहीं तो!"

"अच्छा? शाम को रोज़ ही आपके घर बैठे रहते हैं तो सोचा आपके ज़रूर कुछ लगते होंगे।"

"तनु के दोस्त हैं।" ममी ने कुछ ऐसी लापरवाही और निःसंकोच भाव से यह वाक्य उछाला कि बेचारी तीर निशाने पर न लगने का गम लिए ही लौट गईं।

वे तो लौट गईं पर मुझे लगा कि इस बात का सूत्र पकड़कर ही ममी अब ज़रूर मेरी थोड़ी धुनाई कर देंगी। कहने वाली का तो कुछ न बना, पर मेरा कुछ बिगाड़ने का हथियार तो ममी के हाथ में आ ही गया। बहुत दिनों से उनके अपने मन में भी कुछ उमड़-घुमड़ तो रहा ही है पर ममी ने इतना ही कहा—"लगता है, इनके अपने घर में कोई धन्धा नहीं है····जब देखो दूसरे के घर में चोंच गड़ाए रहते हैं।"

मैं आश्वस्त ही नहीं हुई, बल्कि ममी की ओर से इसे हरा सिगनल समझकर मैंने अपनी रफ्तार कुछ और तेज़ कर दी। पर इतना ज़रूर किया कि शेखर के साथ तीन घण्टों में से एक घण्टा ज़रूर पढ़ाई में गुज़ारती। वह बहुत मन लगाकर पढ़ाता और मैं बहुत मन लगाकर पढ़ती। हाँ, बीच-बीच में वह कागज़ की छोटी-छोटी पर्चियों पर कुछ ऐसी पंक्तियाँ लिखकर थमा देता कि मैं भीतर तक झनझना जाती। उसके जाने के बाद भी उन पंक्तियों के वे शब्द—शब्दों के पीछे के भाव मेरी रग-रग में सनसनाते रहते और मैं उन्हीं में डूबी रहती।

मेरे भीतर अपनी ही एक दुनिया बनती चली जा रही थी। बड़ी भरी-पूरी और रंगीन। आजकल मुझे किसी की ज़रूरत ही महसूस नहीं होती। लगता जैसे मैं अपने में ही पूरी हूँ। हमेशा साथ रहने वाली ममी भी आउट होती जा रही हैं और शायद यही कारण है कि इधर मैंने ममी पर ध्यान देना ही छोड़ दिया है। रोज़मर्रा की बातें तो होती हैं, पर केवल बातें ही होती हैं—उसके परे कहीं कुछ नहीं।

दिन गुज़रते जा रहे थे और मैं अपने में ही डूबी, अपनी दुनिया में और गहरे धँसती जा रही थी—बाहर की दुनिया से एक तरह से बेखबर-सी।

एक दिन स्कूल से लौटी, कपड़े बदले। शोर-शराबे के साथ खाना माँगा, मीन-मेख के साथ खाया और जब कमरे में घुसी तो ममी ने लेटे-लेटे ही बुलाया—"तनु, इधर आओ।"

पास आई तो पहली बार ध्यान गया कि ममी का चेहरा तमतमा रहा है। मेरा माथा ठनका। उन्होंने साइड टेबल पर से एक किताब उठाई और उसमें से कागज़ की पाँच-छः पर्चियाँ निकालकर सामने कर दीं। 'तौबा!' ममी से कुछ पढ़ना था तो जाते समय उन्हें अपनी किताब दे गई थी। गलती से शेखर की लिखी पर्चियाँ उसी में रह

गईं।

"तो इस तरह चल रही है शेखर और तुम्हारी दोस्ती? यही पढ़ाई होती है यहाँ बैठकर ····यही सब करने के लिए आता है वह यहाँ?"

मैं चुप। जानती हूँ, गुस्से में ममी को जवाब देने से बढ़कर मूर्खता और कोई नहीं।

"तुमको छूट दी····आज़ादी दी, पर इसका यह मतलब तो नहीं कि तुम उसका नाजायज़ फायदा उठाओ!"

मैं फिर भी चुप।

"बित्ते-भर की लड़की और करतब देखो इनके! जितनी छूट दो उतने ही पैर पसरते जा रहे हैं इनके। एक झापड़ दूँगी तो सारा रोमांस झड़ जाएगा दो मिनट में····"

इस वाक्य पर मैं एकाएक तिलमिला उठी। तमककर नज़र उठाई और ममी की तरफ देखा—पर यह क्या, यह तो मेरी ममी नहीं हैं। न यह तेवर ममी का है, न यह भाषा। फिर भी ये सारे वाक्य बहुत परिचित-से लगे। लगा, यह सब मैंने कहीं सुना है और खटाक् से मेरे मन में कौंधा—नाना! पर नाना को मरे तो कितने साल हो गए, ये फिर ज़िन्दा कैसे हो गए? और वह भी ममी के भीतर···जो होश सँभालने के बाद हमेशा उनसे झगड़ा ही करती रहीं····उनकी हर बात का विरोध ही करती रहीं।

ममी का 'नानई' लहजे वाला भाषण काफी देर तक चालू रहा, पर वह सब मुझे कहीं से भी छू नहीं रहा था···बस, कोई बात झकझोर रही थी तो यही कि ममी के भीतर नाना कैसे आ बैठे?

और फिर घर में एक विचित्र-सा तनावपूर्ण मौन छा गया। खासकर मेरे और ममी के बीच। नहीं, ममी तो घर में रही ही नहीं, मेरे और नाना के बीच। मैं ममी को अपनी बात समझा भी सकती हूँ, उनकी बात समझ भी सकती हूँ—पर नाना? मैं तो इस भाषा से भी अपरिचित हूँ और इस तेवर से भी—बात करने का प्रश्न ही कैसे उठता? पापा ज़रूर मेरे दोस्त हैं, पर बिल्कुल दूसरी तरह के। शतरंज खेलना, पंजा लड़ाना और जो फर्माइश ममी पूरी न करें, उनसे पूरी करवा लेना। बचपन में उनकी पीठ पर लदी रहती थी और आज भी बिना किसी झिझक के उनकी पीठ पर लदकर अपनी हर इच्छा पूरी करवा लेती हूँ। पर इतने 'माई डियर दोस्त' होने के बावजूद अपनी निजी बातें मैं ममी के साथ ही करती आई हूँ। और वहाँ एकदम सन्नाटा—ममी को पटखनी देकर नाना पूरी तरह उन पर सवार जो हैं।

शेखर को मैंने इशारे से ही लाल झंडी दिखा दी थी सो वह भी नहीं आ रहा और शाम का समय है कि मुझसे काटे नहीं कटता।

कई बार मन हुआ कि ममी से जाकर बात करूँ और साफ-साफ पूछूँ कि तुम इतना बिगड़ क्यों रही हो? मेरी और शेखर की दोस्ती के बारे में तुम जानती तो हो। मैंने तो कभी कुछ छिपाया नहीं। और दोस्ती है तो यह सब तो होगा ही। तुम क्या

समझ रही थीं कि हम भाई-बहन की तरह···पर तभी ख्याल आता कि ममी हैं ही कहाँ, जिनसे जाकर यह सब कहूँ।

चार दिन हो गए, मैंने शेखर की सूरत तक नहीं देखी। मेरे हल्के से इशारे से ही उस बेचारे ने तो घर क्या, छत पर आना भी छोड़ दिया। होस्टल में रहने वाले उसके साथी भी छत पर न दिखाई दिए, न घर ही आए। कोई आता तो कम से कम उसका हालचाल ही पूछ लेती। मैं जानती हूँ, वह बेवकूफी की हद तक भावुक है। उसे तो ठीक से यह भी नहीं मालूम कि आखिर यहाँ हुआ क्या है? लगता है, ममी के गुस्से की आशंका मात्र से ही सबके हौसले पस्त हो गए थे।

वैसे कल से ममी के चेहरे का तनाव कुछ ढीला ज़रूर हुआ है। तीन दिन से जमी हुई सख्ती जैसे पिघल गई हो। पर मैंने तय कर लिया है कि बात अब ममी ही करेंगी।

सवेरे नहा-धोकर मैं दरवाज़े के पीछे अपनी यूनिफार्म प्रेस कर रही थी। बाहर मेज़ पर ममी चाय बना रही थीं और पापा अखबार में सिर गड़ाए बैठे थे। ममी को शायद मालूम ही नहीं पड़ा कि मैं कब नहाकर बाहर निकल आई। वे पापा से बोलीं—"जानते हो, कल रात को क्या हुआ? पता नहीं, तब से मन बहुत खराब हो गया—उसके बाद मैं तो सो ही नहीं पाई।"

ममी के स्वर की कोमलता से मेरा हाथ जहाँ का तहाँ थम गया और कान बाहर लग गए।

"आधी रात के करीब मैं बाथरूम जाने के लिए उठी। सामने छत पर घुप्प अँधेरा छाया हुआ था। अचानक एक लाल सितारा-सा चमक उठा। मैं चौंकी। गौर से देखा तो धीरे-धीरे एक आकृति उभर आई। शेखर छत पर खड़ा सिगरेट पी रहा था। मैं चुपचाप लौट आई। कोई दो घण्टे बाद फिर गई तो देखा, वह उसी तरह छत पर टहल रहा था। बेचारा···मेरा मन जाने कैसा हो आया। तनु भी कैसी बुझी-बुझी रहती है····" फिर जैसे अपने को ही धिक्कारती-सी बोलीं—"पहले तो छूट दो और फिर जब आगे बढ़ें तो खींचकर चारों खाने चित कर दो। यह भी कोई बात हुई भला!"

राहत की एक गहरी निःश्वास मेरे भीतर से निकल पड़ी। जाने कैसा आवेग मन में उमड़ा कि इच्छा हुई दौड़कर ममी के गले से लग जाऊँ। लगा जैसे अरसे के बाद मेरी ममी लौट आई हों। पर मैंने कुछ नहीं कहा। बस, अब खुलकर बात करूँगी। चार दिन से न जाने कितने प्रश्न मन में घुमड़ रहे थे। अब क्या, अब तो ममी हैं, और उनसे तो कम से कम सब कहा-पूछा जा सकता है।

पर घर पहुँचकर जो देखा तो अवाक्! शेखर हथेलियों में सिर थामे कुर्सी पर बैठा है और ममी उसी कुर्सी के हत्थे पर बैठी उसकी पीठ और माथा सहला रही हैं। मुझे देखते ही बड़े सहज-स्वाभाविक स्वर में बोलीं—"देखा इस पगले को। चार दिन से ये साहब कॉलेज नहीं गए हैं। न ही कुछ खाया-पिया है। अपने साथ इसका भी खाना

लगवाना।"

और फिर ममी ने खुद बैठकर बड़े स्नेह से मनुहार कर-करके उसे खाना खिलाया। खाने के बाद कहने पर भी शेखर ठहरा नहीं। ममी के प्रति कृतज्ञता के बोझ से झुका-झुका ही वह लौट गया और मेरे भीतर खुशी का ऐसा ज्वार उमड़ा कि अब तक के सोचे सारे प्रश्न उसी में बिला गए।

सारी स्थिति को समय पर आने में समय तो लगा, पर आ गई। शेखर ने भी अब एक-दो दिन छोड़कर आना शुरू किया और आता भी तो अधिकतर हम लिखाई-पढ़ाई की ही बातें करते। अपने किए पर शर्मिन्दगी प्रकट करते हुए उसने ममी से वायदा किया कि वह अब कोई ऐसा काम नहीं करेगा, जिससे ममी को शिकायत हो। जिस दिन वह नहीं आता, मैं दो-तीन बार थोड़ी-थोड़ी देर के लिए अपने बरामदे से ही बात कर लिया करती। घर की अनुमति और सहयोग से यों सरेआम चलने वाले इस प्रेम-प्रसंग में मोहल्ले वालों के लिए भी कुछ नहीं रह गया था और उन्होंने इस जानलेवा ज़माने के नाम दो-चार लानतें भेजकर, किसी गुल खिलने तक के लिए अपनी दिलचस्पी को स्थगित कर दिया।

लेकिन एक बात मैंने ज़रूर देखी। जब भी शेखर शाम को कुछ ज़्यादा देर बैठ जाता या दोपहर में भी आ जाता तो ममी के भीतर नाना कसमसाने लगते और उसकी प्रतिक्रिया ममी के चेहरे पर झलकने लगती। ममी भरसक कोशिश करके नाना को बोलने तो नहीं देतीं, पर उन्हें पूरी तरह हटा देना भी शायद ममी के बस की बात नहीं रह गई थी।

हाँ, यह प्रसंग मेरे और ममी के बीच में अब रोज़मर्रा की बातचीत का विषय ज़रूर बन गया था। कभी वे मज़ाक में कहतीं—"यह जो तेरा शेखर है न, बड़ा लिज़लिज़ा-सा लड़का है। अरे, इस उम्र में लड़कों को चाहिए घूमें, फिरें…मस्ती मारें। क्या मुहर्रमी-सी सूरत बनाए मजनू की तरह छत पर टँगा सारे समय इधर ही ताकता रहता है।"

मैं केवल हँस देती।

कभी बड़ी भावुक होकर कहतीं—"तू क्यों नहीं समझती बेटे, कि तुझे लेकर कितनी महत्त्वाकांक्षाएँ हैं मेरे मन में। तेरे भविष्य को लेकर कितने सपने सँजो रखे हैं मैंने।"

मैं हँसकर कहती—"ममी, तुम भी कमाल करती हो। अपनी ज़िन्दगी को लेकर भी तुम सपने देखो और मेरी ज़िन्दगी के सपने भी तुम्हीं देख डालो…कुछ सपने मेरे लिए भी तो छोड़ दो।"

कभी वे समझाने के लहजे में कहतीं—"देखो तनु, अभी तुम बहुत छोटी हो। अपना सारा ध्यान पढ़ने-लिखने में लगाओ और दिमाग से ये उलटे-सीधे फितूर निकाल डालो। ठीक है, बड़े हो जाओ तो प्रेम भी करना और शादी भी। मैं तो वैसे भी तुम्हारे

लिए लड़का ढूँढ़ने वाली नहीं हूँ—अपने-आप ही ढूँढ़ना, पर इतनी अक्ल तो आ जाए कि ढंग का चुनाव कर सको।"

अपने चुनाव के रिज़ेक्शन को मैं समझ जाती और पूछती—"अच्छा ममी, बताओ, जब तुमने पापा को चुना था तो नाना को वह पसन्द था?"

"मेरा चुनाव ! अपनी सारी पढ़ाई-लिखाई खतम करके पच्चीस साल की उमर में चुनाव किया था मैंने—खूब सोच-समझकर और अक्ल के साथ, समझीं!"

ममी अपनी बौखलाहट को गुस्से में छिपाकर कहतीं। उम्र और पढ़ाई-लिखाई—ये दो ही तो ऐसे मुद्दे हैं जिन पर ममी मुझे जब-तब धौंसती रहती हैं। पढ़ने-लिखने में मैं अच्छी थी और रहा उम्र का सवाल, सो उसके लिए मन होता कि कहूँ—'ममी, तुम्हारी पीढ़ी जो काम पच्चीस साल की उम्र में करती थी, हमारी उसे पन्द्रह साल की उम्र में ही करेगी, इसे तुम क्यों नहीं समझतीं।' पर चुप रह जाती। नाना का ज़िक्र तो चल ही पड़ा है, कहीं वे ही जाग उठे तो?

छमाही परीक्षाएँ पास आ गई थीं और मैंने सारा ध्यान पढ़ने में लगा दिया था। सबका आना और गाना-बजाना एकदम बन्द। इन दिनों मैंने इतनी जमकर पढ़ाई की कि ममी का मन प्रसन्न हो गया। शायद कुछ आश्वस्त भी। आखिरी पेपर देने के पश्चात् लग रहा था कि एक बोझ था, जो हट गया है। मन बेहद हल्का होकर कुछ मस्ती मारने को कर रहा था।

मैंने ममी से पूछा—"ममी, कल शेखर और दीपक पिक्चर जा रहे हैं, मैं भी साथ चली जाऊँ?" आज तक मैं इन लोगों के साथ कभी घूमने नहीं गई थी—पर इतनी पढ़ाई करने के बाद अब इतनी छूट तो मिलनी ही थी।

ममी एक क्षण मेरा चेहरा देखती रहीं, फिर बोलीं—"इधर आ, यहाँ बैठ। तुझसे कुछ बात करनी है।"

मैं जाकर बैठ गई, पर यह न समझ आया कि इसमें बात करने को क्या है—हाँ कहो या ना। लेकिन ममी को बात करने का मर्ज़ जो है। उनकी तो हाँ-ना भी पचास-साठ वाक्यों में लिपटे बिना नहीं निकल सकती।

"तेरे इम्तिहान खतम हुए हैं, मैं तो खुद पिक्चर का प्रोग्राम बना रही थी। बोल, कौन-सी पिक्चर देखना चाहती है?"

"क्यों, उन लोगों के साथ जाने में क्या है?" मेरे स्वर में इतनी खीज भरी हुई थी कि ममी एकटक मेरा चेहरा ही देखती रह गईं।

"तनु, तुझे पूरी छूट दे रखी है बेटे, पर इतना ही तेज़ चल कि मैं भी साथ तो चल सकूँ।"

"तुम साफ कहो न, कि जाने दोगी या नहीं? बेकार की बातें····मैं भी साथ चल सकूँ—तुम्हारे साथ चल सकने की बात भला कहाँ से आ गई!"

ममी ने पीठ सहलाते हुए कहा—"साथ तो चलना ही पड़ेगा। कभी औंधे मुँह

गिरी तो कोई उठाने वाला भी तो चाहिए न?"

मैं समझ गई कि ममी नहीं जाने देंगी, पर इस तरह प्यार से मना करती हैं तो झगड़ा भी तो नहीं किया जा सकता। बहस करने का सीधा-सा मतलब है कि उनका बघारा हुआ दर्शन सुनो—यानी पचास मिनट की एक क्लास। पर मैं कतई नहीं समझ पाई कि जाने में आखिर हर्ज क्या है? हर बात में ना-नुकुर। कहाँ तो कहती थीं कि बचपन में, यह मत करो, यहाँ मत जाओ कहकर हमको बहुत डाँटा गया था और खुद अब वही सब कर रही हैं। देख लिया इनकी बड़ी-बड़ी बातों को। मैं उठी और दनदनाती हुई अपने कमरे में आ गई। हाँ, एक वाक्य ज़रूर थमा आई—"ममी, जो चलेगा, वह गिरेगा भी और जो गिरेगा, वह उठेगा भी और खुद ही उठेगा, उसे किसी की ज़रूरत नहीं है।"

पता नहीं, मेरी बात की उन पर प्रतिक्रिया हुई या उनके मन में ही कुछ जागा कि शाम को उन्होंने खुद शेखर और उसके कमरे पर आए तीनों-चारों लड़कों को बुलवाकर मेरे ही कमरे में मजलिस जमवाई और खूब गरम-गरम खाना खिलवाया। कुछ ऐसा रंग जमा कि मेरा दोपहर वाला आक्रोश धुल गया।

इम्तिहान खतम हो गए थे और मौसम सुहाना था। ममी का रवैया भी अनुकूल था सो दोस्ती का स्थगित हुआ सिलसिला फिर शुरू हो गया और आजकल तो जैसे उसके सिवाय कुछ रह ही नहीं गया था। पर फिर एक झटका।

उस दिन मैं अपनी सहेली के घर से लौटी तो ममी की सख्त आवाज़ सुनाई दी—"तनु, इधर आओ तो!"

आवाज़ से ही लगा कि खतरे का सिगनल है। एक क्षण को मैं सकते में आ गई। पास गई तो चेहरा पहले की तरह सख्त।

"तुम शेखर के कमरे पर जाती हो?" ममी ने बन्दूक दागी। समझ गई कि पीछे गली में से किसी ने अपना करतब कर दिखाया।

"कब से जाती हो?"

मन तो हुआ कि कहूँ जिसने जाने की खबर दी है, उसने बाकी बातें भी बता दी होंगी····कुछ जोड़-तोड़कर ही बताया होगा। पर ममी जिस तरह भभक रही थीं, उसमें चुप रहना ही बेहतर समझा। वैसे मुझे ममी के इस गुस्से का कोई कारण समझ में नहीं आ रहा था। दो-तीन बार यदि मैं थोड़ी-थोड़ी देर के लिए शेखर के कमरे पर चली ही गई तो ऐसा क्या गुनाह हो गया? पर ममी का हर काम सकारण तो होता नहीं····बस, वे तो मूड पर ही चलती हैं।

अजीब मुसीबत थी—गुस्से में ममी से बात करने का मतलब नहीं····और मेरी चुप्पी ममी के गुस्से को और भड़का रही थी।

"याद नहीं है, मैंने शुरू में ही तुम्हें मना कर दिया था कि तुम उनके कमरे पर कभी नहीं जाओगी। तीन-तीन घण्टे वह यहाँ धूनी रमाकर बैठता है, उसमें जी भरा नहीं

तुम्हारा ?"

दुःख, क्रोध और आतंक की परतें उनके चेहरे पर गहरी होती जा रही थीं और मैं समझ ही नहीं पा रही थी कि कैसे उन्हें सारी स्थिति समझाऊँ ?

"वह तो बेचारे सामने वालों ने मुझे बुलाकर आगाह कर दिया—जानती है, यह सिर आज तक किसी के सामने झुका नहीं, पर वहाँ मुझसे आँख नहीं उठाई गई। मुँह दिखाने लायक मत रखना हमको कहीं भी। सारी गली में थू-थू हो रही है। नाक कटाकर रख दी।"

गज़ब !

इस बार तो सारा मोहल्ला ही बोलने लगा ममी के भीतर से। आश्चर्य है कि जो ममी आज तक अपने आसपास से बिल्कुल कटी हुई थीं····जिसका मज़ाक ही उड़ाया करती थीं····आज कैसे उसके सुर में सुर मिलाकर बोल रही हैं।

ममी का भाषण बदस्तूर चालू····पर मैंने तो अपने कान के स्विच ही ऑफ कर लिए। जब गुस्सा ठंडा होगा····ममी अपने में लौट आएँगी तब समझा दूँगी—ममी, इस छोटी-सी बात को तुम नाहक इतना तूल दे रही हो।

पर जाने कैसी डोज लेकर आई हैं इस बार कि उनका गुस्सा ठंडा ही नहीं हो रहा और हुआ यह है कि अब उनके गुस्से से मुझे गुस्सा चढ़ने लगा।

फिर घर में एक अजीब-सा तनाव बढ़ गया। इस बार ममी ने शायद पापा को भी सब-कुछ बता दिया है। कहा तो उन्होंने कुछ नहीं····वे शुरू से ही इस सारे मामले में आउट ही रहे····पर इस बार उनके चेहरे पर भी एक अनकहा-सा तनाव दिखाई दे रहा है।

कोई दो महीने पहले जब इस तरह की घटना हुई थी तो मैं भीतर तक सहम गई थी, पर इस बार मैंने तय कर लिया है कि इस सारे मामले में ममी को यदि नाना बनकर ही व्यवहार करना है तो मुझे भी फिर ममी की तरह ही मोर्चा लेना होगा उनसे····और मैं ज़रूर लूँगी। दिखा तो दूँ कि मैं तुम्हारी ही बेटी हूँ और तुम्हारे ही नक्शे-कदम पर चली हूँ। खुद तो लीक से हटकर चली थीं····सारी ज़िन्दगी इस बात की घुट्टी पिलाती रहीं, पर मैंने जैसे ही अपना पहला कदम रखा, घसीटकर मुझे अपनी ही खींची लीक पर लाने के दंद-फंद शुरू हो गए।

मैंने मन में ढेर-ढेर तर्क सोच डाले कि एक दिन बाकायदा ममी से बहस करूँगी। साफ-साफ कहूँगी कि ममी, इतने ही बन्धन लगाकर रखना था तो शुरू से वैसे पालतीं। क्यों झूठ-मूठ आज़ादी देने की बातें करती-सिखाती रहीं। पर इस बार मेरा भी मन सुलगकर इस तरह राख हो गया था कि मैं गुमसुम-सी अपने ही कमरे में पड़ी रहती। मन बहुत भर आता तो रो लेती। घर में सारे दिन हँसती-खिलखिलाती रहने वाली मैं एकदम चुप होकर अपने में ही सिमट गई थी। हाँ, एक वाक्य ज़रूर बार-बार दोहरा रही थी—'ममी, तुम अच्छी तरह समझ लो कि मैं भी अपने मन की ही करूँगी।' हालाँकि

मेरे मन में क्या है, इसकी कोई भी रूपरेखा मेरे सामने न थी।

मुझे नहीं मालूम कि इन तीन-चार दिनों में बाहर क्या हुआ। घर-बाहर की दुनिया से कटी, अपने ही कमरे में सिमटी, मैं ममी से मोर्चा लेने के दाँव सोच रही थी।

पर आज दोपहर मुझे कतई-कतई अपने कानों पर विश्वास नहीं हुआ जब मैंने ममी को अपने बरामदे से ही चिल्लाते हुए सुना—"शेखर, कल तो तुम लोग छुट्टियों में अपने घर चले जाओगे, आज शाम अपने दोस्तों के साथ खाना इधर ही खाना।"

नहीं जानती, किस जद्दोजहद से गुज़रकर ममी इस स्थिति पर पहुँची होंगी।

और रात को शेखर, दीपक और रवि के साथ खाने की मेज़ पर डटा हुआ था। ममी उतने ही प्रेम से खाना खिला रही थीं····पापा वैसे ही खुले ढंग से मज़ाक कर रहे थे, मानो बीच में कुछ घटा ही न हो। अगल-बगल की खिड़कियों में दो-चार सिर चिपके हुए थे। सब-कुछ पहले की तरह बहुत सहज-स्वाभाविक हो उठा था···।

केवल मैं इस सारी स्थिति से एकदम तटस्थ होकर यही सोच रही थी कि नाना पूरी तरह नाना थे—शत-प्रतिशत—और इसी से ममी के लिए लड़ना कितना आसान हो गया होगा। पर इन ममी से लड़ा भी कैसे जाए जो एक पल नाना होकर जीती हैं तो एक पल ममी होकर।

# शायद

जहाज़ की बत्तियाँ जलीं, जैसे पानी में बिछी अँधेरे की चादर में अनेक दरारें पड़ गईं। चारों ओर बल्बों की झूलती वंदनवार देखकर ही राखाल को ख्याल आया कि इस बार वह दीवाली घर पर ही मनाएगा। कितना अच्छा होता, किसी तरह वह पूजा पर ही पहुँच पाता।

सारे यात्री ऊबे हुए हैं। पर ऊपर से सबने अपने को ऐसा व्यस्त बना रखा है कि किनारा आने पर लगेगा, जैसे अप्रत्याशित रूप से ही किनारा आ गया हो। प्रतीक्षा का बोझिल समय काटने के ये कितने पुराने नुस्खे हैं, पर फिर भी हर यात्री इन्हें ही अपनाता है। सिर्फ रेलिंग के साथ लगकर खड़ी वह औरत न ताश खेल रही है, न पढ़ रही है। पिछले एक घंटे में उसने तीन बार अलग-अलग लोगों से समय पूछा है, कुछ इस भाव से, मानो महज़ घड़ी मिलाना चाह रही हो। हालाँकि हाथ में विदेश से खरीदी हुई कोई नई घड़ी है, जिसके गलत समय देने की संभावना कम है। हो सकता है, किनारे पर भी कोई इतनी ही व्यग्रता से प्रतीक्षा कर रहा था।

अच्छा किया, उसने किसी को खबर नहीं दी।....आठ के करीब जहाज़ किनारे पर लगेगा। राखाल छः बजे से ही अपनी वर्दी तारकर ऊपर आ गया था। काम के दौरान भी ऊपर आते हैं, पर उन दैत्याकार मशीनों से मुक्ति, पूरे दो महीने के लिए मुक्ति पाने की भावना से ऊपर आने का अपना ही एक आनन्द है। उसे खुद लग रहा है, जैसे वह जहाज़ का एक अदना-सा कर्मचारी नहीं, वरन् एक संभ्रान्त यात्री है, जो तीन साल विदेश रहकर घर लौट रहा है।

एकाएक घर की तसवीर उसकी आँखों के सामने उभर आई—गराज पर बना हुआ नीची छत वाला लंबा-सा कमरा। वह घर पहुँचेगा, तब तक बच्चे ज़रूर सो चुके होंगे। माला किसी-न-किसी काम में लगी होगी। वह अपना हर पत्र इसी पंक्ति से शुरू करती है—"उत्तर जल्दी नहीं दे सकी, क्योंकि समय ही नहीं मिला।" और अंत में लिखती है—"अब बस करती हूँ। बहुत काम पड़ा है।" बीच में घर की कठिनाइयों की, बढ़ती महँगाई और बच्चों के बढ़ते आवारापन की बातें होती हैं, जिससे राखाल अब बहुत ऊबने लगा है। हर पत्र में मशीनी ढंग से लिखा हुआ 'प्राणनाथ' संबोधन पूरी तरह निष्प्राण हो चुका है।

पहली बार जब वह जहाज़ पर आया था, तो माला के पत्रों को कई-कई बार पढ़ता था। उस सबके बीच से दस साल का लंबा समय गुज़र चुका है। फिर भी सोए हुए बच्चे और जागती हुई माला की कल्पना ने उसके मन में हल्की-सी गुदगुदी पैदा कर

दी। उसे अपने साथियों की याद आई। जब वह नीचे कपड़े बदल रहा था, सबके-सब बिना किसी शरमो-हया के फब्तियाँ कस रहे थे—"मशीनों के बीच रह-रहकर साला मशीन बन गया है! अब ऊपर जाकर फेफड़ों में साफ हवा भरेगा, जिससे कुछ ताकत आए, कुछ जान आए···नहीं तो टाँय-टाँय फिस्स नहीं हो जाएगी····"

उसके दो साथी कुँवारे हैं और एक की बीवी किसी और के साथ रहने लगी है। जब वह अपनी तनख्वाह का बड़ा भाग घर भेजता था, तो सब उसे चिढ़ाते थे, पर माला का पत्र आने पर सब पढ़ते थे। जॉन को अपनी बीवी नए सिरे से याद आ जाती थी और वह फूट-फूटकर रोने लगता था। ऐसे मौकों पर राखाल ही उसे तसल्ली देता था···पर जितनी तसल्ली वह देता था, उससे ज़्यादा तसल्ली उसके मन में रहती थी कि माला उसे कभी छोड़कर नहीं जा सकती। निहायत उबा देने वाले पत्र भी उसे कहीं हल्के-से आश्वस्त तो करते ही थे।

उसे याद आया कि पिछली बार छुट्टी से आने के आठ महीने बाद बुलबुल पैदा हुई थी और दस महीने जीकर वह मर गई। माला ने उसे खूब कोस-कोसकर सूचना दी थी। अभी तो छोटू भी सवा साल का है। दो छोटे बच्चों को घर के सारे काम-काज के साथ वह नहीं सँभाल सकती, फिर बढ़ती महँगाई। कहाँ से खिलाए, कहाँ से पहनाए? और जब वह मर गई, तब फिर कई पत्र उसी की खबर से भरे हुए थे, "हाय, इससे तो मैं मर जाती, तो अच्छा था! सबसे सुन्दर थी। ऐसा तो एक भी बच्चा नहीं हुआ। भगवान को लेना ही था, तो दिया ही क्यों था?"

राखाल को न उसके होने की कोई खुशी थी, न मरने का कोई गम। एक हल्की-सी भावना यही थी कि चलो, अच्छा हुआ कि सब-कुछ उसके पीछे ही हो गया। साथ ही मन में कहीं उभरा, अच्छा हुआ कि इस बात को भी अब तो डेढ़ साल हो गया, वरना सारी छुट्टियाँ मातमपुर्सी में ही बीत जातीं।

दूर किनारे की बत्तियाँ दिखाई देने लगीं तो ताश में डूबा वह पूरा का पूरा दल रेलिंग के सहारे आ खड़ा हुआ। सबके चेहरों पर उल्लास थिरकने लगा। बच्चे दूर खड़ी छोटी-छोटी आकृतियों को ही रूमाल हिलाने लगे। भीड़ से कटकर खड़ी वह अकेली महिला बाइनाकूलर लगाकर किसी को ढूँढ़ रही है। एकाएक राखाल की नंगी आँखों के सामने माला की आकृति तैर गई।

वह अपने साथियों और अफसरों से विदा लेकर बाहर आया और टैक्सी मे बैठा। हर समय जहाज़ के तहखानों में बंद रहने के बाद दूर-दूर तक फैला हुआ कलकत्ता; रात-दिन चारों ओर लरज़ती और थिरकती लहरों के बाद लंबी-लंबी मौन और स्थिर सड़कें और उन पर उन्मुक्त भाव से प्रकाश उँडेलती हुई बत्तियों को देखकर उसे नए सिरे से अपने होने का बोध होने लगा।

टैक्सी लैंसडाउन मेन रोड से बाईं लेन में मुड़ी और मकान छोड़कर खड़ी हो गई। वह उतरकर गराज पर बने अपने मकान को देखने लगा। खिड़की से बहुत ही

मंदी रोशनी बाहर आ रही है, शायद भीतर ज़ीरो पावर का बल्ब जल रहा है।

टैक्सी के ठहरने से, फाटक के खुलकर बंद होने से, भीतर किसी तरह की हलचल नहीं हुई है। हाँ, सामने कपूर साहब के घर की खिड़की से एक कटा हुआ धड़ झाँका, दो क्षण रुका और फिर गायब हो गया। माला के घर शायद कभी कोई टैक्सी आकर ठहरती ही नहीं।

"रानी!" राखाल ने आवाज़ दी, तो "कौऽऽन?" के साथ ही माला बाहर निकल आई और राखाल को देखते ही उसके चेहरे पर आश्चर्य-भरा उल्लास फैल गया।

"यह क्या, तुम? कोई खबर नहीं, सूचना नहीं...." और एक तरह से झपटकर उसने राखाल के हाथ से होल्डाल ले लिया। टैक्सी वाले को पैसे देकर एक बड़ा और एक छोटा बक्सा सँभाले राखाल सँकरी-सी सीढ़ियाँ चढ़ने लगा। उसके पीछे माला होल्डाल को ठेलती डुई। बीच में पहुँचते ही राखाल ने बक्सा सीढ़ी पर टिकाया और घूमकर अँधेरे में ही माला का हाथ पकड़कर ज़ोर से दबाया। "चलो-चलो, यह गिर जाएगा।" हाथ छुड़ाते हुए माला ने कहा। उसके हाथ में कोई प्रतिक्रिया, कोई हरकत नहीं हुई। राखाल को माला का हाथ बड़ा सर्द और निर्जीव-सा लगा और वही ठण्डक जैसे उसकी अपनी रंगों में समाने लगी।

कमरे में घुसते ही माला ने मरकरी लाइट जलाई। चौदह फुट लंबा कमरा और ज़मीन पर सोते तीनों बच्चे उजागर हो गए। नाक-नक्श के साथ माला के चेहरे की झुर्रियाँ....गालों पर पड़े काले-काले चकत्ते और रूखे-सूखे बालों में से झाँकते कई सफेद बाल....

"तुमने खबर क्यों नहीं दी....? खबर देते, तो हम सब लोग लेने आते। बच्चे कितने खुश होते...." वह जैसे एकाएक राखाल का स्वागत करने में अपने को असमर्थ पा रही थी।

"अच्छा, तुम ज़रा सुस्ताकर हाथ-मुँह धोओ, मैं जल्दी से खाने को कुछ बना देती हूँ।"

"खाना मैं खाकर आया हूँ, कुछ भी बनाने की ज़रूरत नहीं है।"

पर माला फिर भी 'अभी आई' कहकर नीचे उतर ही गई।

बच्चे बिना चद्दर के गंदे और पैवंद लगे बिस्तरों पर लेटे हैं। रीना करवट लेकर सो रही है, इसलिए उसका चेहरा नहीं दिखाई दे रहा है। बच्चू और छोटू चित सो रहे हैं। छोटू नंगा है और उसका मुँह भी काफी गंदा है। खिड़की पर फटी साड़ी का पर्दा एक ओर को सरककर झूल रहा है।

एकाएक मरकरी लाइट का दूधिया आलोक उसकी आँखों में चुभने लगा। उसने बत्ती बुझा दी। कमरे का नंगापन क्षण-भर को अँधेरे में डूब गया। राखाल बच्चों को बचाता हुआ आया और खिड़की पर बैठ गया। इस घर में यही उसकी स्थायी सीट है।

"यह क्या, बत्ती क्यों बुझा दी?" अँधेरे में राखाल को माला की केवल आकृति-

भर दिखाई दी, पर वह आकृति उसे पूरे नाक-नक्श वाली माला से ज़्यादा परिचित महसूस हुई····

"रहने दो, बच्चों को परेशानी होगी।"

"लो, थोड़ा-सा दूध है, तुम पी लो।" और अँधेरे में ही बढ़कर उसने प्याला राखाल के हाथ में थमा दिया। फिर बड़े जतन से वह उसका बिस्तर लगाने लगी। घर की शायद सबसे साफ चादर बिछाई। उसके हर काम से उसके मन का उल्लास छलका पड़ रहा था। वह लगातार कुछ न कुछ बोले चली जा रही थी।

"मुझे तो दो साल काटना ही इतना भारी पड़ता था, इस बार तुमने पूरे तीन साल लगा दिए! पूजा पर कितनी-कितनी राह देखी! बेचारे बच्चों को एक-एक नया कपड़ा तक न दिलवा सकी! दादा की बिजली की दुकान खूब अच्छी चलने लगी है, सो यह लाइट तो ज़रूर लगवा दी, पर इतना नहीं हुआ कि बहन के बच्चों को एक-एक कपड़ा ही दिलवा देते! टुकुर-टुकुर मेरे बच्चे दूसरों के घर में ताकते रहे।" माला का गला रुँध गया।

यह सब तो राखाल को छुट्टी-भर सुनना ही है, पर आज वह नहीं सुनना चाहता। बिस्तर पर लेटकर उसने माला को अपने पास लिटा लिया। उसका ध्यान माला की बातों से ज़्यादा माला की देह पर लगा हुआ है।

"क्या करता, पूजा पर जहाज़ इस तरफ था ही नहीं। प्राइवेट शिपिंग कंपनी है, छुट्टी के कायदे-कानून पर झगड़ा भी नहीं किया जा सकता।" फिर उसे तसल्ली देता-सा बोला, "कोई बात नहीं, सब बच्चों को कल खुश कर दूँगा।"

और फिर उसने माला को अपनी बाँहों में दबोचना चाहा, तो वह छिटककर दूर हो गई, "माफ करो बाबा, तुम्हारा क्या है? तुम तो अपने कर-कराके चल देते हो। पीछे सो जो गुज़रती है, मैं जानती हूँ!" फिर भरे गले से बुलबुल का प्रसंग शुरू हो गया।

"उस बेचारी ने तो जाना ही नहीं, बाबा किसे कहते हैं। बीमारी की हालत में टुकुर-टुकुर ऐसे ताकती थी, मानो कह रही हो कि 'माँ, बचा लो।' कपूर साहब ने अपने डॉक्टर जमाई से खूब इलाज करवाया। शंकर ने दवाइयों के लिए रुपए उधार दिए। खूब भाग-दौड़ भी की, पर वह तो अपना कर्ज़ वसूल करके चली ही गई····" और माला फूट-फूटकर रोने लगी।

राखाल का सारा शरीर शिथिल हो गया। उसे माला पर क्रोध-सा आने लगा। जो चली गई, उसका ख्याल है और जो आया है, उसकी कोई चिंता नहीं! जाने क्यों उसे लगने लगा, जैसे वह किसी और के बारे में सुन रहा है। मानो उस मृत बच्ची से, माला के दुःख से, उसका अपना कोई संबंध ही नहीं है।

रो-रोकर माला तो सो गई, पर राखाल को किसी तरह नींद नहीं आई। उसे भी तो नहीं लग रहा कि वह घर में है। अभी भी यही लग रहा है, मानो वह जहाज़ में बैठा है और उसके और माला के बीच बहुत-बहुत दूरी है।

सवेरे नींद खुली, तो धूप कमरे में भर गई थी। बच्चों के बिस्तर सिमट गए थे। नीचे से माला और बच्चों की मिली-जुली आवाज़ें आ रही थीं। भरी धूप में उसे यह कमरा कुछ नया-नया लगा। उसने ज़ोर की अँगड़ाई ली और एक सिगरेट सुलगा ली।

दीवार पर हमेशा की तरह माँ दुर्गा की तस्वीर है। उस पर लगी रोली और चन्दन के छींटे कुछ ताज़ा लग रहे हैं। शायद इसी पूजा पर लगाए होंगे। उस तस्वीर के पास ही दीवार पर एक छोटा-सा चौकोर निशान बना है। राखाल को याद आया, यहाँ हमेशा उसकी तस्वीर लगी रहती थी, (माँ दुर्गा की तस्वीर के साथ हमेशा उस पर भी रोली, चंदन और माला चढ़ाई जाती थी) अब वह तस्वीर नहीं है। वह इधर-उधर देखने लगा। कमरे में ठीक-ठाक चीज़ के नाम पर एक छोटी-सी अलमारी मात्र है—शीशे के दरवाज़े वाली। इसमें उसकी बाहर से लाई हुई चीज़ें रखी हैं, उन्हीं के बीच उसे अपनी तस्वीर दिखाई दी। उसका फ्रेम टूट गया था।

तभी रीना ने कमरे में झाँका और उसे जागा हुआ देखकर शर्माते हुए नमस्ते किया।

"रीना, यहाँ आओ बेटे!" और उसने अपने दोनों हाथ फैला दिए। रीना उसकी सबसे लाड़ली बिटिया है। पर रीना पहले की तरह दौड़कर उसकी बाँहों में नहीं समा गई। बस मुस्कराती हुई उसके पास आ खड़ी हुई।

तीन साल में रीना सचमुच बहुत बड़ी हो गई है—तेरह साल की। उसकी नज़र रीना की हल्की-सी उभरती छाती पर पड़ी। बेटी की जवानी की कल्पना ही उसके लिए नया अनुभव थी।

रीना नीचे दौड़ गई और दो मिनट बाद ही बच्चू आकर उसकी गोद में लद गया। पीछे-पीछे माला ट्रे में बड़े करीने से सजाकर चाय लाई और रीना चार साल के छोटू को लादकर। राखाल को लगा, जैसे सब लोग उसके जागने की प्रतीक्षा ही कर रहे थे।

रात को मैले कपड़ों में लिपटे और बिखरे बाल वाले बच्चे इस समय धुले-साफ कपड़ों में थे। छोटू की आँखों में मोटा-मोटा काजल था और टाँगों में निक्कर। माला की माँग में सिंदूर की लाली पीछे तक चली गई। एक औपचारिक मेहमान की तरह उसकी खातिर हो रही थी। फिर भी यह सब उसे अच्छा लगा। आने के बाद पहली बार लगा कि वह अपने घर में आया है। चाय के साथ-साथ अपने बीवी-बच्चे के साथ होने की गर्मी भी उसने महसूस की।

बाँहें फैलाकर उसने छोटू को गोद में लेना चाहा। पिछली बार वह साल-भर के छोटू को सारे समय पेट पर बिठाकर खिलाया करता था, पर अब छोटू उसे पहचान नहीं पाता। राखाल ने उसे ज़बरदस्ती खींचा तो वह रो पड़ा और छिटककर माला के पास चला गया।

"छोटू, बाबा, बाबा! जाओ बेटा, प्यार करेंगे!"

रीना भी समझाती है—“छोटू ! बाबा जाओ, चीज़ देंगे !”

“एक-दो दिन में पहचान लेगा, तो फिर एक मिनट भी नहीं छोड़ेगा !” राखाल को लगा, जैसे माला तसल्ली दे रही है।

बच्चू बराबर रट लगाए हुए है—“बाबा, क्या लाए हमारे लिए !” वैसे सभी की आँखों में यही उत्सुकता छलक रही है।

राखाल ने बक्सा खोलकर चीज़ें निकालनी शुरू कीं। तीनों बच्चे बक्से के इर्द-गिर्द सिमट आए। कपड़े, खिलौने, पेन, रिबन, जर्सी, मोज़े····बच्चू हर चीज़ पर झपटता, तो माला उसे डाँट देती। फिर भी भीतर-ही-भीतर गद्‌गद होने के कारण उसकी झुर्रियों में कोमलता और स्निग्धता भर आई है। रीना को जो कुछ दिया उसने चुपचाप ले लिया। पहले रीना और बच्चू में कितना झगड़ा होता था ! रीना का यों बड़ा हो जाना उसे कहीं कष्ट देने लगा।

“यह तुम्हारे लिए है,” और बक्स की सबसे कीमती चीज़ निकालकर उसने माला की ओर बढ़ा दी।

डिबिया खोलकर एकटक घड़ी की ओर देखते हुए माला बोली, “मैं अब क्या घड़ी लगाऊँगी ! चलो, रीना के काम आएगी।”

बच्चे अपनी-अपनी चीज़ें बटोकर दौड़ गए। आसपास के घरों में शायद उसके आने का समाचार पहुँच चुका था। सामने वाले कपूर साहब की लड़की बरामदे में से ही झाँक रही है।

“नमस्कार, दादा !” हँसता हुआ शंकर उसके सामने आ खड़ा हुआ। राखाल को लगा, उसके होंठ और दाँत पहले से भी ज़्यादा कत्थई हो गए हैं। जाने क्यों, राखाल इस आदमी को कभी पसंद नहीं कर पाया।

बड़े ठंडे लहजे में उसने जवाब दिया, “कहो, अच्छे तो हो ?”

“हाँ दादा, सब आपकी मेहरबानी है।”

“चाय पियो, शंकर !” मनुहार करती-सी माला बोली।

“आज तो मिठाई खिलाओ बोउ दी, दादा आए हैं !” शंकर के होंठों का कत्थई रंग और फैल गया।

“दादा, इस बार तो आपने तीन साल लगा दिए ! बोउ दी ने भारी कष्ट सहा। बुलबुल को तो आपने देखा भी नहीं, पर बोउ दी को तो वह बूढ़ी कर गई।”

चुभती-सी नज़रों से राखाल ने देखा। मन में कहीं उभरा, ‘तो तुझे भी अब माला के जवानी-बुढ़ापे की चिंता हो गई है !’

“शंकर नहीं होता तो मैं कुछ न कर पाती ? तुम्हारा अहसान मैं कभी नहीं भूलूँगी। वरना आज के ज़माने में····”

“बस, मुझे तुम्हारी यह बात अच्छी नहीं लगती। मुसीबत में अपने लोग ही तो काम आते हैं।”

शंकर ने टेरेलिन की कमीज़ पहन रखी थी। एकाएक राखाल की नज़र खूँटी पर टँगी अपनी विदेशी कमीज़ पर गई। उसने उठकर कमीज़ पहन ली। मन ही मन संदेह को तोड़ता एक हल्का-सा संतोष भी जागा। तभी सिगरेट का ख्याल आया। उठकर बोला, "लो शंकर, सिगरेट पिओ। देखो, इस सिगरेट का ज़ायका कैसा है?"

चाय के बरतन समेटती हुई माला बोली, "इस बार शंकर के रुपए ज़रूर चुका देना। हर महीने बहुत काट-छाँट करके भी दस रुपए से ज़्यादा नहीं दे पाती। यह तो बेचारा शंकर है, जो····"

और राखाल को लगा, जैसे माला ने एकाएक घसीटकर उसे शंकर से नीचे ले जाकर पटक दिया हो। यह बात अभी ही कहनी थी! तुम दुनिया-भर का कर्ज़ा करो और मैं चुकाता फिरूँ? बेइज़्ज़ती अलग!

"अच्छा दादा बाबू, अभी तो चला," और होंठ फैलाकर चारों और कत्थई रंग बिखेरता हुआ शंकर भी नीचे उतर गया।

और राखाल तौलिया लेकर बाथरूम में घुस गया।

बाथरूम में ज़रूरत से ज़्यादा देर लगाकर वह ऊपर पहुँचा, तो कमरा खाली था। हाँ, कोने में एक स्टूल पर टेबल-फैन रखा था। ज़रूर यह शंकर ने लाकर रखा होगा, शायद माला ने ही माँग लिया हो!

उसने एक सिगरेट सुलगाई और नीचे जाने की बजाय खिड़की पर आकर बैठ गया। सामने कपूर साहब के बरामदे में रीना उनकी पम्मी के साथ खड़े किसी बात पर खिलखिलाकर हँस रही थी। उसके हाथ में राखाल की लाई हुई चीज़ें हैं।

कपूर साहब के मकान से ही सटा हुआ शंकर का गराज है। गराज लगता है, पहले से बहुत बढ़ गया है। कई गाड़ियाँ खड़ी हैं मरम्मत के लिए, तभी एक गाड़ी के पीछे से शंकर निकलकर आया। उसके कंधे पर छोटू बैठा है। उसे कंधे पर बिठाए-बिठाए ही शंकर कुछ काम कर रहा है। एकाएक उसे ख्याल आया, तीन साल पहले जब वह आया था, तो इसी तरह बच्चू उस पर चढ़ा रहता था।

खिड़की पर बैठे-बैठे राखाल को लगने लगा, जैसे सारा घर हिचकोले खा रहा है। नहीं, शायद लगातार जहाज़ पर रहने के कारण ही ऐसी अनुभूति हो रही है। एक-दो दिन में ठीक हो जाएगा।

पसीने में लथपथ माला आई, "मछली का झोल और भात बना रही हूँ। बोलो और क्या बनाऊँ?"

"कुछ भी बना लो, जो तुम्हारी इच्छा।"

"अपनी इच्छा से तो रोज़ ही बनाती हूँ, जब तक तुम हो, तुम्हारी इच्छा का बना दूँ। जहाज़ का खाना खा-खाकर शरीर तो आधा रह गया!"

"तुम्हारे हाथ का कुछ भी खाऊँगा, तो सेहत ठीक हो जाएगी," राखाल हल्के से मुस्कराया।

"छोड़ो भी, अब कुछ भी अच्छा खिला सकूँ, ऐसी स्थिति ही नहीं," और एक निःश्वास छोड़कर माला उसी व्यस्त भाव से उतर गई।

राखाल को लगा, जैसे उसी के पास करने को कुछ नहीं है। बच्चे अपने में मस्त हैं, माला अपने में।

सिगरेट समाप्त करके वह नीचे उतरकर गराज में बनी हुई रसोई में चला गया।

"तुम यहाँ गर्मी में क्यों आए? चलो, ऊपर चलकर बैठो।" आसन बिछाकर वहीं बैठते हुए राखाल को याद आया—पहले जब वह जहाज़ पर से आया करता था, तो माला हर समय उसे अपने पास ही बिठाए रखना चाहती थी।

खाने पर फिर सारा परिवार जुट गया। इस समय बच्चों के लिए राखाल से ज़्यादा महत्त्व राखाल के बहाने मिलने वाले इस खाने का है।

खाना-पीना समाप्त हुआ, तो माला ने बच्चों से कहा, "जाओ, दादा के यहाँ जाकर खबर कर दो कि बाबा आए हैं। और देखो, धूप में लौटकर मत आना। वहीं खेलते रहना, शाम को हम लोग आएँगे, तो लेते आएँगे।"

बच्चों ने राखाल के लाए हुए कपड़े चढ़ाए और इतराते हुए दौड़ गए। माला नीचे बरतन साफ करने लगी।

राखाल ने कमरे की खिड़की बन्द कर दी और ज़मीन पर चटाई डालकर चित लेट गया। माला ने शायद जान-बूझकर ही बच्चों को आने के लिए मना कर दिया है।

जहाज़ से उतरकर टैक्सी में बैठे-बैठे माला से मिलने की जैसी अकुलाहट हो रही थी, वैसी ही अकुलाहट उसे फिर होने लगी।

शायद फिर नीचे कोई आ गया है। माला के बात करने की आवाज़ आ रही है। कोई महिला-स्वर ही है। पता नहीं, किस-किसको पाल रखा है। थोड़ी देर वह बेचैनी से राह देखता रहा, फिर ज़ोर से आवाज़ दी—"माऽलाऽ!"

अपने स्वर का रोबीलापन उसे स्वयं बड़ा अच्छा लगा।

"आई," और मिनट बाद साड़ी से ही हाथ पोंछती हुई, पसीने से भीगी माला आ खड़ी हुई—"पिशी माँ तुम्हें प्रणाम करने आई हैं।"

"कौन पिशी माँ?" लेटे-लेटे ही उसने खीजे स्वर में पूछा। पर तभी एक वृद्ध-सी विधवा दरवाज़े पर हाथ जोड़कर खड़ी हो गई, "प्रणाम जमाई बाबू!"

"तुम नहीं जानते, पर पिशी माँ नहीं होतीं तो बुलबुल की बीमारी में मेरे बच्चे भूखे मर गए होते, पूरे छह महीने तक पिशी माँ ने खाना बनाया, घर सँभाला। आज भी मेरा आधा काम तो वे ही करती हैं, बिल्कुल माँ की तरह मेरा ख्याल रखती हैं।"

गद्‌गद होती-सी पिशी माँ बोलीं, "अच्छा, अभी चलूँगी, कोई काम हो तो बता दो, कुछ सौदा लाना हो तो…"

"सवेरे तो गौरी से मँगवा लिया था, कुछ होगा तो बता दूँगी।"

पिशी माँ धीरे-धीरे सीढ़ियाँ उतर गईं। लगा बुढ़िया समझदार है।

"यह क्या, तुम्हें गर्मी नहीं लग रही है ? खिड़की भी बंद कर दी और पंखा भी नहीं चला रखा है।" और माला ने उठकर भड़ाक से खिड़की खोल दी।

"बंद कर दो खिड़की, बहुत चौंधा लगता है।" नहीं, माला के मन में शायद कहीं कोई इच्छा नहीं बची रह गई है।

माला ने खिड़की बंद कर दी। पंखा चला दिया, "शंकर तुम्हारे लिए ही रख गया है। हर बात का इतना ख्याल रखता है कि क्या बताऊँ ?" और माला पास आकर बैठ गई।

"शाम को दादा के यहाँ से लौटकर आएँ तो कपूर साहब से मिल आना। आज के ज़माने में ऐसे भले लोग मिलते नहीं। इतना पैसा है, पर घमंड तो छू तक नहीं गया। तुम कहो तो तुम्हारी लाई हुई चीज़ों में से एक-एक चीज़ पम्मी और शंकर के बच्चे को दे दूँ। उनके अहसान तो क्या उतार सकेंगे ! फिर भी।"

माला के पास क्या कोई बात नहीं है करने के लिए ?

"तुम कितने रुपए लाए हो साथ में ? शंकर के तीन सौ रुपए और चुकाने हैं। बुलबुल की दस महीने की बीमारी ने तो मुझे तन-मन और धन से एकदम ही कंगाल कर दिया, फिर भी बच जाती, तो सबर करती''''" माला का स्वर फिर कुछ भर्रा आया।

कौन थी यह बुलबुल ? कैसी थी ? सुना था, बच्चे सेतु होते हैं, पर यह तो बने हुए सेतु को तोड़ गई ! माला कितनी दूर जा पड़ी है उससे ! शंकर, कपूर साहब, पिशी माँ''''सबके बीच राखाल का अपना अस्तित्व जैसे घुलने लगा।

"तुम भी सोचोगे कि मैं जब-तब बस पैसे का ही होना रोती हूँ। पर तुम्हीं बताओ, क्या करूँ, महँगाई का तो कोई ठिकाना नहीं। तीन बच्चों का और अपना पेट कैसे भरती हूँ, मैं ही जानती हूँ।"

माला क्या जानती नहीं कि राखाल कुछ नहीं कर सकता ! अधिक से अधिक रुपया वह घर ही भेज देता है। फिर भी वह यह सब क्यों सुना रही है ? शायद उसे गवाह बनाकर अपनी तकलीफों को दोहरा रही है—सिर्फ अपने को हल्का करने के लिए। अच्छा होता, वह राखाल न होकर ब्लाटिंग पेपर होता, जो माला के सारे दुखों को सोख लेता।

शाम को दादा के घर पहुँचे, तो दादा और बोउ दी बड़े तपाक से मिले, "आओ, जमाई बाबू, आओ ! इस बार तो आपने तीन साल लगा दिए ! बहुत दुबले हो गए हैं। जहाज़ का खाना भी कोई खाना है भला ! नमकीन हवा हड्डियों तक को गला देती होगी।"

राखाल का मन हुआ, कह दे, 'नमकीन हवा क्या हड्डियाँ गलाएगी, हड्डियाँ तो तुम्हारे घर में गली थीं, जब बेकारी के छह महीने तुम्हारे यहाँ बिताए थे।' राखाल के मन में वे दिन खुदे हुए हैं''''।

तभी दादा के तीनों बच्चे दौड़ते हुए आए। बोउ दी ने हँसते हुए कहा, "जब से

रीना-बच्चू ने खबर दी है कि बाबा आए हैं, तभी से ऐसे उछल रहे हैं, जैसे इन्हीं के बाबा आए हों। माला के घर को तो ये कभी दूसरा समझते ही नहीं।"

"बुआ का घर क्या दूसरा होता है?" दादा ने दाँत दिखाते हुए कहा।

"बड़ी उतावली हो रही है न देखने के लिए कि क्या लाए? अरे, सबर करो, अभी आए देर नहीं हुई कि अपना टैक्स वसूलने आ खड़े हुए!" और अपने मज़ाक पर खुद ही खी-खी करके हँसने लगी।

राखाल ने जेब से निकालकर एक-एक कंघा और रिबन दोनों लड़कियों को पकड़ा दिया और एक सस्ता-सा पेन लड़के को।

लगा, बोउ दी को काफी निराशा हुई, जिसका प्रमाण चाय के समय मिल गया—एक प्लेट में दो संदेश और एक कप चाय, बस!

बाहर खेलते रीना-बच्चू को शायद वह भी नहीं मिला। भीतर आकर वे खाली प्लेट के बचे हुए चूरे से शायद यह अंदाज़ लगाने की कोशिश कर रहे थे कि बाबा ने क्या खाया?

'कमीने कहीं के!' वह बाहर निकलकर बच्चों को ज़रूर मिठाई खिलाएगा।

कमरे के सामने वाले आँगन में बच्चे दौड़-दौड़कर खेल रहे थे, राखाल ने देखा बच्चू दाहिनी टाँग से थोड़ा लँगड़ाता है। सवेरे से उसने बच्चू को एक बार भी इस तरह चलते हुए नहीं देखा, या शायद गौर नहीं किया।

"अरे बच्चू, ठीक से क्यों नहीं चलते!" राखाल ने वहीं से झिड़का, बच्चू ठिठककर खड़ा हो गया।

"लो, और सुनो, चलेगा कैसे बेचारा! हड्डी तोड़कर चार महीने खाट पर रहा! अब तो ज़रा-सी कसर रह गई है, धीरे-धीरे ठीक हो जाएगी," बोउ दी ने कहा।

फिर वह एक गहरी साँस लेकर बोलीं, "इस बार क्या-क्या कष्ट सहा है बेचारी माला ने! मेरा तो कलेजा मुँह को आता था। बुलबुल तो जाती ही रही····" और झूठमूठ को उन्होंने आँचल से आँखें पोंछ लीं।

बच्चू की हड्डी टूट गई! पर कब? माला ने तो उसे कभी खबर नहीं दी। एक बार फिर उसने पत्रों की बातें याद करने की कोशिश की। नहीं, इतनी बड़ी बात वह नहीं भूल सकता था। एक अजीब-सी बेचैनी उसे होने लगी।

बाहर निकलते ही उसने माला को आड़े हाथों लिया, "तुमने मुझे बच्चू के पैर की हड्डी टूटने की खबर तक नहीं दी! कब टूटी हड्डी? कैसे टूटी?"

"क्या करती खबर करके, तुम कर ही क्या लेते सिवाय परेशान होने के?"

"फिर भी तुमको लिखना तो चाहिए था। पीछे जो कुछ होता है, मुझे मालूम तो रहे। मेरे बच्चे का पैर टूट गया और इसकी खबर मुझे दूसरे लोग दें! आखिर मैं····" आगे राखाल से कुछ कहा नहीं गया।

"पीछे जो कुछ होता है, वह भोगना तो मुझे ही पड़ता है। दूर रहकर तुम चिन्ता

करने के सिवाय कर ही क्या सकते हो? बेकार ही परेशान होते!" माला का स्वर कातर हो गया।

राखाल समझ नहीं पाया कि माला उस पर आरोप लगा रही है, या अपना अपराध स्वीकार कर रही है।

सचमुच उसके पीछे क्या-क्या नहीं हो गया! बुलबुल हुई और मर गई। रीना की सारी चंचलता और बचपना ऐसा गया कि उसने बेझिझक होकर उससे बात तक नहीं की। बच्चू के पैर की हड्डी टूटी और जुड़ गई। छोटू इतना बड़ा हो गया कि उसे पहचानता तक नहीं, और माला?"

लौटकर वह घर नहीं आया। सबको लेकर देशप्रिय पार्क में बैठ गया। बच्चों के माँगने के पहले ही सबको एक-एक आने की मूड़ी दिलवाकर। उसने उन्हें अपने पास बिठाया और उनकी पढ़ाई-लिखाई के बारे में पूछने लगा।

"यह बच्चू तो सारे दिन आवारागर्दी करता है! चार महीने बिस्तर पर रहा, सो पढ़ाई-लिखाई तो यों चौपट है, उस पर भी मजाल है जो किताब लेकर बैठ जाए! शंकर के लड़के को पढ़ाने के लिए मास्टर आता है, कई बार उसने कहा भी कि बच्चू, तू भी बैठ जाया कर, पर बच्चू को खेलने-कूदने से फुरसत हो तब न?"

आक्रोश और खीझ माला के स्वर का स्थायी भाव हो गया है। राखाल ने बच्चू को बाँहों में भरकर अपने पास खींचते हुए कहा, "देखना, अब बच्चू कैसे पढ़ता है! कोई शंकर-वंकर का मास्टर नहीं, मैं पढ़ाऊँगा इसे। क्यों बेटा, अच्छे नंबरों से पास होना है न तुम्हें?"

बच्चू ने गर्दन हिलाकर 'हाँ' कर दी। फिर राखाल रीना से बतियाने लगा, वह पहले की तरह ही झेंप-झेंपकर जवाब देती रही।

पर छोटू उसके पास अभी भी नहीं आया। उसे देखकर मुस्कराता ज़रूर था, पर जब राखाल हाथ बढ़ाता, तो वह माला की गोद में दुबक जाता।

"एक-दो दिन में पहचान जाएगा। पहले तो जब तुम गए थे, तब बहुत दिनों तक तुम्हारी फोटो को देखकर 'बाबा-बाबा' किया करता था। अब इतने दिन हो गये कि भूल गया।"

दो घंटे पार्क में बिताकर जब रात में वे लोग घर लौटे तो राखाल का मन बहुत हल्का हो आया था। कैमिस्ट के यहाँ से खरीदा गोल सिक्का रात के बारे में भी उसे आश्वस्त कर रहा था।

गली में कल की तरह आज भी अँधेरा था। फिर भी वह गली, नीचा छतवाला कमरा एकाएक उसे अधिक आत्मीय और अपने लगने लगे। अभी भी जैसे उसके फेफड़ों में पार्क की हवा भरी थी।

माला को लस्त-पस्त करके छोड़ा, तब पहली बार 'घर' आने का बोध उसकी रग-रग में तैर गया।

थोड़ी देर में माला की नाक बजने लगी। उसे बड़ी देर से सिगरेट की तलब महसूस हो रही थी। उसने सिगरेट निकाली और खिड़की पर बैठ गया।

जब राखाल सोया तो मकान हिचकोले नहीं खा रहा था।

दूसरे दिन उठकर ही राखाल ने रीना-बच्चू को बैठकर पढ़ाया और जब वे स्कूल चले गए, तो कमरे की सफाई शुरू की। माला पहले मना करती रही, फिर खुद भी आकर जुट गई।

उसके पास कुछ रुपए और होते, तो घर में थोड़ा सामान डलवा जाता। दो-तीन गोल मूढ़े, एकाध कुर्सी—खैर छोड़ो, खुद भूख काट-काटकर जो थोड़ा-बहुत पैसा उसने बचाया है, उससे यहाँ बाल-बच्चों को खिलाएगा, थोड़ा-बहुत घुमाएगा, सबको एक सिनेमा दिखाएगा। बच्चे ही नहीं, आसपास के लोग भी जान लें कि वह आया है।

चौका-बरतन करके माला ऊपर चढ़ी तो उससे रहा नहीं गया, "तुम सारे काम से छुट्टी पाकर नहा तो लिया करो।" पसीने से लथपथ माला को देखकर उसका आधा उत्साह ही मर जाता।

"कितनी बार नहाऊँ? अब मुझे कुछ नहीं अखरता, आदत हो गई है।" और पसीना सुखाने के लिए वह पंखे के सामने जा बैठी।

"सुनो!"

राखाल ने माला की ओर देखा।

"पिशी माँ का एक भांजा है, इंटर पास है और कहीं फैक्टरी में काम करता है, रात में बी० ए० की पढ़ाई करता है····।"

राखाल बात को पकड़ नहीं पाया।

"पिशी माँ रीना के सम्बन्ध के लिए कह रही है कभी से। घर में ज़्यादा लोग नहीं हैं और देने-लेने का भी कोई खटराग नहीं होगा।"

राखाल जैसे आसमान से गिर पड़ा।

"तुम्हारा दिमाग तो ठीक है? अभी रीना है ही कितनी बड़ी? पढ़ेगी-लिखेगी नहीं क्या!"

"इसमें दिमाग खराब होने की क्या बात है भला? आखिर शादी तो करनी ही है। सम्बन्ध जितनी जल्दी हो जाए, अच्छा है। तुम दूर रहते हो, लड़का ढूँढ़ेगा ही कौन? यह तो भाग से घर बैठे ही लड़का मिल रहा है। तुम बुलाकर मिल लो, देख-सुन लो, तसल्ली कर लो····"

माला थी कि बोले चली जा रही थी और राखाल की यह समझ में नहीं आ रहा था कि वह उसे कैसे चुप करे!

"दादा से कहा कि एक बार लड़के को बुलाकर देख लो, कुछ बात कर लो, तो कतरा गए—'शादी-ब्याह का मामला है, जमाई बाबू के आने से ही ठीक रहेगा।' अरे, मैं खूब समझती हूँ। बुलाएँगे, तो कुछ खिलाना-पिलाना पड़ेगा! कौन खर्चा करे?"

"माला, पर रीना क्या बहुत छोटी नहीं है ?" राखाल के स्वर में अजीब-सी बेबसी आ गई।

"क्या छोटी है ? तेरह पूरे होने वाले हैं। और कौन आज ही ब्याह होने जा रहा है ? कुछ न करके भी दो-तीन हज़ार तो चाहिए ही। मुझे तो रात-दिन यही चिन्ता लगी रहती है।"

राखाल की आँखों के सामने जाने कैसी धुंध छाने लगी और थोड़ी देर पहले जमाया हुआ कमरा फीका लगने लगा।

"दादा बाबू, आपने बुलाया ?" अपने कत्थई होंठ फैलाए हुए शंकर सामने आ खड़ा हुआ।

"बैठो, बैठो," हजामत बनाते हुए राखाल ने कहा।

"लो, आपने तो कमरे की शक्ल ही बदल दी ! अब लग रहा है कि घर का मालिक आ गया।" शंकर हँसने लगा। पर राखाल को अब शंकर की हँसी उतनी बुरी नहीं लगी।

एक अधमैले तौलिए से रगड़कर मुँह पोंछते हुए राखाल ने कहा, "माला तुम्हारा कुछ हिसाब बता रही थी। मुझे पहले तो मालूम नहीं था, वरना पूरे का ही प्रबन्ध करके लाता।" स्वर में घर के मालिक वाला रौब पूरी तरह था।

"अरे दादा बाबू, आप चिंता न करिए, रुपए कौन भागे जा रहे हैं !"

"नहीं भाई, कर्ज़ जितनी जल्दी चुक जाए, अच्छा !" और राखाल ने अपना छोटा-सा संदूक खोलकर उसमें से सौ रुपए का नोट निकालकर दे दिया।

शंकर ने नोट जेब में रखा और चल दिया। राखाल ने बचे हुए गिने। अस्सी। पहली तारीख को तनख्वाह मिलेगी, उसमें से माला को घर खर्च के लिए रुपए देने के बाद पचास रुपए बचेंगे। कुल हुए एक सौ तीस। इन्हीं रुपयों से उसे दो महीने तक अपने बीवी-बच्चों को घुमाना-फिराना है और फिर लौट जाना है।

अनायास ही रंजू की बात याद आई कि जहाज़ वालों को तो शादी करनी ही नहीं चाहिए। यहाँ रात-दिन मशीनों से सिर फोड़ो, पैसा मिले तो घरवालों की हाज़िरी में। भैया, हम अच्छे हैं, जिस घाट उतरे, तफरी कर ली····न किसी का देना, न लेना।

आँखों के आगे माला और बच्चे तैर गए। वह तौलिया लेकर नहाने चला गया।

आज पिशी माँ का भांजा आने वाला है और अपने चाचा के साथ। राखाल के मना करने पर भी माला ने बुला ही लिया। साथ में दादा से भी कह दिया कि वह भी आ जाएँ।

दादा चार बजे ही आ धमके। चुन्नटदार कलफ लगा कुरता और ढाकई धोती। एक ज़गह बैठे-बैठे ही कुछ ऐसे सक्रिय लग रहे हैं, जैसे घर के मालिक, कर्ता-धर्ता वही हों, राखाल तो मात्र आगन्तुक है। राखाल को दादा की उपस्थिति-भर ही बहुत कष्ट देती है, पर माला की ज़िद, "बात जम गई और पीछे कुछ भी करना हुआ, तो रो-झींककर दादा

से ही तो करवाना होगा। पैसे का मामला न हो तो भाग-दौड़ थोड़ी-बहुत कर ही देंगे।"

कपूर साहब के यहाँ के बरतन, दरी, चादर और थोड़ी-बहुत टीम-टाम का सामान लाकर माला ने भरसक कमरे को ठीक कर दिया। माला के मन में उत्साह है। राखाल ने काम में मदद ज़रूर की, पर बड़े बे-मन से।

पता नहीं रीना को पता भी है या नहीं? ज़रूर होगा। इन बातों की गंध पाने के लिए लड़कियों के पास छठी इंद्रिय होती है। कैसा लग रहा होगा उसे? रीना ने राखाल और अपने बीच संकोच की एक दीवार खड़ी कर ली है, वरना वह खुद ही पूछ लेता।

लड़का आया—गहरा साँवला रंग और चेचक के दाग। राखाल का रहा-सहा उत्साह भी जाता रहा। राखाल ने वैसे तय कर लिया था कि इन लोगों के आने के बाद वह दादा को इतना मुखर नहीं रहने देगा। घर के मालिक की हैसियत से वही सारी बातचीत करेगा। पर लड़के की सूरत देखकर यह निर्णय अपने-आप पिघल गया।

दादा बात भी कर रहे हैं और धोती का छोर उठाकर ऊपर-नीचे आ-जा भी रहे हैं।

"करने दो जो मर्ज़ी आए। अन्तिम निर्णय तो मैं ही दूँगा। दादा और माला, किसी की नहीं चलने दूँगा।"

"हम तो कभी से मिलना चाह रहे थे, पर आपके लौटने का इन्तज़ार था," चाचा ने कहा, तो राखाल को थोड़ा संतोष हुआ। पहली बार होंठों पर मुस्कराहट आई। चलो कम-से-कम यह तो मालूम है कि घर का मालिक मैं हूँ।

फिर इधर-उधर की बातचीत चलने लगी। चाचा ने पूछा, "अच्छा राखाल बाबू, आप तो बहुत देश-विदेश घूमते हैं, अपने देश जैसी संस्कृति कहीं देखने को मिलती है?" राखाल को लगा, चाचाजी उसके विदेश घूमने से काफी प्रभावित हैं।

वह कुछ कहता, उसके पहले ही दादा बोले, "अरे नहीं, गांगुली बाबू, जमाई बाबू का काम तो जहाज़ का है। देश-विदेश कहाँ घूम पाते हैं, बेचारे! जहाज़ पर ही तो रहना पड़ता है। फिर भी कुछ मालूम हो तो बोलो, "जमाई बाबू, अपने देश जैसी संस्कृति कहीं देखी?"

राखाल भीतर ही भीतर भुन गया—जहाज़ पर नौकरी नहीं करते, कहो, जहाज़ में पाखाना साफ करते हैं! कमीना कहीं का! इस माला को मना कर दो, फिर भी मरेगी इस दादा के पीछे! आज वह माला की अच्छी तरह खबर लेगा।

बात संस्कृति से नौकरी पर आ गई और लगे हाथ ही बेकारी की समस्या और सरकार की धुनाई भी हो गई।

ऐसे संकट के दिनों में भी अपने भतीजे को फैक्टरी में नौकरी दिलवा देने की सफलता पर अपार गर्व महसूस करते हुए गांगुली बाबू रसगुल्ले पर रसगुल्ले खाते रहे। 'लड़की वाले भले ही हों, पर खाने में बराबरी के ही उतरेंगे' के भाव ने दादा मुकाबला करते रहे।

'खाए जा कमबख्त, मुफ्त का माल है ! अपने घर तो संदेश देकर छुट्टी कर दी !'

उन लोगों के जाते ही खुलकर राखाल ने घोषणा कर दी, "यह लड़का बिल्कुल नहीं चलेगा। पिशी माँ से कह देना, बात खत्म कर दे," अपने स्वर की दृढ़ता पर राखाल स्वयं विस्मित था।

"जमाई बाबू, ऐसा लड़का आपको मिलेगा नहीं। लड़कों का भी कोई रंगरूप देखा जाता है ! रंग का है भी क्या—गोरा या काला। बाकी, नौकरी करता है, बी० ए० की पढ़ाई कर रहा है। परिवार का खटराग नहीं, रीना अकेली राज करेगी। सबसे बड़ी बात, लेने-देने का झमेला नहीं, दहेज दिया जाएगा आपसे ?"

"मैंने कहा न कि यह सम्बन्ध नहीं होगा। मुझसे क्या होगा, क्या नहीं, यह मैं समझ लूँगा। कोई चेहरा है लड़के का ?"

राखाल के इस रूप से माला स्तब्ध। दादा भुनभुनाकर चले गए, "आप तो बाहर रहते हैं, यहाँ बीवी-बच्चे हमारे नाम को झींकते रहते हैं। आज के ज़माने में अपना घर चलाना ही मुश्किल, किस-किसका करते फिरो !"

"और बुलाओ दादा को ! मेरा अपमान कर गए खूब अच्छी तरह, अब तो कलेजा ठण्डा हो गया ? जैसा भाई, वैसी बहन !"

माला रो पड़ी।

माला को यों ही रोता छोड़कर राखाल बाहर निकल गया। सामने ही कोने वाले स्टाल से पान लगवाकर खाया और डंडी से चूना चूसता हुआ पार्क में टहलने लगा।

परम संतुष्ट-सा वह घर पहुँचा....

कपूर साहब का सामान जा चुका था और कमरा बड़ा उखड़ा-उखड़ा लग रहा था। माला नीचे रसोई में थी और बच्चे बाहर।

लड़के को ना-पास करके ही उसे लग रहा था, जैसे घर में उसने अपने को पूरी तरह पास कर लिया है। गांगुली मोशाय और दादा के साथ ही साथ उसके अपने मन की खिन्नता और जड़ता भी चली गई। एक नया आत्मविश्वास जागा।

'यह मेरा घर है, इसमें मेरी इच्छा के खिलाफ कुछ नहीं हो सकता।'

राखाल ने सबका कार्यक्रम ठीक कर लिया।

सवेरे रीना उसके सिर में तेल डालकर आधा घण्टे तक चंपी करती। बच्चू अंग्रेज़ी की स्पेलिंग याद करता और सवाल करता।

अब सब्ज़ी गौरी या पिशी माँ नहीं लाती, राखाल खुद बाज़ार करने जाता। हफ्ते में एक दिन मछली भी लाता।

छोटू का लिवर बढ़ा हुआ था, तो खुद उसे अस्पताल ले गया। उसे नहीं पसन्द कि हर बात में दूसरों का अहसान लिया जाए।

शाम को बच्चू खड़े होकर उसके पैर दबाता और साथ ही पहाड़े भी याद करता।

खाने के बाद बच्चों को वह पढ़ाने बैठ जाता।

मशीनों के बीच रहते समय उसे कभी याद नहीं रहता कि वह बी० एस-सी० है। उसकी अपनी ज़िंदगी तो बरबाद हो गई, पर वह चाहता है कि कम से कम बच्चों की ज़िंदगी तो बना दे।

उसे आज भी याद है कि जब वह कलकत्ते में ही नौकरी करता था और रीना हुई थी, तो माला की एक आकांक्षा थी कि वह अपनी बिटिया को डॉक्टर बनाएगी"""और अब ?

रविवार की शाम को माला और बच्चों को लेकर घूमने जाता। उस समय शंकर या कपूर साहब दिख जाते तो वह दो मिनट ठहरकर ज़रूर उनसे कुछ बात करता, फिर बड़ी लापरवाही से कहता, "ज़रा बच्चों को घुमा लाऊँ अक्तूबर समाप्त हो रहा है, पर अब भी गर्मी खत्म नहीं हुई ! शाम को घर में घुटन हो जाती है।"

पहली तारीख को ऑफिस जाकर तनख्वाह ले आया। माला को हर महीने की तरह रुपए दिए और पचास रुपए अपने पास रख लिये।

"लाओ, इस बार तो ये रुपए मुझे दे दो, तुम क्या करोगे ? न हो तो शंकर को दे दो।"

माला हमेशा उसे खर्चा करने के लिए टोकती रहती, पर वह हमेशा झिड़क देता। इस बार भी उसने इन्कार कर दिया, "नहीं, कुछ रुपया मेरे पास रहना चाहिए। बच्चों को घुमाना-फिराना, खिलाना-पिलाना तो है, वे बेचारे क्या जानेंगे कि उनका बाबा आया है।"

पैसे के मामले में वह माला पर कतई निर्भर नहीं करना चाहता, बल्कि चाहता है माला उस पर निर्भर करे।

धीरे-धीरे राखाल की छुट्टियाँ और पास के रुपए समाप्त होने आए। राखाल ने छोटू का नाम भी रजिस्टर करवा दिया। जनवरी से वह भी स्कूल जाने लगे।

सरकारी स्कूल में फीस ज़्यादा नहीं लगती, पर कापी-किताब, पेंसिल आदि के खर्चे की ही माला को चिंता है। राखाल ने समझा दिया, "इस बार बीस रुपए की तरक्की मिलेगी, वह सब तुम्हारे पास भेज दिया करूँगा, तुम बच्चों को ठीक से पढ़ने दो।

"और देख रीना, माँ स्कूल छुड़वाए तो छोड़ना मत। मुझे लिख देना। तू मुझे बराबर चिट्ठी लिखा कर, सारे हाल-चाल, समझी !

" बच्चू बेटा, मेरे पीछे मन लगाकर पढ़ना। अच्छे नंबरों से पास होओगे तो इनाम भेजूँगा। बच्चू तो मेरा राजा-बेटा है।

" छोटू बाबा, इस बार लौटकर आऊँ तो भूलना मत। हम आए, तो छोटू बाबू हमको पहचानते नहीं, हमारे पास आते नहीं, और अब हम नहाने जाएँ तो बाहर खड़े होकर रोते हैं। अब तो नहीं भूलोगे न बेटे ? हमारी तस्वीर के सामने खड़े होकर बातें

किया करना। ”

और राखाल भर्राए गले से हँस दिया।

उसके बाद खाना बनाती माला की ओर नज़र गई, तो समझ में नहीं आया कि क्या कहे? केवल इतना ही कह पाया, “देखो, तुम हर बात की सूचना ज़रूर देना। यह ठीक है कि मैं दूर रहकर कुछ नहीं कर सकता, पर कम से कम जान तो सकता हूँ।”

उसके बाद बड़ा बोझिल-सा मौन वहाँ पर छा गया।

तीन दिन बाद वह चला जाएगा और माला अभी से उदास रहने लगी है। उसका अपना मन जैसे कहीं से डूबने लगा है।

रात में माला उससे सटकर सो रही है, “इतना खर्चा यहाँ न करते और शंकर के बचे हुए दो सौ रुपए चुका देते तो अच्छा होता। पहले तो यही कहकर टालती रही कि तुम आओगे, तो दे दूँगी····अब कौन-सा बहाना बनाऊँगी!”

राखाल इस समय यह बात नहीं करना चाहता। फिर भी माला को तसल्ली देने के लिए कह दिया, “मैं जाकर ही रुपए भेज दूँगा।”

कल उसे अपनी जाइनिंग रिपोर्ट देनी है और परसों सवेरे दस बजे जहाज़ खुलेगा। आज कुछ और भी तो किया जा सकता है।

दूसरे दिन ऑफिस से लौटकर वह शंकर से मिल लिया। दादा के यहाँ अब वह नहीं जाएगा। कपूर साहब से वह शाम को मिल आएगा।

आज आखिरी शाम है। खाना साथ लेकर सारा परिवार लेक्स पर जा बैठा। खाने में वही मछली का झोल और भात। सब चुप-चुप बैठे हैं। बच्चू मछली पर वैसे ही टूट पड़ रहा है। सिर्फ छोटू इस समय माला की गोद में नहीं, राखाल की अपनी गोद में है।

शाम का अँधेरा उसके मन पर उतरता आ रहा है। माला की आँखें इस बात की गवाह हैं कि दिन में कई बार रो चुकी है।

दूसरे दिन राखाल सबको लेकर आठ बजे ही जहाज़ पर पहुँच गया। उसने अपनी हाज़िरी लगवा दी। तीन साथियों में से केवल रंजू इस बार साथ है, दो किसी और जहाज़ में चले गए।

वर्दी पहनकर वह फिर बच्चों और माला के पास आ खड़ा हुआ। रीना चुपचाप रो रही है। माला रोने के साथ-साथ उसे याद दिला देती है, “शंकर के रुपए जैसे भी हो भेज देना।”

और राखाल की आँखों के सामने बहुत दिनों बाद जैसे शंकर के होंठों और दाँतों का रंग एकाएक कौंध गया।

छोटू उसकी गोद में ही लदा हुआ है। वह बार-बार उसे प्यार कर लेता है।

जहाज़ खुलने का समय करीब आ रहा है। राखाल ने छोटू को माला की गोद में दिया, तो वह मचल पड़ा। दोनों हाथ बढ़ा-बढ़ाकर और पैर पछाड़कर वह रो रहा है,

"बाबा के पास जाऊँगा।"

माला ने गले में आँचल डालकर राखाल के पैर छुए, तो राखाल भी जैसे अपने को नहीं सँभाल सका। छोटू के गाल पर प्यार करके और रीना, बच्चू के सिर पर हाथ फेरकर राखाल मुड़ गया।

हिचकियों के बीच माला के शब्द सुनाई दे रहे थे, "अपना ख्याल रखना···चिट्ठी जल्दी-जल्दी भेजना···शंकर के रुपए जाते ही भेजना···इस बार तीन साल मत लगाना···"

जहाज़ छूट गया। दहाड़ मारती लहरों की आवाज़ और आसपास के सारे शोर-शराबे के बीच भी उसे पछाड़ खाते हुए छोटू के रोने की आवाज़ सुनाई दे रही है। किनारा धीरे-धीरे दूर होता जा रहा है। किनारे की आकृतियाँ धुँधली होती जा रही हैं, पर उसकी आँखों के सामने चारों प्राणी ज्यों के त्यों खड़े हैं।

अब किनारा बिल्कुल नहीं दिखाई दे रहा है। दिखाई दे रहा है लैंसडाउन का घर।

माला ने गद्दे उठाकर दोनों बक्से निकाल दिए होंगे। बक्से दब जाने से उसे बड़ी असुविधा होती थी, पर वह जैसे-तैसे चला ही रही थी, शायद इसी दिन की प्रतीक्षा में। टेबल-फैन और स्टूल वापस शंकर के गराज़ में चला गया होगा।

शंकर सारा अपनापन दिखाकर माला को तसल्ली दे रहा होगा, "रोती क्यों हो, बोउ दी! मैं तो हूँ।"

कपूर साहब के बरामदे में से उनकी लड़की पम्मी चिल्लाकर कह रही होगी, "माशी माँ, डॉक्टर बाबू के पास जाना हो तो तैयार रहिए, पापा दस बजे निकलेंगे।"

पिशी माँ घर का छोटा-मोटा सामान लाते-लाते रीना के लिए फिर कोई लड़का खोज लाएँगी। कौन जाने फिर वही लड़का आ जाए! सभी तो उसके पक्ष में थे।

एकाएक उसे लगने लगा, शायद वह एक बहुत ही नकली-से माहौल में रहकर लौटा है।

शायद माला कई बातों में केवल उसके डर के मारे ही चुप रही है। बच्चू मन मारकर पढ़ने बैठता था। अब वह पहले की तरह निश्चिंत होकर, बस्ता कोने में पटक, शंकर के गराज़ या फुटपाथों पर खेलता फिरेगा। रीना घर के काम से छुट्टी पाते ही कपूर साहब के बरामदे में खड़ी होकर बतियाया करेगी। छोटू शंकर के कंधे पर टँगकर उसके सिर पर तबला बजाया करेगा।

बच्चे खेल-खेल में तस्वीर का शीशा न फोड़ दें, इस डर से माला उसकी तस्वीर को फिर अलमारी में बंद कर देगी। और छोटू के मन में उसकी याद बहुत धुँधली हो जाएगी।

"अब नीचे भी चलोगे या यहीं टँगे रहोगे?" पूरे हाथ का धौल जमाकर रंजू हँस रहा था।

राखाल नीचे उतर आया। मशीनों के बीच पहुँच उसे एक अजीब-सी राहत मिली। वही परिचित गंध, वे ही चिर-पिरिचित मशीनें। लगा, जैसे अपनी असली जगह आ गया।

"यार, तुम जैसे लोगों को बहुत घुलना-मिलना नहीं चाहिए बीवी-बच्चों में। इतनी शिक्षा देता है यह गुरु, तुम लोग फिर भी सीखते नहीं हो। बेटा, अपनी ज़िंदगी तो इन मशीनों के साथ बँधी है, समझे ! इनको तेल पिलाओ और चलाओ।"

और फिर उसके हाथ में तेल की कुप्पी थमाते हुए बोला, "इधर के हिस्से की ऑइलिंग तो कर बे ज़रा लपक के।"

राखाल ने कुप्पी ली और मशीन के सामने खड़े होकर कुप्पी की नोक छेदों में लगाकर पूरे मनोयोग से तेल डालने लगा।

□□